KB121519

미행의 그늘

미행의 그늘

이상실 장편소설

개미

세월호 침몰은 다른 어떤 사고보다 시사하는 바가 적지 않다.

물질은 신봉하고 인간은 덤으로 여기는 인명경시 풍조, 기성세대의 도덕성 부재, 안정불감증, 인간 욕구의 바닥을 형성하는 동물적 본능 추구, 만연된 형식주의, 총체적인 부실과 무책임 그리고 무능.

광기의 마귀들은 비열했고 추잡스러웠고 흉측했고 잔혹했다.

욕망에 대한 경종을 울리기 위한 신의 계시인지는 알 수 없지만 인간이 추구한 탐욕의 무거운 짐을 견디지 못하고 배는 짐짝과 죄 없는 우리들의 가족들까지 끌어안으며 죽음의 바닷속을 향했다.

인간의 탐욕은 시간과 공간을 초월한 사이버 세계에서도 존재한다. 호시탐탐 기회를 엿보던 사이버 폭력자들은 교묘한 방법으로 사기와 협박을 일삼고 융단폭격을 가한다. 어느 여배우는 즐거운 장난으로 여기는 사이버테러리스트들의 악플을 견디지 못하고 죽음의 길을 걸었다.

사회는 날이 갈수록 깊이와 진지함이 사라지고, 불손하고 경망스런 껍데기들로 채워진다. 위계질서가 무너진 열린 시대, 접속의 시대, 사색이 마비된 검색의 시대에 상대는 오직 착취와 유흥의 대상일 뿐이다.

부정을 저지른 자들은 변명으로 일관할 뿐 양심의 가책이나 부끄러움을 느끼지 않는다.

나는 이러한 '도시문명의 늪에서 허우적거리는 인간이 나아갈 삶의 통로는 없는 것일까?' 라는 의문을 품고 소설을 썼다.

'레인스틱'처럼 시름을 달래 줄 대상은 없는 것인지?

호숫가의 도단집처럼 따뜻하고 위로받을 공간은 없는 것인지?

한가로이 들판을 거닐고 숲을 지나며 풀벌레 소리를 듣는 마음의 여유를 누릴 수 있는 동반자는 없는 것인지?

사이버테러와 관음이, 환영이, 망상이, 공포가 난무한 도시를 탈출하여,

바닷가에 가면 삶이 보일까?

호수를 건너면 쉴 곳을 찾을까?

결국

도시의 삶은 헛되고 헛것이며 허상이니 허허로울 뿐이란 말인가?

인간이 빚은 바닷가 바위 위의 형상은 인간을 향한 올가미인가?

호숫가도 삶과 죽음의 길을 고뇌하는 공간에 지나지 않은 걸까?

이 글에서 나는 나의 대리인 유라를 내세웠다. 유라는 스토킹에 휘말린 가희의 삶과 스토커들인 민규와 경태의 삶에 빠져들었고 그들의 일상을 파고들었다. 도시에서 바닷가로 그리고 호숫가에 이르기까지 시간과 공간, 현실과 가상의 세계를 넘나들면서 그들 곁에서 순간순간마다 그들의 심리를 그리고자 했다.

자기 모순에 빠진 몽상과 공상을 하며 불안감과 초조감에 어린 몽롱한 시선으로 관음을 일삼고 비틀거리면서도 편집광처럼 가희에게 다가갔던 민규.

현실에서, 사이버에서 그리고 사이버의 가상공간을 이용하여 가희를 유인하고 조롱하면서 저열하고 간교한 수작으로 사랑을 갈구했던 경태.

민규와 경태의 눈에서 멀어지려고 그들의 마수에서 벗어나려고 은둔하며 삶의 방향을 모색했던 가희.

나는 그들을 도시문명의 피조물이며 우리 시대에서 또한 '지금—여기'의 사이버 세계에서 가해자와 피해자로서의 표상으로 여기고 싶다.

이제 난 또 다른 무엇인가를 찾아야겠다.

2014년 6월 계양산 아래서

이상실

차례

1

비밀의 남자

주민규에게서 메일이 오지 않는다. 유라는 이메일이 오기만을 목이 빠지게 기다렸다. 하루에도 누차 메일을 열었지만 그의 이름은 존재하지 않았다. 약속대로라면 나흘 전에 메일이 도착했어야 했다. 닷새 전에 주민규가 전하는 바로는 내일 유라 앞으로 이메일을 보내겠다고 휴대폰으로 전해왔다. 유라가 기다리는 주민규의 이메일은 '비밀수첩 제3권'에 관한 내용이었다. 그가 말하기를 컴퓨터에도 저장이 되어있으므로 어느 때라도 보낼 수 있지만 비밀수첩 3권은 비밀수첩 1.2권처럼 유라에게 스스럼없이 전해 주고 싶지는 않다고 말했다. 비밀수첩 3권은 비밀이 더 숨어 있으므로 어떤 사람에게도 공개할 수 없다고 언급했다. 유라도 예외가 될 수 없다고 했다. 그럼에도 주민규는 이메일로 보내겠다고 유라에게 언질을 주었다. 공개할 수 없는데도 보낼 수 있다는 말에 잔뜩 의심을 품고 있던 터였지만 유라는 컴퓨터 앞에서 종종 주민규가 보내올 파일을 기다렸다. 그러나 밤 12시를 훌쩍 넘기고 내일이 되어버린 오늘도 깜깜 무소식이었다. 밤을 지새운들 지금 같은 추세라면 편지가 올 리는 만무해서 마음을 접고 잠을 청했다.

다음날 오전까지도 이메일은 닿지 않았다. 이제나저제나 목이 빠지게 소식을 기다리던 유라는 주민규에게 전화를 걸었다. 그러나 연락두절이었다. 무슨 변고라도 생긴 탓일까. 아무래도 전화상으로는 그의 묘연한 행방을 가늠할 수 없었다. 무작정 그의 거처로 급습하는 것만이 최선이라는 생각이 들었다. 유라는 청바지 차림에 운동화를 신고 가방을 챙겼다. 가방에는 주민규에게 받았던 '비밀수첩 제2권'과 필기구 그리고 취재수첩이 들어 있었다. 필기구와 취재수첩은 유라에게는 몸의 일부와도 같았다. 가방에 없을 때는 주머니 속에 있었고 주머니에도 없을 때는 손에 있었다. 유라의 시야에 잡히는 세상의 온갖 움직이는 것들과 꿈틀대는 것들, 꾸물거리는 것들, 달리는 것들, 서로 달려서 부딪치는 것들 그리고 사람들은 취재의 대상이었다. 강단에 오르면 강사였지만 강단 아래서는 자유기고가였다. 주민규에게 걸음을 재촉하는 이 순간은 주민규 역시 취재의 대상에서 예외가 될 수 없었다. 주민규와 그를 둘러싼 주변에는 무엇인가가 숨어 있을 것만 같은 어떤 예감이랄까 직감이 유라에게 밀려왔다. 전직 잡지사 기자 시절에 숙련된 낚시질 덕분인지는 알 수 없었지만 오늘도 예감과 직감으로 체화된 욕망이 가슴속에서 들끓었다.

유라는 주민규가 머물고 있을 옥탑방으로 갔다. 방문을 두드렸
다. 안에서는 대답이 없었다. 손잡이를 비틀었다. 문이 열렸다. 그
러나 방안에는 아무도 없었다. 비릿하고 퀘퀘한 냄새가 났다. 뜨뜻
한 공기가 가슴팍으로 싸하게 밀려왔다. 유라가 오기 직전까지만
해도 사람이, 아니 주민규가 머물렀던 것이 분명해 보였다. 유라는
방문을 닫고 옥상을 두리번거렸다. 옥상에는 마르고 비틀린 알로카
시아의 화분이 가장자리에 놓여 있었고 옆에는 물탱크가 있었다.
물탱크 쪽으로 갔다. 물탱크에는 수도꼭지가 달려 있었다. 수도꼭
지를 돌렸다. 물이 뿜어져 나왔다. 손을 씻었다. 순간, 사람의 그림
자가 유라를 향해 다가왔다. 뒤를 돌아보았다. 주민규였다. 어디서
출현했는지 알 수 없는 그가 도둑처럼 슬금슬금 다가왔는지 유라
곁에 서 있었다. 주민규는 굳은 얼굴로 유라를 내려다보았다. 급작
스런 유라의 방문에 대해 궁금증 어린 시선을 보냄직도 하건만 그
는 마치 유라가 올 것을 예상이라도 한 듯이 멀거니 바라볼 뿐이었
다. 그런후 말없이 방으로 들어가 버렸다. 문도 닫았다. 민규를 지
켜보던 유라는 그를 따라갔다. 문을 두드렸다. 반응이 없었다.

"주민규 씨!"

"……."

다시 두드렸다.

"주민규 씨, 문 좀 열어봐요."

여전한 침묵이었다. 유라는 문을 밀었다. 열렸다. 주민규는 벽에
기대어 앉아 있었다. 그는 멍한 눈으로 맞은편의 장롱을 바라보았
다. 장롱은 닫혀 있었다. 그 안에 무엇이 들어 있는 것인지는 알 수

없었지만 그가 바라보는 장롱 표면은 흰 바탕에 붉은 띠가 둘러 있었다. 겉으로 보이는 장롱은 그뿐이었다. 유라의 눈에 비친 장롱은 낡고 허름한 장롱일 따름이었다. 그러나 주민규는 장롱에서 시선을 떼지 않았다.

"그 안에 뭐가 들었나요?"

유라가 말했다. 주민규는 말이 없었다. 송장처럼 굳어 있었다.

휴!

유라가 한숨을 내쉬었다.

"이거 돌려주러 왔어요."

유라는 그에게 받았던 '비밀수첩 제2권'을 내밀었다. 그제야 그는 유라 쪽으로 고개를 돌렸다. 그러나 그것도 잠시였다. 유라가 내민 수첩은 거들떠보지 않았다. 주민규의 시선은 또 장롱을 향했다.

"이 수첩 이제 다 봤으니까 받으시고, 나머지 한 권을 주거나 이메일로 보낸다면서요? 수첩을 직접 주려고 이메일을 보내지 않던 건가요? ……수첩은 어디 있죠?"

주민규는 좀처럼 대꾸를 하지 않았다. 유라가 요구하는 나머지 비밀수첩에 대한 전달도 가타부타 반응을 보이지 않았다. 유라는 돌려주려던 비밀수첩을 다시 가방에 넣었다.

"밥이나 한 끼 해요."

"……."

"나오세요."

"……."

"그럼 내가 먼저 식당에 가서 자리 잡고 전화할 거니까, 휴대폰 끄지 말고 받아야 해요. 알았죠? 안 받거나 나오지 않으면 다시 와서 끌고 갈 거예요."

주민규는 여전히 발가락 하나 꿈틀대지 않았다. 유라는 옥탑방을 빠져 나왔다. 거리로 나온 유라는 신발가게와 옷가게를 지났다. 은행과 편의점, '에스케이 티월드' 그리고 '올레'를 등지고 걷다가 위를 올려다보았다. 2층의 외벽에는 '술과 식사와 차를 한꺼번에'라는 광고문이 나붙은 '몽마르쥬'라는 간판이 걸려 있었다. 2층으로 갔다. 영업 중이었다. 주민규에게 전화를 걸었다. 주민규는 오겠다는 대답을 하지 않았지만 거부의사도 없었다. 유라는 건물 밖으로 나왔다. 주민규를 기다렸다. 주민규가 이내 올 거라고 기대는 하지 않았지만 어쨌든 기다렸다. 휴대폰도 연방 눌러댔다. 휴대폰에서 시끄러운 소리가 났다. 자동차 경적 소리, 바람 소리, 웅성거림, 꼬마 녀석들의 웃음소리 그리고 주민규의 숨소리가 들렸다. 그러나 주민규의 목소리는 들을 수 없었다. 유라는 전화를 끊었다. 선약이 있지 않은 한 모습을 드러내는 것은 그리 어렵지 않을 거라고 짐작했다. 기다렸다. 그림자는 길어져 가고 해가 빌딩 숲 너머로 얼굴을 가리자 유라가 지나왔던 편의점을 경유하며 헝클어지고 뒤틀린 곱슬머리 사내가 흐늘거리며 걸어오고 있었다. 주민규였다. 유라는 주민규를 향해 손짓을 했다. 주민규는 사방을 두리번거리며 유라 쪽을 향해 다가오고 있었다. 유라 곁을 지나가는 사람들은 주민규 쪽으로 다가갔고 그의 등 뒤에서 걸음을 재촉하던 사람들은 그를 추월하며 걸었다. 순간 주민규가 자취를 감추고 말았다. 군중 속에 묻힌 걸까.

유라는 몸을 좌우로 비틀어대며 그가 다가올 길을 흘끔흘끔 바라보았다. 그는 보이지 않았다. 유라는 주민규가 증발한 곳으로 잰걸음을 했다. 편의점 쪽으로 갔다. 편의점 안을 들여다 보았으나 그의 모습은 보이지 않았다. 상가 건물도 두리번댔지만 그를 찾을 수 없었다. 유라는 편의점 앞에 서서 그가 모습을 드러내 주기만을 바라며 마냥 기다렸다.

유라는 편의점 앞에 서서 그가 모습을 드러내 주기만을 바라며 마냥 기다렸다.

내뺀 걸까. 숨은 걸까. 누구 때문일까.

그가 사라진 순간을 떠올렸다. 그 순간에 그 옆을 지나친 사람들의 신상까지는 알 수 없었지만 행인들은 비범한 자들이 아니었다. 뽀글 파마를 한 여자, 미니스커트를 입은 여자, 여고생으로 보이는 여자, 어린 아이의 손을 잡고 활보한 수수한 차림의 아이 엄마였다. 더하여 넥타이를 매고 가방을 든 남자, 군복 입은 남자, 머리가 센 할아버지도 지나갔었고 태권도복을 입은 어린 아이 또한 지나갔었다. 그렇게 민규를 지나친 사람들의 모습은 그저 평범해 보였으므로 무심하게 여겨도 무리가 없을 것 같았다. 그들의 겉모습은 그랬다. 그러했지만 주민규는 그들 틈에서 모습을 감추고 말았다.

무엇 때문일까.

누구 때문일까.

차를 보았을까.

도로에서 유라를 비껴간 차량 중에는 트럭과 자가용, 택시와 버스였다. 경찰차도 불빛을 번뜩이며 도로를 달렸다. 주민규 쪽에서 굴러 온 차들도 차선을 따라 흘러갔다. 신호를 대기하던 차들도 녹색을 띠면 질주했고 적색 신호에는 제동을 걸었다. 차들은 그렇게 멈칫거리거나 달렸고 어딘가로 흘러갔다. 단지 그랬을 뿐인데 어찌된 영문일까.

지금의 길바닥은 물기 하나 없다. 먼지가 앉아 있고 개미 몇 마리가 골이 난 시멘트 길을 기어가고 있다. 개미들은 페로몬을 뿌려서 길을 만든 탓인지 줄을 지어 간다. 주민규가 사라진 이유가 길바닥 사정 때문은 아니지 싶었다.

길 아래 하수구일까.

하수구는 볼 수 없었다. 그가 사라진 순간에 하수구에서 생쥐 몇 마리가 하수구를 통과하며 찌지직 소리를 냈거나 물에 빠진 생쥐가 구멍 난 하수구에서 입을 빼죽 내밀고 눈을 부라리며 그를 노려보았는지는 알 수 없었다.

유라의 시야에 잡히지 않았던 사람들과 사물들의 내막은 알 길이 없다. 귀에 닿지 않았던 소리들도 알 수 없었다. 주민규의 눈과 귀에는 그리고 그의 코에는 보였는지 들렸는지 풍겼는지, 그로인해서 어디론가 휩쓸렸는지 모를 일이었지만 그는 여전히 유라의 눈에 띄지 않았다.

시간이 흐를수록 거리의 행인들은 점점 불어났다. 시계를 보았다. 저녁 7시를 지나고 있었다. 주민규에게 전화를 걸었다. 받지 않았다. 문자도 날렸다. 그러나 답이 없었다. 유라는 편의점 건물을 올려다보았다. 4층 건물이었다. 1층부터 4층까지 찾아보았으나 주민규의 모습은 볼 수 없었다. 유라는 거친 숨을 몰아쉬며 옥상으로 올라갔다. 주위를 둘러보았다. 옥상 물탱크 옆에 누런 종이박스 하나가 엎어져 있을 뿐이었다. 박스는 한쪽이 땅에 닿아 있었고 다른 한쪽은 한 뼘 가량 솟구쳐 올랐다. 틈새로 검은 천이 삐져나와 있었는데 자꾸만 꾸물거렸다. 그 모습에 적이 놀란 유라는 뒷걸음질 치며 옥상 입구에 달린 철문의 고리를 잡았다. 숨을 죽이며 지켜보았다. 짐승일까. 사람이 숨어 있는 걸까. 유라의 입에서는 겁먹은 목소리가 새어 나왔다.

"거기, 누구, 있나요?"

유라의 말소리를 들은 탓인지 움직임이 멎었다. 떨림도 그쳤다. 미동도 없었다. 유라는 마른침을 꿀꺽 삼켰다.

잠시 후였다. 엎어진 박스 속에서 누군가가 불쑥 튀어나왔다. 주민규였다. 유라와 눈이 마주쳤다. 유라는 한동안 입을 닫은 채 문고리만 잡고 있었다.

"여기서 뭐어 하,세,요?"

유라는 예상 밖의 황당한 광경 때문에 심히 떨리는 소리를 냈다. 그러나 이내 분노어린 목소리를 토해냈다.

"빠알리 오세요. 도대체 여기서 이러는 이유가 뭐예요? 내려오세요!"

유라는 일방적으로 말을 쏟아내며 아래층으로 내려갔다. 1층에서 그를 기다렸다. 잠시 후 그가 왔다. 그는 쫓기는 사람처럼 건물 벽면에 몸을 바짝 기대며 사방을 두리번거렸다. 누구를 찾는 것인지 무엇을 찾는 중인지 또 누구에게 쫓기는 상황인지는 알 수 없는 노릇이었다. 그는 유라 쪽으로 다가왔다. 유라는 '몽마르쥬'로 그를 데리고 갔다. 입구 쪽과 구석진 곳에 빈자리가 있었다. 유라를 따라온 그는 구석진 자리로 갔다. 포크와 나이프가 얹혔고 물도 올려졌다. 주민규는 물을 벌컥벌컥 들이켰다. 유라는 맞은편에 앉아서 그를 물끄러미 바라보았다. 얼굴은 겁에 질린 사람처럼 백색이었다.

그리고 그의 눈동자는 끊임없이 주위를 두리번거렸다. 어깨는 늘어
졌고 몸은 떨었다. 유라는 그 이유를 묻지 않았다. 아니 묻고 싶지
않았다. 이 순간 떨림에 대한 연유를 다그치기라도 한다면 아마 혼
절하거나 자리를 박차고 도망쳐 버릴지도 모른다는 염려 때문이었
다. 여직원이 테이블로 다가왔다.

"주문하시겠습니까?"

"잠깐만요. 배고프죠? 뭘 시킬까요?"

"아무우~ 거어나요."

심장도 떨린 탓인지 주민규의 목소리가 몹시 흔들리며 새어 나왔
다. 유라가 주문을 했다. 음식이 올 때까지 그는 유라의 시선을 외
면했다. 직원이 음식이 담긴 접시를 들고 왔다. 유라의 접시에는 돈
가스와 함박스테이크, 생선가스에 소스가 뿌려져 있었고 가장자리
에는 밥이 있었다. 주민규의 메뉴도 유라와 같았다.

"맛있게 드세요."

그는 머리를 끄덕였다.

"맥주 시킬까요?"

고개를 가로 저었다.

"소주요?"

머리를 끄덕였다. 테이블에 놓인 메뉴와는 어울리지 않았지만 유
라는 소주를 주문했다. 격에 맞게 매운탕도 추가했다. 술병과 술잔
이 왔다. 추가한 메뉴도 왔다. 유라는 그의 잔에 술을 따랐다.

"드세요."

그는 마시지 않았다. 그는 유라의 잔에 술을 부었다. 유라는 잔을
들고 그를 향해 팔을 뻗었다.

"건배!"

그들은 잔을 부딪쳤고 비웠다. 채우고 또 비웠다. 술이 거나해지자 주민규는 눈에 힘을 주며 유라를 바라보았다. 그가 입을 열었다.

"선생님."

술기운 때문이었을까. 주민규는 제대로 된 단어를 구사했다.

"예."

"저하고 약속 하나 할 수 있겠습니까?"

"무슨 내용인데요?"

"비밀수첩 3권에 대한……."

"예, 그런데요?"

"선생님 혼자만 알고 있고, 누구한테도 말하지 않는다면 남아 있는 비밀수첩을 드릴 수 있어요."

"알았어요. 그러죠, 그럼. 그런데 뭐 하나 물어봐도 될까요?"

"예."

"아까 옥상까지 올라가서 왜 그러고 있었죠? 혹시 누구에게 쫓기고 있나요?"

"그냥 나도 모르게……."

주민규는 말끝을 흐렸다. 질문에 대한 답은 더 이상 하지 않았다.

유라와 주민규는 '몽마르쥬'를 나왔다. 유라는 주민규에게 '비밀수첩 3권'을 건네받았다.

2

잡지사에서 온 전화

전화가 왔다. 전에 근무했던 잡지사 '리빙투데이'의 기획특집부 팀장에게 온 전화였다.

"잘 지내?"

"예."

"다른 게 아니라. 청탁 좀 하려고."

본론부터 꺼낸 팀장은 유라보다 네 살 연배였다.

"주제는요?"

"응, '인물—다큐'인데 그렇다고 해서 유명한 사람에 대한 전기 같은 기사 말고 우리 사회에 소외된 사람들이랄까 문제 인물에 대한 이야기를 실었으면 하거든. 그래서 하는 얘긴데 응 어떻게 해 볼 수 있겠어? 글구 한 번으로 그치는 게 아니라 고정코너가 될 거야. 한 인물로 몇 회에 걸쳐서 연재해도 상관없어. 어때?"

"예, 알겠습니다. 쓰죠 뭐."

"한 달 정도 여유 줄게. 다다음달부터 나올 거니까, 마감 날짜 잘 지키고. 청탁 메일은 따로 보낼게. 더 물어 볼 거 있으면 연락하고. 또 보자."

유라는 전화를 끊었다. 전화를 끊고 나자 주민규의 얼굴이 떠올랐다.

3

수강생

어느 초저녁이었다. 유라는 사내를 만나기 위해 집을 나섰다. 만남을 제의 한 쪽은 사내였다. 유라는 사내를 잠깐 보고 몇 마디를 나누었을 뿐이었지만 사내는 유라를 한 시간도 넘게 관찰했다고 했다. 유라의 얼굴은 물론이었을 것이고 목소리와 손짓, 몸짓, 가슴과 엉덩이까지 사내가 차근차근 뜯어보았음은 자명하다. 약속장소도 사내가 일방적으로 정한 곳이었다. 자신이 살고 있는 행촌동의 '미림카페'였다. 사내는 대단한 선물이라도 준비한 것처럼 만나보면 좋은 일이 있을 것이라고 낭낭하게 말했다. 그러나 유라가 느낀 사내는 당당함과는 거리가 멀었다. 여렸다. 의사표현이 어눌한 사람이었다. 사내를 대면한 것은 강의실이었지만 유라가 사내를 따로 만난 때는 강의를 마친 직후였다. 자유기고가인 유라는 사회복지센터에서 '스토커들'이라는 주제의 강의를 마치고 차를 타려고 할 때였다. 낯선 사내가 등 뒤에서 유라를 부르며 달려왔다. 사내는 유라를 선생님이라고 불렀다. 유라는 뒤를 돌아보았다. 정장 차림이었고 곱슬머리와 보통의 키, 몸은 말랐고 서른 살이 넘어 보였다. 그의 표정은 그닥 밝아 보이지 않았다. 그런 용모의 사내는 양복 주머니에서 무엇인가를 꺼내더니 유라에게 불쑥 내밀었다. 유라는 엉겁결에 그것을 받아들었다. 명함이었다. 명함에는 이메일 번호와 휴대전화번호 등 그의 신상에 관한 정보가 새겨져 있었다. 명함을 건넨 사내는 다짜고짜 유라가 했던 강의에 대한 평을 했다. "알맹이가 빠져 있네요" 게다가 맛깔스럽지도 못하다는 평가지 내렸다. 유라가 그러한 평가를 내린 이유를 그에게 구체적으로 지적해 줄 것을 요청했지만 사내는 즉답을 피했다. 그러나 명함의 연락처로 연락을 하면 조목조목 짚어주겠다고 말했다. 그러면서 사내는 자신의 길을 재촉했다. 그의 태도는 당당했지만 말투는 어눌했다. 불안해 보이기까지 했다. 몇 마디를 내 뱉는 중에도 입술을 떠는가 하면 눈꺼풀도 깜박거렸고 말을 더듬었다. 얼굴도 벌겋게 달아올랐다. 유라는 사내의 길을 막고 궁금증을 해소하고 싶었지만 그는 멀어졌으므로 단념하고 말았다. 유라는 사내의 말들을 곱씹었다.

'맛깔스럽지 못하고 알곡이 빠져 있다?'

어떤 내용의 강의가 더 적나라하고 만족스러울 것인지 갈피를 잡을 수 없었다. 강의에 대한 사내의 평가는 구체성을 띠지 않은 극히 일반적인 이야기였고 누구나 발설하는 상투적인 말들이었다. 하지만 구체성이든 일반론이든 표현상의 특징을 따지는 것은 무의미할 것 같았다. 강의에 대해 사내가 내린 문제점 지적이 문제였다. 유라는 며칠 밤을 뒤척거렸다. 잡지사 기자를 그만두고 '자유기고가'라는 타이틀로 강의 경력 3년에 이르기까지 누구도 강의에 대해 유라의 면전에 대고 부정적인 의사표시를 한 적이 없었기 때문이다. 유라로서는 가히 충격이었다. 충격을 해소하는 길은 사내와의 만남밖에는 뾰족한 수가 없을 것 같았다.

그로부터 닷새가 지나서 유라는 미림카페로 갔다. 약속시간보다 일찍 도착한 탓인지 사내는 보이지 않았다. 유라는 창가에 자리를 잡고 주위를 둘러보았다. 앞 테이블에는 두 남자와 한 여자가 앉아서 냉커피를 마시고 있었고 옆 테이블 건너에는 20대 중반의 아가씨로 보이는 여자들이 콜라와 밀크쉐이크, 커피를 마시고 있었다. 약속시간이 되자 사내가 나타났다. 사내의 옷차림은 붉은색 넥타이를 맨 정장 차림이었다. 사내는 유라가 앉아 있는 테이블로 다가 왔고 절을 했다. 자리에 앉은 사내는 유라와 눈이 마주치자 얼굴을 붉혔다. 모호한 사람이라는 생각이 들었다. 부끄러움을 무릅쓰면서까지 유라를 만나서 대단한 고언이라도 들려주려는 의도가 무엇인지 알 수 없는 노릇이었다. 사내는 자기소개를 했다.

"명함에도 나와 있지만 주민규라고 합니다."

이름을 밝힌 사내는 카운터로 갔고 메뉴판을 들고 왔다.

"뭘 시킬까요?"

유라는 에스프레소 커피를 골랐다.

"제가 내겠습니다."

카운터로 간 주민규라는 사내는 에스프레소를 양손에 들고 왔다.

유라는 커피 한 모금을 들이켜며 지난번 사내에게 받았던 명함을 꺼냈다.

"어떤 일을 하시는 분이세요?"

주민규는 히죽 웃었다.

"무엇을 좀 연구하고 있습니다."

"무슨 연구인데요?"

"그, 그게 선생님이 강의했던 것 하고 비슷합니다."

"비슷하다면 스토커 연구 같은?"

"예."

유라는 호기심어린 눈으로 사내를 바라보았다.

"그쪽 분야에 전문가세요?"

"전문가요? 전문가라고 해야 되나. 연구가라고 해야 되나. 하여튼 좀 연구하고 있습니다."

유라는 민규의 신상에 관한 것들을 더 물을 수가 없었다. 그의 입술이 떨렸고 목소리는 자꾸만 목 안으로 기어들었기 때문이다. 질문이 더 이어진다면 탁자 밑으로 기어들어갈 것 같았다. 잠시 뜸을 들인 유라는 그의 음성이 진정되는 기미를 보이자 본론으로 들어갔다.

"지난번에 내가 했던 강의 내용이 엉망이라고 하셨죠? ……무엇 때문인가요?"

"그, 그건, 내 경험 때문입니다."

"경험이라면……."

"그, 그걸 뭐라고 해야 되나, 이, 이 인터넷 같은 데서 많이 나오는 얘기를 짜깁기 한 것 같았어요."

"그랬군요. 그럼 색다른 내용이 있으면 말해 줄 수 없나요?"

"글쎄 그, 그게……."

주민규는 머리를 긁적거렸다.

"제가 미, 밍밍하다고 말한 건 그, 그런 경험을 했거나, 스토커를 만나서 그런 사람들 이야기를 들어보고 강의를 하면 시, 실감이 날 것 같다는 뜻으로 말한 겁니다."

민규의 말을 듣고 난 유라는 모처럼 밝게 웃었다. 유라가 다시 말을 시켰다.

"주민규 씨라고 하셨죠?"

"예."

"주민규 씨는 그런 경험이 있으신가요? 아니면 그쪽 방면에 조예가 깊으신 것 같기도 하고……."

"나를 자, 자주 만나게 되면 선생님께 도움되는 일이 많이 있을 것 같아요. 내 경험도 좀 이, 이, 있기도 하거든요."

유라는 주민규라는 낯선 자의 제의가 어떤 저의가 깔려 있을지도 모른다는 의구심이 솟구쳤다. 유라는 지난 강의 때 주민규에게 자주 눈길을 보냈었다. 40여 명의 수강자 중에서 주민규는 돋보이는 수강자 중의 한 사람이었다. 그는 주로 앞줄에 앉아 있었다. 주민규의 얼굴빛은 카멜레온이었다. 스토커에 대한 법률을 언급할 때는 얼굴이 하얗게 질려 있었고, 스토커들의 몸짓을 흉내 낼 때는 붉게 물들었다. 그는 웃다가도 심각한 표정을 짓거나 얼굴을 일그러뜨렸다. 맹수처럼 노려보기도 했다. 그에 대한 기억은 그것이 전부였다. 대부분은 여성수강자들이었고 남자들은 대여섯 명에 불과했다. 유라는 수강한 남자들이 내심 궁금하기도 했다.

유라는 머리를 갸우뚱거리며 주민규에게 말했다.

"내 강의가 있다는 건 어떻게 아셨어요?"

이렇게 묻는 유라의 말투는 조심스러웠다.

"인터넷에서 봤죠."

유라는 머리를 끄덕였다. 상상 하나가 머릿속에서 맴돌았다. 유라의 강의에 대한 정보는 인터넷 실시간 급상승 검색어에도 나오지 않았고 검색어 순위에도 올라 있지 않았는데도 남자들 중의 한 사람인 주민규는 스토커에 대해 남다른 관심을 두고 있다는 것을 직감할 수 있었다. 어쨌든 앞에 앉은 남자가 유라에게 해를 끼치지 않았다는 사실과 오히려 자신을 위해 도움을 주고 싶어 하는 남자일 거라는 짐작도 갔다. 적어도 이 순간은. 그렇다고 해서 선뜻 약속날짜를 잡을 수도 없었다. 나쁘지는 않게 궁금증을 해소했을지라도 저의를 헤아릴 수 없어서 차후의 만남을 쉽게 결정할 수 없을 것 같았다. 하지만 그 남자의 변화무쌍한 감수성이 또 하나의 궁금증을 자아내게 했다. 주민규가 유라를 물끄러미 보며 말했다.

"또 물어 볼 거 없으세요?"

유라가 버벅대며 대답했다.

"아, 예예. 이제 그만 가야겠어요."

주민규는 아쉬운 표정을 지었다. 그들은 카페를 빠져 나왔다. 유라가 주차장으로 향하자 그는 주차장까지 유라를 배웅하며 가까운 주택가를 가리켰다.

"선생님, 쩌어, 저, 저기 파아란 대문 보이죠? 쩌, 저, 저 집 옥탑 방이 우리이 집이에요. 혹시 나한테 물어 볼 것 있으면 우리이 방으로 오셔도 돼요."

주민규의 목소리가 가늘게 떨렸다.

"알겠습니다."

유라는 차갑게 대답했다.

4

옥탑방에 가다

유라는 옥상으로 올라갔다. 주민규를 만나기 위해서였다. 옥상에는 물탱크가 있었고 물탱크 주변에는 식기와 도마, 칼, 가스레인지가 있었다. 가스레인지는 LPG 가스통에 연결되어 있었고 렌지 위에는 먹다 남은 김치찌개가 얹혀 있었다. 물탱크 옆으로 방이 하나 있었다. 미닫이문이 달린 방이었다. 방문 옆은 창문이었다. 창문은 닫혀 있었다. 유라는 방문 앞에 놓인 신발을 보았다. 운동화와 구두 한 켤레였다. 운동화에는 흙이 묻혀 있었고 가녀린 풀잎이 몇 가닥 붙어 있었다. 유라는 방문을 두드렸다. 인기척이 없었다. 연신 두드렸지만 반응이 없었다. 창문도 두드렸다. 반응이 없는 건 마찬가지였다. 창문 틈으로 안을 들여다보았다. 안에는 이불이 깔려 있었다. 주민규는 보이지 않았다. 창문을 밀었다. 그러나 열리지 않았다. 다시 방문 앞에서 문을 밀었다. 문이 열렸다. 누군가 누워 있었다. 이불을 뒤집어 쓴 채 누워 있었다. 주민규일까. 누워 있는 자는 유라가 서 있는 맞은편 벽을 향하여 모로 누워 있었다. 유라는 신발을 벗고 방으로 들어갔다. 이불을 덮어 쓴 자는 미동도 하지 않았다. 이불을 걷어냈다. 주민규였다. 그의 몸은 땀으로 흠뻑 젖어 있었다. 얼굴에도 땀이 송글송글 맺혀 있었다. 유라가 다가가자 그는 눈을 감은 채 끙끙거리며 앓는 소리를 냈다. 유라는 주민규의 뺨을 가볍게 두드렸다.

"이보세요, 어디 아파요?"

주민규는 눈을 떴다.

"누구세요?"

"나예요."

주민규는 유라와 눈이 마주치자 흠칫 놀라며 몸을 움츠렸다. 주민규가 입을 열었다.

"지금은 안 돼요. 나, 나중에."

비몽사몽간에 내뱉는 말인 듯해서 유라는 그의 말뜻을 이해할 수 없었지만 지금은 대화를 나눌 수 없다는 의도가 역력해 보였다.

"알았어요. 많이 아파 보이는데 병원에 안 가 봐도 되겠어요? 내가 병원에 데려다 줄까요?"

누워 있는 주민규는 손사래를 쳤다. 유라는 주위를 둘러보았다. 책상이 있었고 책상 위에는 컴퓨터가 있었다. 컴퓨터 옆에는 수첩 세 권과 스탠드 거울이 놓여 있었다. 검은 머리의 인형이 거울을 든 모습의 거울이었다. 장롱 옆 구석진 곳에는 입식 옷걸이가 있었다. 옷걸이에는 여성용 잠옷과 여성용 팬티, 브래지어가 걸려 있었다. 유라는 옷걸이에 걸린 여성용 잠옷과 내의 그리고 누워 있는 주민규에게 눈동자를 부지런히 굴렸다. 여성용 옷이라니. 기혼자일까. 혼자 누워도 빠듯할 것 같은 공간일지라도 부부 생활을 하고 있는지도 모를 일이었다. 그러나 벽면 어디에도 기혼을 증명할 만한 사진은커녕 독사진 한 장 걸려 있지 않았다. 유라는 정체를 알 수 없는 남자의 방에 아무런 방비도 없이 들어서 있다는 자체가 내심 불안했지만 표정에 어린 주민규라는 남자에 대한 인상으로는 경계심을 늦춰도 무방할 듯싶었다. 사실, 오늘 이 남자의 집을 스스럼없이 찾아온 것도 시시각각으로 홍조를 띤 순진무구한 얼굴이 떠올랐기 때문이다. 느닷없는 방문이었다. 그의 거처를 찾은 주된 이유는 유라 자신의 강의에 대한 불만족 때문이었다. 오늘도 '스토커'라는 주제로 강의를 했었다. 그러나 그가 지적한 대로 목격이랄까 경험에 의한 강의를 진행하지 못했다는 자괴감을 느꼈다. 때문에 채우지 못한 몇 퍼센트의 강의 내용을 하루라도 빨리 보충하기 위해서 주민규의 집에 불쑥 나타난 것인데 그는 몽롱한 상태에서 대화불가라는 통보 아닌 통보를 내리고 만 것이다.

유라는 방안 곳곳으로 시선을 옮겼다. 빛이 바랜 벽지에는 붉은 매직의 낙서가 듬성듬성 보였다.

죽음의 물을 건너지 마라.

― 낙서 1 ―

누구를 염두에 두고 끼적거린 낙서인지는 알 수 없었지만 음험하고 섬뜩한 구절인 것만은 분명해 보였다. 유라는 휴대폰을 꺼내들었고 낙서에 대고 사진을 찍었다.

땀을 흘리며 누워 있는 주민규의 앓는 소리는 그치지 않았다. 몸도 뒤척였다. 유라는 책상 위를 보았다. 순간, 주민규는 몸을 벌떡 일으키며 책상 위에 놓인 수첩 세 권을 이불 속으로 가져갔다. 이윽고 그는 옷걸이에 걸린 여성용 팬티와 브래지어를 걷었다. 그는 그것들을 이불 깊숙이 밀어 넣었다. 그러고 나서 벽에 기대어 앉았다.

"미, 미, 미안합니다."

"오히려 허락도 없이 불쑥 찾아온 제가 미안하죠."

"아, 아뇨. 지,지 진짜 죄, 죄, 죄송……."

주민규는 머리를 흔들었다.

"으으으, 자,자,잘,모,못,해에해에해엤어요."

그러면서 그는 손으로 이마를 짚었다.

'미안하다니, 잘못했다니'

유라는 그의 행동이 의아스러울 따름이었다. 입에서 장애를 일으키면서까지 그런 말을 내뱉는 이유가 대체 뭘까. 몸이 아파서 미안하다는 건지, 아니면 그러한 모습을 보여주는 자신이 미안하다는 것인지. 그것도 아니면 알 수 없는 특정한 상대에게 입술이 떨리고 가슴이 벌렁거릴 정도의 죄를 지어서 죄송하다는 것인지.

유라는 머리를 갸우뚱거리며 등 뒤를 돌아보았다. 뒤에는 아무도 없었다. 아무래도 주민규는 피치 못할 상황에 놓여 있는 것이 분명해 보였다.

"몸이 많이 아프시나 봐요?"

"예."

"어딜 갔다 오셨나요?"

주민규는 벽을 가리켰다.

"사,사,사, 산에."

"너무 무리하게 산을 타셨나 봐요?"

주민규는 대답이 없었다. 유라는 또 물었다.

"왜 나에게 미안하다는 말을 하는 거죠?"

"그 그냥. 나, 나는 다,다,다른 사람인 줄 알았어요."

"따로 미안하다고 말할 사람이 있나요?"

"그것이, 그, 그, 예."

그러고는 다시 일어나 책상에 있는 스탠드 거울을 손에 들었다. 그는 스탠드를 가슴에 품었고 다시 이불 속으로 들어갔다.

"무슨 큰 비밀이라도……."

"예, 그, 그 그건 나중에 알 수도 있어요."

그렇게 말한 주민규는 스탠드 거울을 겨드랑이에 품었다. 주민규의 몸이 움츠러들고 여성용 옷과 거울, 수첩이 꼭꼭 숨겨질 때마다 유라의 머릿속에는 그에 대한 의문이 차곡차곡 쟁여질 뿐이었다.

"결혼은 하신건가요?"

"그것이 그, 그 아니, 아직."

그는 햄스터처럼 몸을 웅크리며 유라가 이해할 수 없는 말들을 마구 쏟아 냈다. 그만이 알고 있는 암호와 같은 말들은 벽에 적힌 붉은 낙서들을 그대로 읽는 듯했다.

"지금 한 말들은 무슨 의미죠?"

"내가 지금 뭐, 뭐라고 했죠? 아, 아무것도 아니에요. 오늘은 그만……."

　그에게서 지금은 어떠한 소득을 바랄 수 없을 것 같았다. 무엇인
가에 또는 누군가에게 쫓기는 것 같았고 그런 이유로 그는 백주 대
낮에 옥탑방에서 죄인처럼 웅크리고 병자처럼 땀을 흘리는 듯했다.
　'여성용 옷과 수첩 그리고 스탠드 거울에 집착하는 이유는 뭘까.'
　유라는 옥탑방을 나왔다.

5

달동네

햇빛은 싫다.
비가 오면 좋겠다.
밤이 오면 좋겠다.
어머니는 싫다.
또 한 여자가 있다.
그 여자는 나를 싫어한다.

주민규가 유라에게 건네준 수첩의 앞머리에는 이렇게 적혀있었
다. 머리말 아래는 어린 시절부터 살아온 이야기가 가득 들어있었

다. 유라가 정리한 비밀수첩에 대한 내용은 이랬다.

초등학교 때 '강경태'라는 아이가 있었다. '정가희'도 있었다. '경태'는 남자였고 '가희'는 여자였다. 그들은 나와 같은 반이었다. 우리였지만 '우리'라는 표현은 우리에게는 어울리지 않았다. 우리는 '우리'가 될 수 없었다. 친구도 될 수 없었다. 민규는 가희를 따라다녔다. 경태는 민규를 쫓아 다녔고, 몰고 다녔고, 끌고 다녔다. 민규는 경태에게 그런 아이였다. 가희는 경태와 민규를 바라보기만 했다. 그러나 가희는 민규를 불쌍하게 여겼다.

민규는 초등학교 5학년 되던 해에 남해안의 외딴섬에서 서울 변두리로 이사를 왔다. 독립문 위쪽에 위치한 변두리였다. 버스 정류장에서 일흔 한 계단을 올라가면 민규네 집이 나왔다. 달동네였다. 민규네 가족은 민규와 형, 아버지와 어머니 이렇게 넷이었다. 형은 중학교 2학년이었다. 형은 공부를 잘했다. 시골 학교에서도 반에서 1등을 놓치지 않았다. 서울에 전학 와서도 형은 반에서 3등 밑으로 떨어져 본적이 없었다. 민규는 형보다 공부를 못했다. 아니 형과 비교도 되지 않았다. 바닥을 기었다. 방바닥에 배를 깔거나 등을 대고 엎치락뒤치락거리며 책을 붙들고 씨름을 했지만 학교 시험만 보면 시험지가 하얗게 보였다. 머리도 하얘졌다. 아버지와 어머니는 공부 쪽으로는 민규에게 기대하지 않았다. 민규네 가족이 서울로 이사 온 데는 전적으로 형 때문이었다. 형의 학업 때문이었다. 서울에는 피붙이가 없었다. 서울로 이사 온 아버지는 배운 것도 없고 기술도 없어서 포장마차를 끌었다. 아버지는 대로변에서 떡볶이와 어묵, 순대를 팔았다. 어머니도 아버지와 함께 포장마차를 했다. 민규는 아버지를 따라다니지는 않았지만 리어카를 끌고 다녔다. 학교

수업을 마치면 리어카를 끌고 다니면서 길에 버려진 깡통과 빈병 그리고 파지 등을 주웠다. 민규가 리어카를 끌고 다닌다는 사실을 같은 반 친구들은 대부분 알고 있었다. 친구들 중에서도 민규의 사정을 다른 아이들에 비해 더 잘 알고 있는 아이는 '강경태'와 '정가희'였다. 경태는 민규네 집 맞은편 위쪽에 살고 있었고 가희는 경태네 집에서 두 집 건너 위쪽에 살았다. 방과 후 귀가할 때면 민규와 경태, 가희는 같은 골목으로 다녔다. 민규네 집이 맨 아래에 있었으므로 민규가 먼저 집으로 들어갔고 그다음은 경태가, 가희는 맨 나중이었다. 그들은 앞서거니 뒤서거니 하면서 집과 학교를 오갔다. 그러나 그들과는 친구가 될 수 없었다. 경태는 민규를 내키는 대로 조종하는 장난감처럼 여겼다. 촌뜨기와 때꼽째기라며 놀리기도 했다. 민규는 그런 소리를 들을 만도 했다. 서울로 이사 온 지 일 년이 지나도록 목욕탕 한 번 가지 않았다. 집에서 씻었다. 집에서는 세수만 했고 몸은 잘 씻지 않았다. 겨울에는 같은 옷을 열흘도 넘게 입고 다녔다. 그런 이유로 경태는 민규를 가까이 하지 않았다. 몸에서 역겹고 찌든 냄새가 난다고 했다. 방과 후에 귀가 할 때면 경태는 민규에게 10미터 이상 거리를 두고 걸으라고 했다. 경태가 앞으로 걸어가는 것도 허락하지 않았다. 앞에서 걸으면 냄새가 진동한다며 고래고래 소리를 지르며 질색을 했다. 경태는 민규보다 덩치가 컸다. 키는 민규보다 머리 하나만큼 더 컸고 몸도 다부졌다. 몸매로 치면 민규는 앙상한 뼈뼈로 같았다. 다부지지도 않았다. 싸움이면 싸움, 깡이면 깡, 공부면 공부 어느 것 하나 경태보다 앞서는 것이 없었다. 민규에게 경태는 두려운 존재였다. 경태는 나이에 걸맞지 않게 두세 살 터울의 형들과 자주 어울리곤 했다. 경태가 어울리는 형들은 한결같이 경태류였다. 어쩌다가 그들과 눈이 마주칠 때면 그들은 무서운 눈으로 민규를 노려보았고 민규는 눈을 내리깔며 몸을 움츠리거나 슬슬 피하곤 했다. 그럴 때마다 가희는 민규를 측은한 눈으로 바라보았다.

초등학교 6학년 겨울이었다. 겨울 방학을 며칠 앞둔 때였다. 학교를 마치고 집에 온 민규는 폐품을 모아야 하는 것도 깜박 잊은 채 잠이 들었다. 잠결에 소리가 났다. 마당에서 난 소리였다. 깡통 구르는 소리가 들리는가 싶더니 민규를 부르는 소리가 들렸다. 잠이 깼다. 밖으로 나가 보았다. 마당에는 깡통 하나가 널브러져 있었다. 누가 던진 걸까. 대문 쪽을 올려다 바라보았다. 대문 옆 콘크리트 담 너머에 세 명의 아이들이 민규네 집을 들여다보고 있었다. 두 명은 모르는 아이들이었고 한 명은 앞집에 살고 있는 경태였다. 낯선 아이들은 경태보다 키가 한 뼘 정도는 커 보였다. 두 명 중 경태 옆에 있는 아이는 싱글싱글 웃고 있었고 그 옆의 아이는 험악한 인상을 하고 민규를 노려보았다. 그들은 빈손이 아니었다. 손에 하나씩 들려 있었다. 경태는 새우깡 봉지를 가지고 있었고, 웃는 아이는 라면 박스를 들고 있었다. 험상궂은 아이는 빈 우유병을 들고 있었다.

"민규야!"

경태가 불렀다. 민규는 눈을 비비며 밖으로 나갔다.

"왜?"

"형이 던진 것 받아라."

경태는 험상궂은 아이에게 눈짓을 했다. 이윽고 우윳병이 날아왔다. 민규는 엉겁결에 병을 받았다. 받지 않으면 깨질 것이 뻔했기 때문이었다. 민규는 빈병을 손에 들고 그들을 바라보았다. 이윽고 경태가 쥐고 있던 새우깡 봉지가 마당에 떨어졌고, 라면 박스도 얼굴을 향해 날아왔다. 박스는 민규의 무릎을 스치면서 바닥에 떨어졌다. 민규는 그들을 노려보았다. 아니 겁먹은 얼굴로 바라보았다. 경태가 또 입을 열었다.

"야. 주민규! 보태줬으니까 돈 줘."

민규는 대답을 하지 않았다. 경태가 말했다.

"한 사람 앞에 오백 원씩, 천오백 원만 주라."

민규는 또 대꾸를 하지 않았다. 이번에는 경태 옆에서 싱글싱글 웃고 있는 싱글이가 말했다.

"헤헤,헤헤헤. 어이 빨리 가지고 와. 헤헤."

"……"

이번에는 험상궂은 아이가 나섰다. 그는 민규네 집 마당에 침을 퉤, 퉤퉤 뱉었다.

"야. 박스값하고 깡통값 안 주면 지금 당장 담 넘어간다."

험상궂은 험상이는 민규네 담벼락에 다리 하나를 걸쳤다. 민규는 그들이 던진 박스와 깡통 그리고 새우깡 봉지를 집어 들고 그들이 있는 곳으로 던지려 했다.

"반품은 없다."

험상이가 말했고 민규는 손에 든 것을 바닥에 놓았다.

"빨리, 돈이나 내. 우리 빨리 가야 해."

험상이가 또 입을 열자 옆에 있던 두 명의 아이가 머리를 끄덕거렸다. 민규는 코대답도 하지 않았다. 그들은 또 말했다.

"셋 셀 때까지 돈 안가지고 오면 쫓아간다."

"……"

"하나, 두울, 둘 반에 반, 둘 반에 반에 반에 반. 이제 마지막이다."

험상이는 엄지와 검지를 접어놓고 중지를 오므렸다 펴기를 반복했다. 민규는 그 아이의 손가락만 바라보았다.

"진짜 마지막이다. 반에 반 그런 거 없다. 세에 엣. 셋."

말이 끝나는 순간 험상이가 담을 넘어왔다. 가까이 다가왔다. 험상이는 민규가 있던 방에 목을 길게 빼며 바라보았다. 방안에 누가 있는지를 살피는 듯했다. 확인이 끝났는지 험상이는 민규에게 손을 내밀었다.

"돈, 줘."

덩치와 인상에 눌린 민규는 잔뜩 겁을 먹었다.

"나는 돈 없어요."

"니 돈 없으면 니 아빠 돈이라도 가져와."

"아빠 돈은 아빠가 가지고 다녀요."

"뒤져봐서 나오면 어쩔 건데."

"……"

험상이가 밖에 서 있는 그들에게 눈짓을 하자 경태와 싱글이도 담을 훌쩍 넘어왔다. 그들은 민규를 에워싸며 손을 내밀었다. 민규는 말없이 서 있었다. 실제로 민규의 주머니에는 돈이 없었다. 주머니에 백 원짜리 하나라도 있었다면 그들에게 줘버리고 속편하게 끝낼 수도 있을 텐데 정말 없었다. 경태가 방문을 열었다. 싱글이와 경태는 문턱에 엉덩이를 걸치며 방안을 들여다보았다. 험상이와 민규도 방을 보았다. 그들은 훔칠 것을 찾느라 눈동자를 부지런히 굴렸고 민규는 빼앗길 것이 없는가를 부지런히 살폈다. 벽에 달린 옷걸이에는 민규 아빠의 바지 하나가 걸려 있었다. 그들은 바지를 뚫어지게 보았다. 민규는 그 바지에 돈이 들어 있을지도 모른다는 생각이 들었다. 시간을 지체했다가는 그들의 손아귀에 들어갈 것 같았다. 민규는 대문 밖으로 띄쳐 나와 줄행랑을 쳤다. 뒤에서 부르는 소리가 났다.

야, 서! 안 서!

험상이가 악을 써대는 소리였다. 민규는 마냥 달렸다. 그들은 민규보다 더 빠르게 접근해 왔다. 민규 앞으로 돌멩이가 연거푸 떨어졌다. 시멘트 부스러기였다. 더 달리다가는 그들이 던진 돌멩이에 맞아 죽을지도 모르는 일이었다. 빗발치는 돌멩이가 격한 소리를 내며 몸을 스칠 때마다 심장이 조여들었다. 민규는 달음질을 멈추고 뒤를 돌아보았다. 그들은 이미 민규가 서 있는 곳에 와 있었다. 그들은 숨을 헐떡거리며 민규를 에워 쌌다.

"내 놔!"

험상이가 이렇게 말하자 경태와 싱글이도 거들었다.

"내 놓으라잖아."

민규는 바지 주머니를 까뒤집었다. 윗주머니도 뒤집었다. 아무것도 나오지 않았다.

"진짜 없어요."

험상이가 민규의 팔을 붙들었다.

"없으면 몸으로 때워야지."

험상이는 경태와 싱글이를 불렀다.

"니들이 알아서 해."

경태와 싱글이는 민규를 골목 아래로 몰았다. 큰길 쪽에 이르자

'달동네슈퍼'가 나왔다.

"멈춰."

경태가 말했다. 민규는 걸음을 멈췄다.

"훔쳐 와."

경태는 슈퍼에서 과자를 훔쳐오라고 했다. 천오백 원어치는 넘게 훔쳐 와야 한다고 말했다. 훔치는 요령까지 일러 주었다. 부피는 작고 맛있는 것으로, 소리 나는 과자봉지를 훔치면 걸리게 된다며 주의를 주었다. 훔칠 자신이 없으면 돈을 내 놓으라고 했다. 민규에게는 그만한 돈이 없었다. 깡통이나 박스를 팔아서 현금이 생길 때마다 엄마에게 주었기 때문이다. 민규는 우두커니 서 있었다. 용기가 나질 않았다. 민규가 선뜻 결정을 내리지 못하자 불쑥 나타난 험상이가 자신의 주머니를 뒤적거리며 무엇인가를 꺼냈다. 칼이었다. 험상이는 칼을 코앞에 댔다.

"안 그럼 알지?"

민규는 식겁하며 한 걸음 물러섰다. 어쩔 수 없는 노릇이었다. 민규는 슈퍼를 향해 걸어갔다. 슈퍼 가까이에 이르렀을 때 민규는 뒤를 보았다. 험상이는 민규에게 여전히 칼을 보였고 경태는 들어가라는 손짓을 했다. 싱글이는 팔짱을 낀 채 입술을 실실 쪼갰다. 민규는 하는 수 없이 슈퍼로 들어갔다. 잠시 후, 민규는 잠바 주머니에 손을 넣고 몸을 웅크리며 슈퍼에서 나왔다. 민규는 경태와 그 패거리들을 응시했다. 패거리들은 민규가 밖으로 나오자 입을 헤헤 벌리며 빨리 오라는 손짓을 했다. 민규가 출입문에서 그들을 향해 두어 걸음쯤 떼었을 때였다. '야!' 하는 소리가 들리는가 싶더니 민규의 옷깃을 낚아챘다. 민규는 뒤를 돌아보았다. 슈퍼의 남자 주인이었다. 민규는 주인에게 이끌려 꼼짝할 수 없었다.

"꺼내!"

낮은 목소리로 말했지만 위압감이 느껴졌다. 민규는 훔친 물건을 꺼냈다. 초코파이 3개, 알사탕 1봉지, 땅콩과자 1봉지가 나왔다. 주인은 민규를 가게 안으로 끌고 갔고 무릎을 꿇렸다. 주인은 민규에게 훔친 물건에 대한 계산부터 하라고 했다. 민규는 고개를 숙였다.

"죄송해요, 아저씨."

"죄송해?"

"배가 너무 고파서 그랬어요."

"굶었으면 집에서 밥이나 처먹을 것이지, 물건을 훔쳐?"

"한 번만 용서해 주세요. 네?"

"이 모기만한 새끼, 싹수가 노래서 안 되겠어. 나하고 파출소 가자."

민규는 잘못을 빌었다. 눈물도 흘렸다. 무릎을 꿇은 채 시간도 흘려보냈다. 주인에게 욕도 열 바가지는 넘게 들었고 훈계도 받았다. 다행히 주인은 이번 한 번만, 딱 한 번만 용서해 준다고 했다. 민규는 눈물을 흘리며 가게를 나왔다. 경태와 패거리들은 자취를 감추고 말았다. 민규가 가게 앞을 나서려 하자 윗집에 사는 여학생 가희가 가방을 둘러메고 가게 입구에 서 있었다. 가희는 게슴츠레한 눈으로 민규를 한동안 바라보았다. 가희가 말했다.

"나도 다 봤어."

민규는 고개를 숙이며 집을 향해 말없이 걸었다. 무서웠다. 추웠다. 배도 고팠다. 창피했다.

'도둑질한 것을 가희가 보다니. 아, 정말, 진짜.'

너 호수를 건너면

나 호수에 있다.

— 낙서 2 —

6

쪽지

한겨울, 초등학교 마지막 학년이 저물어 가고 있었다. 며칠 있으
면 성탄절이었다. 민규네 교실 뒤쪽의 게시판 앞에는 나무 한 그루
가 놓여 있었다. 죽은 나무였다. 죽은 나무는 화분 안에 있었다. 나
무는 죽어 있었지만 가지에는 별이 반짝거렸고 오색 종이가 나풀거
렸다. 반 아이들은 그 나무를 '희망나무'라고 불렀다. 선생님은 희
망나무에 소원을 적어서 걸어 놓으라고 했다. 민규도 쪽지 하나를
걸었다. 철사로 구멍을 냈고 가지에 찬찬이 동여맸다. 쪽지 표지에
는 '고맙다. 빌려줘서'라고 적었다. 쪽지 안에도 몇 자 적었다. 안쪽
에 쓴 글은 볼 수 없도록 반으로 접어서 풀로 붙여놓았다.

다음날이었다. 민규는 일찍 학교에 갔다. 민규보다 더 일찍 등교한 친구들도 있었다. 네 명이었다. 경태도 와 있었다. 경태는 종횡무진 교실을 누볐다. 민규는 책가방을 내려놓고 교실 뒤쪽에 있는 희망나무로 갔다. 별이 반짝거렸다. 색종이도 빛을 냈다. 쪽지들은 나무에 걸린 가오리연이나 방패연 같기도 했다. 민규는 나뭇가지를 더듬거리며 자신이 걸어 놓은 쪽지를 찾고 있었다. 하지만 어느 틈으로 샜는지 보이지 않았다. 다른 가지에도 없었다. 낙엽처럼 떨어져서 쓰레기통에 들어간 걸까. 쓰레기통을 뒤졌다. 없었다. 연처럼 날아서 창문을 넘어 갔을까. 유리창 밖을 내다보아도 쪽지는 보이지 않았다. 누군가가 일부러 떼어서 버렸거나 떼어간 것이 분명했다. 누구일까. 일찍 온 친구들 중에 한 명일수도 있겠다는 생각이 들어 그들을 째려보았다. 그들은 민규의 눈치를 살폈다. 그러나 그들은 민규와 눈을 맞추려들지 않았다. 애써 눈길을 피했다. 이윽고 종이 울렸고 수업을 했다. 민규는 쉬는 시간마다 쪽지를 찾았지만 흔적도 발견할 수 없었다. 희망의 글을 써서 걸어 놓았는데 사라지고 말다니. 가슴이 휑한 기분이었다. 수업이 끝나고 집으로 가는 길이었다. 가희가 멀찌감치 걸어가고 있었다. 민규는 가희의 뒷모습만 멀거니 바라보았다.

야, 주민규!

등 뒤에서 누군가가 부르는 소리가 들렸다. 뒤를 돌아보았다. 경태였다. 민규는 경태가 다가올 때까지 발을 떼지 않았다.

"야, 니 날 따라 와!"

경태는 일방적으로 말하며 외진 골목으로 향했다. 집으로 가는 길은 아니었다. 민규는 그를 따라갔다. 좁은 골목으로 터덜터덜 걸어가던 경태는 별안간 길가에 내놓은 연탄재를 걷어찼다. 잿더미가 흙먼지를 날리며 떼구르르 굴렀다.

"거기 앉아!"

경태가 흩어진 잿더미를 가리키며 말했다. 민규는 경태를 멀뚱히 바라보았다.

"왜, 싫어?"

경태는 말이 끝나기가 무섭게 민규를 잿더미로 밀쳤다. 민규는 주저앉았다. 연탄재는 더 잘게 부서졌고 풀풀거리며 민규의 바지 속으로 스며들었다. 경태는 자신의 책가방에서 물건을 하나씩 꺼내기 시작했다. 연필, 지우개, 칼을 꺼내서 길바닥에 늘어놓았고 사진 한 장을 꺼내어 손에 쥐었다. 여학생 사진이었다. 경태는 사진을 민규의 눈앞으로 바짝 디밀었다.

"누구게?"

사진을 본 민규는 토끼처럼 눈을 둥그렇게 뜨며 입을 벌렸다. 사진 속의 인물은 가희였다.

"가희가 다 준거야. 저것도 이것도."

경태가 말한 저것은 땅에 내려놓은 학용품이었고 이것은 사진이었다. 경태는 가방에서 또 뭔가를 꺼냈고 손에 움켜쥐었다.

"야, 이건 이제 필요 없겠지? 가희는 내꺼니까."

경태는 손에 쥔 것을 펴 보였다. 쪽지였다. 민규가 희망나무에 걸어 놓았던 쪽지였다. 순간 민규의 눈은 분노에 가득 찬 맹수의 눈으로 변해 있었다.

"이리 줘!"

민규는 소리를 지르며 경태의 손목을 비틀었다.

"아야, 이거 못 놔!"

경태는 인상을 잔뜩 구기며 민규의 위아래를 훑어보았다. 민규는 손을 놓았다. 경태는 쥐고 있던 쪽지를 바닥에 버렸다.

"야. 앞으로 이런 연애편지는 쓰지 마! 가희는 내꺼야. 손도 까딱 대지 말란 말이야. 알았어?"

민규는 버려진 쪽지를 주었다. 아무도 볼 수 없게 반으로 접어서 풀칠까지 해 두었던 쪽지가 넓게 펼쳐져 있었다. 쪽지 안에 감춰진 자신만의 비밀이 경태 녀석에게 들키고 말았다는 사실이 분하고 창피해서 얼굴이 화끈거렸다. 경태는 손을 탈탈 털며 골목을 빠져 나갔고 민규는 경태의 뒷모습만 황망히 바라보았다. 버려진 쪽지가 연탄재를 뒤집어 쓴 채 바람에 날렸다. 민규는 쪽지를 주워들며 먼지를 털었다. 글자를 어루만졌다.

'가희야 우리 어른 되면 결혼하자.'

7

진실 게임

　중학교 3학년 2반 교실은 한 시간 동안 자습이었다. 자습을 감독하는 선생님은 없었다. 여학생들은 그들끼리 놀거나 공부를 했고 남학생들은 한곳에 모여서 게임을 했다. '진실 게임'이었다. 누가 누구를 좋아하는지를 묻고 대답하는 게임이었다. 어떤 남학생이 어떤 여학생을 좋아하는지를 밝히는 놀이였다. 민규와 경태, 가희는 초등학교를 졸업하고 같은 중학교로 진학하였다. 1학년 때는 민규가 5반, 경태는 3반, 가희는 6반이어서 뿔뿔이 흩어졌고 2학년 때도 같은 반이 아니었다. 그러나 3학년이 되자 셋은 한 반에 배정되었다.

반에서 주먹깨나 쓸 줄 아는 '동석'이라는 녀석이 샤프를 빙글빙글 돌렸다. 샤프 끝이 가리키는 사람은 진실을 고해야 했다. 걸린 사람은 좋아하는 여학생을 그들 천하에 알렸다. 상대가 없다는 말은 통하지 않았다. 그 놀이에서 경태도 비껴가지 않았다. 샤프심이 경태를 향하자 경태는 여학생들에게 시선을 돌리며 단호하고 큰 목소리로 말했다.

"일편단심이야. 가희, 정가희!"

순간 가희의 얼굴은 붉게 변했다. 가희는 손바닥으로 얼굴을 가렸다. 진실 게임에서 민규도 걸렸다. 민규는 샤프심이 자신을 향하자 남학생들을 둘러보았다. 진실 게임이 웃고 즐기자고 하는 놀이였지만 이 순간이 지나면 어쩌면 거론한 여학생을 들먹이며 친구들이 놀려 대지나 않을지 지레 겁부터 났다. 다른 아이들처럼 빗겨 갈 수도 없었고 벗어날 수도 없는 난감한 처지에 놓인 민규는 여학생 쪽으로 단 한 번도 눈을 주지 않았다. 몇몇 여학생들은 민규를 말끄러미 바라보는가 하면 민규의 고백을 말에 귀담아 들으려는 표정을 지었다. 민규는 한참 동안 입을 열지 않았다. 다른 학생들은 장난이었을지 모르지만 민규는 게임으로 여기고 싶지 않았다. 진심을 토해내고 싶었다. 여태껏 마음 한구석에 고이 간직하고 있던 사랑의 상대자를 만천하에 공개해야 하는 순간이기도 했다. 이윽고 민규가 입을 열었다.

"정가희!"

민규의 입 밖으로 솟구치는 '정가희'라는 말은 여느 친구들보다 진지했고 당당했다. 그러나 가슴은 떨렸다. 초등학교 때 희망나무에 걸어 둔 '가희야 우리 어른 되면 결혼하자'라는 문구가 경태 녀석 때문에 무참하게도 전달되지 못한 이후로 가희에게나 누구에게도 가희를 향한 마음을 표현할 길이 없었다. 민규는 여태껏 가희를 마음속에서 버리거나 지운 적이 없었다. 가희를 항상 넣고 다녔다. 가희는 민규의 마음주머니에서 무럭무럭 피어오르며 삐져나왔고 듬뿍듬뿍 담겼다. 졸임과 떨림 그리고 후련함 뒤에는 파장도 일었다. 순간순간마다 불길한 징후들이 진실 게임 이후로 나타나기 시작했다.

첫 번째 징후는 마지막 시간을 앞 둔 쉬는 시간이었다. 화장실에 다녀 온 민규는 수학수업을 받기 위해 의자에 앉았는데 아랫도리가 축축했다. 엉덩이를 들어 올리자 의자에는 물기가 있었고 바지는 젖어 있었다. 민규의 행동을 지켜본 아이들은 킥킥대며 웃었다. 여학생들은 더 길게 웃었다. 가희도 웃었다. 선생님도 웃었다.

"쉬 했나 봐요."

"아이, 지린내."

"똥오줌도 아직 못 가리나 봐."

히히히…….

호호호…….

아이들은 저마다 한마디씩을 내 뱉거나 웃음소리를 냈다. 민규도 그들을 따라 웃었다. 얼토당토않아서 웃었다. 이럴 땐 어떤 표정과 행동이 가장 어울릴지 쉽게 판단이 서질 않았지만 인상을 구기는 것보다는 웃는 편이 차라리 당당하겠다는 생각이 자신도 모르게 일었다. 그래서 웃고 말았다. 그러나 누군가의 목소리는 역겹다 못해 토악질을 할 것만 같았다. '똥오줌도 아직 못 가리나 봐'라며 놀리는 자의 목소리였다. 그는 경태였다. 경태는 또 비아냥거렸다.

"이런, 벼엉신. 생기다 말았나."

경태는 혼잣말처럼 속삭였지만 민규는 그의 목소리가 온 교실에 울리는 듯했다.

민규는 의자에 대고 소리를 질렀다.

"어떤 개자식이 물 부었어!"

아이들은 벙벙한 얼굴로 민규를 보았고 선생님도 웃음을 그쳤다. 그럴 만도 했다. 지금의 민규는 지금까지의 민규가 아니었다. 이처럼 화를 내거나 목소리를 높인 적이 한 번도 없었다. 여태껏 약간의 어눌함이 그만의 특성이었다. 모두 입을 다물고 눈을 크게 뜨며 민규를 바라보았다. 속삭이는 듯한 소리가 또 났다.

"벼엉신 육갑하고 자빠졌네."

이번에도 경태였다. 선생님도 경태의 목소리를 들은 탓인지 경태를 한동안 쏘아보았다. 선생님은 하려던 수업을 중단하고 사태파악에 나섰다.

"누구야. 어떤 놈이 물 뿌렸어?"

"……."

교실은 조용했다.

"빨리 안 나와. 어떤 놈이야!"

교실은 일순간 싸늘했다. 아무도 자백하지 않았다. 수업이 끝나고 종례시간이 되자 담임 선생님이 들어왔다. 민규는 종례가 끝나기 전에 범인이 색출되기를 바랐다. 그러나 선생님은 끝내 민규에 대한 이야기를 하지 않았다. 민규의 입술만 소리없이 달싹거릴 뿐이었다.

물에 젖은 바지사건은 시작에 불과했다. 이틀이 멀다 하고 일이

터졌다. 학교에서 일어난 일들을 학교에서 무마하기에는 민규로서
는 역부족이었다. 혼자만의 비밀로 묻어 둘 수 없는 일이 터지고 말
았다.

밤이었다. 마당에서 빨래를 하던 민규 엄마는 격한 목소리로 민
규를 불렀다.

"민규야! 야, 이 미친놈아."

방바닥에 배를 깔고 숙제를 하고 있던 민규는 짜증을 냈다.

"왜요?"

"빨리 안 와!"

민규는 씩씩거리며 마당으로 나갔다. 엄마는 버무린 빨랫감을 앞
에 두고 민규를 바라보았다. 엄마는 빨랫감 속에서 민규의 체육복
을 끄집어냈다.

"이게, 뭔 짓거리냐?"

체육복이 찢겨있었다. 윗옷은 오른쪽 소매가 잘려 나갔고 배꼽
쪽에는 칼자국이 나 있었다. 하의는 왼쪽 무릎의 천이 달아나 있었
다. 알 수 없는 일이었다. 민규도 해진 체육복을 망연한 표정으로
바라보았다. 그런 일이 없었기 때문이다. 오늘 체육이 들어서 아침
에 체육복을 책가방에 넣고 학교에 갔고, 체육시간에 꺼내 입었다.
체육시간이 끝나자마자 다시 책가방에 넣어두었을 뿐이었다. 엄마
는 다그쳐 물었다.

"누구 짓이야. 어떤 놈이 그랬어?"

"나도 몰라요. 엄마."

"몰라? 내일 이거 가지고 당장 학교에 가자. 어떤 놈인지 손모가
지를 짤라 버릴 테다."

엄마는 다시 민규를 노려보았고 빨랫방망이를 들었다.

"이 바보야!"

엄마는 방망이로 민규의 다리를 쳤다.

"당하고 사느니 차라리 뒈져라."

엄마는 또 민규의 어깨를 쳤다. 방망이로 두 대를 얻어맞은 민규는 멀찌감치 도망을 쳤다.

"니 하는 짓이 흐물흐물 하니 영락없는 문어 같으니까 그 모양으로 당하고 살지. 염라대왕은 뭐하는가 몰라 저런 거 안 잡아가고."

엄마는 물에 젖은 체육복을 민규를 향해 던졌다.

"체육복 사 달라는 말 절대 하지 마. 헌옷 통에서 주워 입든 알아서 해. 꼴 보기 싫어. 나가 당장!"

민규는 집을 나갔다. 세 시간 넘게 골목에서 방황하다 슬금슬금 집에 들어왔고 엄마 몰래 방으로 들어가 잠을 잤다. 다음날 민규의 엄마는 학교에 가지 않았다. 체육복을 난도질한 범인도 찾으려 하지 않았다. 엄마는 여전히 민규를 나무랐고 전적인 책임을 민규에게 돌렸다. 엄마는 여전히 분이 풀리지 않았는지 민규에게 어제처럼 퍼부어댔다.

뒈져라, 병신, 문어대가리…….

민규는 누구의 소행인지 알 수는 없었지만 짐작은 갔다. 경태의 짓이 틀림없어 보였다. 지난번 학교에서 의자에 물을 뿌렸던 위인도 경태가 저지른 짓으로 단정했다. 경태 이외에 적을 둔 사람은 아무도 없었기 때문이었다. 이렇게 연방으로 터진 황당한 사건은 '진실 게임'을 한 이후였다. 단지 짐작에 불과했지만 짚이는 데가 있었다. 가희를 사이에 둔 삼각관계 때문일 거라는.

'비밀수첩 제1권'은 여기까지였다. 비밀수첩은 주민규에게 입수한 것이었다. 주민규는 비밀수첩 제1권을 유라에게 조건 없이 보여주겠다고 했고 유라는 주민규에게 입수한 수첩의 내용을 다듬어서 컴퓨터에 저장해 두었다. 비밀수첩 1권의 내용이 무엇을 의미하는지는 알 수 없는 노릇이었지만, 주민규는 비밀을 알기 위해서는 비밀수첩을 1권부터 읽지 않으면 안 된다고 했다. 그러면서 주민규는 자신이 개척한 미로의 길을 따라오라고 했다. 사실이지 유라는 주민규의 일상을 파고든다는 것이 여간 부담스러운 것이 아니었다. 그 이유는 여자도 아닌 남자에게, 일면식도 없는 남자의 문턱을 넘나들어야 하는 무모함 때문이었다. 그러나 유라는 주민규의 어눌한 말투와 그러한 말투에 내재된 그만이 알고 있는 비밀들이 봇물처럼 쏟아져 나올 것만 같은 예감이 마음 한구석에 자리했다.

8

백일몽

    오후 3시쯤이었다. 유라는 '비밀수첩 1권'을 들고 주민규가 머물고 있는 방으로 향했다. 유라는 주민규가 머물고 있는 옥탑방으로 갔다. 방문을 두드렸다.

"주민규 씨!"

반응이 없었다.

툭,툭,툭.

"주, 민, 규, 씨이!"

탕,탕,탕.

텅,텅,텅.

"주우. 민"

방안에서 남자의 소리가 새어 나왔다.

"누,구,세,요?"

"고유라예요."

문이 열렸다.

"들어오세요."

방에서 비릿한 냄새가 났다.

"아, 예."

주민규는 눈을 내리깔며 머리를 추스렸다. 방금 잠에서 깬 듯했다. 그의 머리는 닭벗처럼 솟아 있었고 이마에는 땀이 송글송글 맺혀 있었다. 인중과 턱 주변은 며칠째 면도를 하지 않은 탓인지 수염이 텁수룩하게 돋아 있었다. 방바닥에는 이불이 깔려 있었다. 주민규는 이불을 걷어냈다. 이마에 맺힌 땀방울이 뺨으로 굴렀다.

"어디 아프세요?"

"꿈을, 좀……."

"나쁜 꿈인가요?"

"네, 악몽을……."

현관에 서 있던 유라는 방문을 열어 둔 채 방으로 들어갔다. 비릿한 냄새가 코를 찔렀다.

유라는 '비밀수첩 1권'을 주민규에게 건넸다. 주민규는 받아 든 수첩을 장롱에 집어넣고는 또 한 권의 수첩을 꺼냈다. 그러고는 장롱문을 잽싸게 닫았다. 장롱 속에 어떤 비밀스런 물건이 담겨 있는 것인지는 알 수 없는 노릇이었지만 잠깐 사이에 유라의 눈에 비친 장롱 속 풍경은 너저분한 옷가지들이었다. 검정과 빨강, 여성용 속옷과 치마, 누리끼리한 스타킹이 눈에 들어왔다가 금세 모습을 감추고 말아버렸다. 주민규는 그 속에서 수첩 하나를 꺼낸 것이다. 그가 꺼낸 수첩은 마치 비밀창고에서 비밀의 문을 통해 은밀하게 나온 일급기밀과도 같고 보물과도 같아 보였다. 그는 손에 든 수첩을 한 장 한 장 넘기면서 유라를 힐끗힐끗 쳐다보았다. 마지막 장에 이르자 수첩을 덮었고 방바닥에 내려놓았다. 순간, 아래층 계단 쪽에서 퉁퉁퉁……하는 소리가 들려왔다. 누군가가 계단을 밟고 오르는 소리였다. 소리는 점점 둔탁해졌고 또렷했다. 소리 때문인지 주민규는 연방 눈동자를 껌벅거리며 몸을 잔뜩 웅크렸다. 계단의 울림소리가 점점 거세지자 주민규는 방문을 잠갔고 숨을 죽였다. 그러고는 이불 속으로 몸을 숨겼다. 누군가의 발짝 소리는 벌써 옥탑방 창문 쪽에서 났다. 그림자 하나가 창문에 있었다. 미동도 하지 않았다. 이불 밑으로 들어간 주민규는 바들바들 떨었다. 몸을 떨면서도 궁금한 탓인지 이불을 걷어내며 얼굴을 드러냈다. 창문을 바라보았다. 그림자를 본 주민규는 다시 이불을 뒤집어썼다. 유라는 주민규의 몸짓과 창문에 비친 그림자를 멀거니 바라보았다. 잠시 후 창문에 드리워진 그림자는 사라졌고 계단 밟는 소리가 더 멀리 달아났다.

"갔어요."

"가,가,갔,갔어요?"

주민규는 이불을 걷어내며 몸을 일으켰다. 그는 땀에 절어 있었다. 주민규는 유라의 얼굴을 바로 보지 않았다. 아니 못한 것 같았다. 무엇이 그를 그렇게 짓누르고 있는 것인지는 알 수 없었지만 주민규는 흙 속에 들어간 쥐였다. 쥐를 잡으려고 구멍을 파는 곰의 손가락에 잡힐 듯한 홈 속에서 몸을 웅크리며 떨고 있는 나약한 쥐였다. 유라는 벽에 걸린 수건을 걷어서 주민규에게 주었다. 주민규는 땀을 닦았다. 그는 수건을 내려놓고 장롱에서 꺼낸 수첩을 유라에게 주었다. 수첩을 손에 쥔 유라는 대충 넘기며 말했다.

"이게 전부인가요?"

"아니요."

"몇 권이나 더 있죠?"

"한 권이요."

"다 주면 안 돼요? 자주 오기도 그렇고……."

"그건, 좀……나중에……."

"도움이 될 자료를 준다고 했는데 수첩을 말하는 건가요?"

주민규는 여전히 유라의 눈을 피하며 책상 위의 스탠드 거울을 주시하며 말했다.

"아, 아니요. 또, 또 다른 거 있는데, 그건 2권을 읽고 나서 나중에 가져, 오.오.오시면 마, 말 할게요."

주민규의 '또, 또 다른 거'라는 말이 몇 가지를 나타내는지 아니면 '또, 또'라는 말이 상투적인 그의 말버릇인지는 알 수 없었다. 그렇다고 해서 맞으면 ○, 틀리면 ×를 하라는 식으로 사실여부를 따지고 싶지 않았다. 정확히 말하면 옳고 그름을 따질 수 없었다. 지금 그에게는 불안과 공포에 떨고 있었기 때문이었다. 유라가 본 주민규는 항상 얼굴을 붉혔고 입술이 떨렸고 눈을 피했다. 게다가 오늘은 몸을 떨었고 땀을 쏟아냈다.

'이제 이 방을 나가야 하나.'

유라는 잠시 생각에 잠기며 방바닥으로 시선을 내리 깔았다. 주민규는 책상 위의 스탠드 거울을 끌어내려서 거울을 물끄러미 바라보는가 하면 거울의 뒷면을 유심히 보았다. 그러고는 유라에게 곁눈질을 하며 입술을 들썩거렸다.

"저, 서, 선생님, 이 거, 거울 속에는 뭐가 있지요?"

유라는 방싯 웃으며 대답했다.

"글쎄요. 비어 있겠죠."

"있어야 되는데."

"왜요?"

"다, 다음에 마, 말 할게요."

주민규는 더 이상 입을 열지 않았다. 주민규는 또 스탠드 거울을 만지작거렸다. 유라는 주민규의 방을 나왔다.

호숫가 노부부의 집이 아름다워도
도시로 가지마라
— 낙서 3 —

9

미행

민규는 가희를 따라갔다. 가희는 영등포전철역으로 다가갔다. 그
녀는 역을 지나치는가 싶더니 뒷걸음질을 하며 역 안으로 들어갔
다. 민규도 가희를 따라 지하철역 계단을 밟았다. 가희는 신도림 방
향의 개찰구로 몸을 들이 밀었다. 민규도 신도림 방향으로 부리나
케 달렸다. 가희가 보이지 않았다. 출발한 걸까. 민규는 가희가 천
철을 타고 사라질만한 시간적인 여유가 없었음에도 시야에서 사라
진 것이 의아할 따름이었다. 가희는 걸었고 민규는 달렸으므로. 또
한 이 순간 전동차의 도착을 알리는 소리도 바람도, 저편으로 사라
지는 전동차의 꽁무니도 보이지 않았다. 어디로 간 걸까. 민규는 반

대편 계단으로 내달렸다. 전철을 타려는 사람들은 민규 쪽으로 다가왔다. 민규는 승객들의 틈바구니에서 몸을 잔뜩 움츠리거나 벽으로 밀착시키며 주위를 살폈다. 가희는 없었다. 다시 사방으로 눈을 돌리자 신문가판대 너머로 하늘색 티를 입고 있는 여자가 눈에 들어왔다. 그 여자도 민규처럼 주위를 둘러보았다. 그녀는 가희였다. 민규는 가희의 눈을 피하며 가판대에서 신문 하나를 사 들고 그녀 쪽으로 다가가서 전철을 기다렸다. 열차가 도착했다. 가희가 탔고 민규도 탔다. 민규는 가희와는 다른 쪽으로 들어갔다. 민규는 가희를 놓치거나 그녀가 자신을 볼세라 눈을 부지런히 굴렸다. 몸도 비틀었고 등을 돌렸다. 민규가 가희를 미행하는 이유는 가희의 집을 알기 위해였다. 가희는 이사를 했다. 가희만 이사를 했는지 집안이 이사를 갔는지는 알 수 없었지만 어쨌든 가희는 초등학교 때와 중학교 때 살던 집은 아니었다. 세월이 흐른 만큼 지금의 가희는 옛날의 가희가 아니었다. 민규도 마찬가지였다. 키도 커졌고 몸무게도 늘었다. 덩달아 나이도 보태어졌다. 서른두 살 여름의 초입에 들어서 있다. 그동안 민규는 가희에게 연락을 하지 않았다. 연락처를 알 수 없었기 때문이었다. 가희를 본 것은 중학교 동창회 모임에서였다. 오늘이 그날이었다. 중학교를 졸업하고 처음으로 민규는 가희를 보았다. 민규는 그동안 동창회 모임에는 빠짐없이 얼굴을 내밀었다. 목적은 하나였다. 가희를 보기 위해서였다. 그러나 가희는 번번이 모습을 드러내지 않았다. 오늘에야 민규의 눈에 들어왔다. 가희는 호기심 때문에 동창회에 나왔다고 했다. 오늘 가희도 민규를 보았다. 그녀는 웃으며 민규에게 말을 걸었다. 그러나 두어 마디 건네는 정도였다. 기껏해야 '오랜만이네. 지금 뭐하니?'라며 간결한

어조로 말했다. 보고 싶었다는 말도, 추억을 더듬으며 '그땐 그랬지?'
라는 말도 하지 않았다. 시간도 배려하지 않았다. 그 와중에 민규가
가희에 대해서 몇 가지 알아낸 사실은 집이 이사를 했다는 거였고
아직 미혼이라는 점이었다. 민규는 얼굴을 붉히며 가희의 거처와
전화번호를 물었지만 가희는 답을 주지 않았다.

'가희의 집은 어디일까.'

민규는 가희가 탄 객실로 들어갔다. 서 있는 사람들이 듬성듬성
보였다. 가희는 앉아 있었다. 민규는 신문지를 펴서 얼굴을 가리며
출입문의 난간에 기대어 섰다. 가희는 좀처럼 내릴 기미를 보이지
않았다. 가희는 눈을 감았다 뜨거나 휴대폰을 만지작거렸다. 역 하
나가 다가오고 지날 때마다 민규는 마음을 졸이며 바라보았지만 가
희는 미동도 하지 않았다.

전철 문이 열렸고 사람들은 내렸다. 또 탔다. 문이 닫혔다. 가희
는 부평역에서 내렸다.

가희가 내리자 민규도 내렸다. 가희는 '계양' 방면으로 환승을 했
고 '계산역'에서 내렸다. 민규도 내렸다.

지하철을 빠져 나온 가희는 공원을 향해 걷다가 오른쪽 골목으로
걸음을 옮겼다. 골목에는 지업사가 있었고 편의점이 있었다. 교회
도 나왔다. 가희는 분식집과 머리방 편의점을 지나 '계양산 운명철
학관'이라는 간판 앞에서 걸음을 멈추었다. 민규는 편의점 건물에
몸을 숨기며 가희의 동태를 살폈다. 가희는 철학관 옆 연립주택의
철문을 밀고 들어갔다. 2층집이었다. 가희가 모습을 감추자 민규는
철망에 눈을 들이댔다. 가희는 2층으로 들어갔다. 가희가 들어간
곳은 넝쿨 집이었다. 넝쿨이 아래층과 위층에 길게 뻗어 있었다. 넝

쿨 집에 사는 걸까. 어쨌든 문을 따고 당당히 들어갔으므로 그녀의 거처임에는 분명해 보였다.

미행을 끝낸 민규는 서울로 향하는 전철을 타고 옥탑방으로 돌아왔다.

밤이었다. 민규는 휴대폰을 켰다. 9시가 가까워지고 있었다. 밤이 내린지도 꾀 지난 시각이었지만, 이글거린 8월의 뙤약볕 잔영이 남아서였는지 행인들은 짜증스런 표정을 짓거나, 땀을 뻘뻘 흘렸고 시큼한 땀 냄새를 풍기며 건물 속으로 들어갔다. 민규도 행인들의 대열 속에서 땀을 흘리며 '계산사회체육센터' 지하로 내려갔다. 지하 1층에는 '잔키스 햄버거'라는 패스트푸드점이 있었고 햄버거 가게 유리벽 너머로 수영장이 보였다. 오른쪽은 헬스장이었고, 왼편은 에어로빅 센터였다. 민규는 햄버거 가게를 기웃거렸다. 홀에는 너댓 명의 여자 손님들이 햄버거를 먹고 있었다. 민규는 문밖에서 카운터와 주방을 들여다보았다. 가희는 보이지 않았다. 며칠 전에는 가희가 위생모를 쓰고 붉은 상의에 곤색 치마를 입고 햄버거를 팔고 있었다. 민규가 햄버거 가게 앞에서 서성거린 횟수도 오늘이 네 번째였다. 가희를 만나기 위해서였다. 그러나 지난번까지는 번번이 가게를 배회하였을 뿐 가희를 만나지 않았다. 가희의 근무 여부만 확인하고 돌아서곤 했다. 가희의 근무지를 알게 된 것도 가희의 집이 넝쿨 집이라는 사실을 알고부터였다. 출근시간에 가희를 미행했고 가희의 집 가까운 곳에 직장이 있다는 것을 확인했다. 민규는 예전처럼 문밖에서 서성거렸지만 오늘은 문을 열고 들어갈 거라고 맘을 단단히 먹고 나섰다. 그러나 여전히 다짐뿐이었다. 어둠이 더해질수록 가게에 있던 손님들이 빠져나갔다. 가게 옆 에어로 빅 센터와 수영장도 손님들이 썰물처럼 빠져나갔다. 가희가 있는 햄버거 가게도 문 닫을 채비를 했다. 홀의 불빛이 꺼졌다. 카운터와 주방에만 불빛이 남아 있었다. 일과를 정리하는 듯했다. 가희는 보이지 않았다. 민규는 여전히 문밖에서 가게 안을 기웃거렸다. 시계를 보았다. 밤 10시였다. 이윽고 남은 불도 모두 꺼졌다. 비상구의 불빛만 새어나왔다. 민규는 1층으로 가는 계단을 오르다말고 뒤를 돌아보았다. 가게에서 사람들이 나오고 있었다. 그들 틈에 가희도 있었다. 가희는 쇠줄을 들고 나왔다. 그녀는 손에 든 쇠줄을 문고리에 걸었고 자물쇠를 채웠다. 그들은 계단으로 올라왔다. 민규는 1층을 향해 뛰었다. 1층 현관을 빠져나온 민규는 건물 입구에 있는 긴 의자에 등을 돌리며 앉았다. 그들은 민규를 지나쳤다. 가희도 지나갔다. 민규는 헛기침을 해대며 멀어져가는 가희를 바라보다 잰걸음으로 그녀에게 다가갔다.

"어. 너 여기 이 건물에서 일하는 거야? 혹시 햄버거 가게?"

가희는 놀란 눈으로 민규를 바라보았다.

"그, 그래. 근데 어떻게 여기를……."

"나 여기 수영장에 다녀. 다닌 지 한 달도 넘었는데. 왜 널 못 봤지?"

민규는 거짓말을 능청스럽게 했다. 가희는 민규의 갑작스런 출현이 믿기지 않는다는 듯 의미심장한 눈으로 민규를 바라보았다. 민규는 가희에게 가까이 다가갔다. 가희가 물었다.

"집이 어디야?"

민규는 계산역 쪽을 가리켰다.

"저 밑에."

"그래? 이쪽에 산다고 하지 않았잖아."

가희는 눈을 둥그렇게 뜨며 민규를 보았다.

"니네 집은?"

"어, 그, 그, 가, 가까운데."

가희는 입술만 들썩거렸다. 그들은 마을버스가 다니는 길로 나왔다. 가희는 역을 향해 걸었다. 민규도 함께 걸었다. 공원이 끝나고 왼쪽 골목으로 돌아가면 가희네 집이었다. 그러나 가희는 집으로 가는 골목을 지나쳤다. 집 쪽으로 눈길 한 번 주지 않았다. 가희의 신발 소리가 둔탁했다. 가희의 시선은 앞을 향했고 먼 곳에 있었다. 민규의 눈도 역 너머에 있는 상가 빌딩에 박혀 있었다. 빌딩 2층에는 '연인 커피 앤 비어'라는 네온 불빛이 반짝였다. 민규가 한마디를 던졌다.

"연인 갈래, 뚱딴지 갈까?"

"무슨 뚱딴지 같은……."

"저기 말이야."

민규는 고깃집과 생맥줏집이 있는 건물을 가리켰다.

"아~."

상가 건물을 바라본 가희는 '연인과 뚱딴지'의 의미를 알았는지 외마디 소리를 냈다.

가희가 말했다.

"연인 말고 뚱딴지로 가자."

그들은 고깃집으로 갔다. 삼겹살을 시켰고 소주도 주문했다. 굽고 따고 마셨다. 술이 몇 순배 돌았지만 민규를 바라보는 가희의 눈빛은 경계심으로 가득했다. 민규는 가희의 표정에는 아랑곳하지 않았다. 맞은편에서 민규를 바라보며 상추를 손에 들고 삼겹살을 얹어서 건배의 술잔을 비우는 가희의 몸짓을 보는 것만으로도 즐거웠다. 술이 차오르자 민규는 초등학교 때 얽힌 얘기를 늘어놓으며 주머니에서 쪽지 하나를 꺼냈다. 그것을 가희에게 주었다.

"이거 줄게."

"뭐야, 이게?"

"초등학교 때 쓴 건데."

가희는 쪽지를 펼쳤다.

'가희야, 우리 어른 되면 결혼하자.'

가희는 쪽지와 민규를 번갈아보며 인상을 구기는 듯했지만 애써 태연한 표정을 지었다.

"지금은 아니지?"

가희의 물음에 민규는 대답대신 소웃음을 지었다. 가희는 고개를 갸우뚱거렸다. 민규는 입을 다물었다. 가희에게 내민 쪽지는 초등학교 때 '희망나무'에 걸어 놓았던 그 쪽지였다.

가희는 쪽지를 만지작거렸다.

"버려도 돼?"

"내가 준거니까 알아서 해."

버려도 되느냐는 가희의 질문이 마치 민규 자신을 쓰레기통에 버리겠다는 의도처럼 여겨져서 영 개운치가 않았다.

"답장을 써 줘야 하니?"

"그럼, 고맙고. 근데……."

"근데 뭐?"

"거절할 거면 지금 안 받을게. 나중에 줘."

"알,았,어."

가희의 목소리는 심하게 떨렸다.

"그만 먹고 나갈까?"

민규가 묻자 가희는 머리를 끄덕였다. 밖으로 나왔다.

"2차로 맥주 한 잔 할까?"

민규의 물음에 가희는 머리를 가로저었다.

"밤이 깊었는데 집까지 바래다줄게."

"아니야. 혼자 갈 수 있어."

가희가 민규의 거처를 물었다. 민규가 말했다.

"저, 저기 아래 작전동."

가희는 머리를 끄덕였다. 그들은 손을 흔들며 헤어졌다.

10

선물

민규는 가희를 좀처럼 만날 수 없었다. 가희는 다가오지 않았다. 민규가 햄버거 가게로 가희를 찾아갈 때마다 가희는 '시간이 없다' '다음에 연락할 게' '몸이 피곤하다'라는 둥 순간을 모면하는데 급급했다. 오늘은 안 되고 내일은 모르겠다는 애매하고 모호한 말만 늘어놓았다. 그러던 어느 날이었다. 가희에게서 휴대폰 메시지가 왔다. 햄버거 가게로 오라는 내용이었다. 민규가 가게에 들어서자 가희는 구석진 사무실로 민규를 안내했다. 서너 평 남짓한 사무실 에는 책상이 있었고 선반이 있었다. 책상 위에는 컴퓨터가 있었고 선반에는 빵 회사, 콜라 회사, 식품회사, 본사의 거래명세서 파일이

꽂혀 있었다. 책상 옆 바닥에는 갈색의 엠보싱지로 포장된 꾸러미 하나가 있었다. 가희는 의자를 끌어서 민규 앞에 두었다.

"앉아."

앉았다. 가희는 바닥에 놓인 꾸러미를 들어 올리며 책상 위에 놓았다.

"선물이야. 니 가져."

민규는 놀란 눈으로 가희를 바라보았다.

"뭔데, 풀어 봐도 돼?"

"안 돼. 집에 가져가서 봐."

"대개 궁금하네."

민규가 호기심어린 눈으로 선물 꾸러미와 가희를 보았다.

"답례로 준 선물이야. 우리 크면 결혼하자는 쪽지에 대한 답례야."

민규는 입을 벌렸고 다물지 않았다. 가희는 선물을 가리키며 말했다.

"내가 이 안에 쪽지도 넣었거든. 읽어 봐. 쪽지대로 좀 해주면 좋겠어."

"뭐라고 썼는데?"

"별 내용은 아닌데……."

가희는 말을 잇지 않았다.

점장님!

밖에서 부르는 소리가 들렸다.

"어."

가희가 문을 열었다. 패티(고기)를 굽고 있던 여직원이 단체 손님이 갑자기 들이닥쳐서 정신이 없다며 가희에게 도움을 청했다. 가희가 문고리를 잡고 민규에게 말했다.

"나가봐야겠어…… 사장님 올 때가 다 됐는데 어떡하지?"

민규에게 대놓고 나가라는 소리를 하지 않았지만 사장이 오게 되면 눈치가 보이므로, 또한 할 말이 끝났으므로 어서 나갈 것을 재촉하는 어투였다. 민규는 가희가 사장이니 점장이니 운운하는 직함의 뜻은 알 수 없었지만 사장이 점장보다 높은 사람임에는 틀림없을 거라는 생각이 들었다. 나가야 했다. 민규는 선물을 챙겨 들고 사무실을 나왔다. 홀에는 열 명 남짓한 여인들이 카운터 앞에 줄을 서서 메뉴판을 들여다보고 있었다. 민규는 출입문 쪽으로 나가며 가희를 향해 손을 흔들었다. 가희는 곁눈질을 하며 고개를 끄덕였다. 민규는 선물 꾸러미를 집으로 가져왔다. 집으로 오는 길에 내용물이 궁금한 나머지 뜯어보고 싶었지만 가희의 말을 따르기로 했다. 구애의 대상인 가희에게 선물을 받다니. 민규의 기분은 부풀어 올랐다. 그러나 불길한 예감도 들었다. 사실 꾸러미 속에 감추어진 쪽지가 불쾌한 내용으로 채워져 있기라도 한다면 길거리에서 힘없이 주저앉고 까무러칠지도 모른다는 부담감 때문에 꾸러미를 고스란히 안고 집으로 온 것이다. 민규는 선물 꾸러미를 방바닥에 내려놓고 포장지를 벗겼다.

스탠드 거울이었다. 거울을 들고 있는 여자 형상의 인형이었다. 검고 긴 머리카락이 곱게 흘러내렸고 하얀 드레스를 입은 새색시였다. 민규는 스탠드 거울을 바닥에 놓고 꾸러미 속을 뒤졌다. 꾸러미 안에는 노란색 봉투가 들어 있었다. 봉투 겉면에는 붉은색의 하트 모양이 그려져 있었다. 봉투를 뜯었다. 파란색 쪽지가 나왔다. 쪽지를 펼쳤다. 쪽지에 적힌 내용은 이랬다.

민규야, 만나서 반가웠다.
근데 우리는 더 만나면
안 될 것 같아.
너는 나를 원하는지는 모르지만
나는 니가 아니야.
나도 니가 좋기는 한데
결혼 상대자는 니가 아니야.
내가 보고 싶으면
이 거울을 봐. 인형도 봐.
스탠드 거울을 안고 있는 인형이 나라고 생각해.
나를 만지고 싶으면 인형을 만져.
거울 속에도 내가 있어.
거울 속에는 너도 있어.
거울 밖에도 내가 있고.
거울 밖에는 또 너가 있어.
이 선물이 민규가 나에게 주었던
'우리 크면 결혼하자'에 대한 답례야.
어떡하냐? 미안해서.
가희가.

쪽지를 읽은 민규는 방바닥에 누워버렸다.
'너는 한 번쯤 나에게 이런 말을 물어보아야 했어. "넌 왜 나를 좋아하니?"라고. 그러나 너는 그런 말은커녕 나를 싫어한다는 말도 하지 않았어. 기껏해야 나에게 쪽지 하나 주면서 그 쪽지에 '나는 니가 아니야.'라고만 했지. 아직 너는 누구를 찾은 것도 아닌데 찾을 때까지만이라도 내 곁에 있으면 안 되겠니? 그냥 한 번 튕겨 본 거지? 나는 그렇게 믿어. 네가 그랬잖아, 내가 좋기는 하다고. 그럼 됐지 뭐. 그러다가 정들면 결혼도 하는 거지. 별거 있어? 나는 지금 네가 누구를 만나든 누구를 찾든 상관하지 않아. 결국은 내 품에 안길 거니까. 너는 나를 밀어내도 나는 너를 절대 놓지 않을 거야. 왜? 사랑하니까. 왜? 사랑하는 마음이 생기게 하니까. 너를 보면 나는 마음이 편해져. 뭐랄까. 엄마 뱃속에서 곤히 잠든 것 같은 느낌이니까. 너는 우리 어머니에게는 느낄 수 없는 포근함이 느껴져. 너는 어느 여자에게도 느낄 수 없는 따뜻한 가슴이 있어. 네가 나에게 준 선물은 선물 꾸러미가 아니라 바로 너야. 하늘에서 그랬지. 너와 나는 죽을 때까지 함께 있어야 한다고. 오직 나만이 너에게 다가갈 수 있고 오직 나만이 너를 사랑할 수 있어. 우리는 하나야. 숙명이지. 뺄 수도 없고 가를 수도 없고 나눌 수도 없어. 그러니까 제발 나를 밀어내지 마. 그러니까 제발 너는 나에게 멀어지지 마. 오늘도 난 해거름에 네가 있는 가게를 기웃거리다가 너의 집에 갔었어. 너는 없었지만 나는 너를 보러 갔었지. 그리고 난 너의 체취가 흠뻑 젖어 있는 옷가지를 가지고 왔어. 네가 입었던 팬티를 가져왔지.'

상념에 젖은 민규는 몸을 일으켰다. 그러고 나서 가희가 선물로 준 스탠드 거울을 만지작거렸다. 거울을 품고 있는 인형의 머리카락에 빗질을 했다.

"예쁜데. 그럼 옷을 입자."

민규는 하얀 드레스를 걷어 올리고 흰 바탕에 노란 개나리가 그려진 가희의 팬티를 양다리에 걸치며 배꼽까지 밀어 올렸다. 팬티는 헐거웠다. 노란 고무줄로 팬티를 인형에 동여맸다. 드레스를 내렸다. 팬티를 덮은 드레스는 부풀어 올랐다. 가희가 팬티를 속살에 끼워 입었다면 사타구니의 일부에서 붙어 있을 법도 한데 가희가 준 스탠드 거울의 인형에는 임신복을 걸치고 있는 듯했다. 민규는 드레스 아랫단을 올렸다 내리기를 반복하며 인형의 속살을 만지작거렸다. 매끄러웠고 미끄러웠다. 부드럽기까지 했다.

"가희야."

민규는 인형의 속살에 입을 맞추며 가희를 나직이 불렀다. 순간 민규의 아랫도리가 부풀어 올랐다. 입술에서 가희의 이름이 흘러나올 때마다 민규의 심장은 울렁거렸고 요동을 쳤다. 눈을 감았다. 무릎 위를 더듬거리며 팬티를 벗겨 냈다. 이 순간, 민규에게 인형은 더 이상 인형이 아니었다. 가희의 몸이었다. 속옷을 벗겨 낸 민규는 팬티 속에 가려졌던 가희의 속살을 애무했다. 가희의 몸은 민규의 손길에 흐늘거리며 힘없이 쓰러졌다. 가희의 입술은 민규의 입술에 닿아 있었고 머리카락은 가희의 손바닥 아래에서 나풀거렸다. 가희의 가슴은 민규의 가슴팍에 있었고 가희의 치마 속은 민규의 그것에 묻혔다. 수컷은 억세고 격렬한 몸짓으로 암컷을 짓눌렀고 암컷은 수컷의 품안으로 스며들었다. 잠시 후 민규는 눈을 떴다. 곁에는 아무도 없었다. 부드럽고 매끄러운 살결의 촉각은 사그라졌고 굳어 있는 인형 하나와 팬티 하나 그리고 거울이 방바닥에 누워 있었다. 민규는 인형을 거울에 끼워서 바닥 한켠에 세워 두고 인형에 입힌 팬티는 벗겨서 장롱 서랍에 넣었다. 불을 껐다. 어두웠다. 어둠에

눌려서 눈을 감았고 잠이 들었다.

일요일 오전이었다. 잠결에 휴대폰이 울렸다. 민규는 비몽사몽간에 휴대폰을 열었다. 집에서 온 전화였다. 부모님과 형이 살고 있는 집에서 전화가 온 것이다. 전화를 받았다. 엄마의 목소리였다.

"민규야, 언제 올 거니?"

"안 갑니다."

"엄마가 잘못한 게 많아서 미안하다."

"이제 와서 미안하다니요. 내가 엄마 자식입니까?"

"야야, 그러지 말고……."

"그만 끊을게요."

전화를 끊었다. 민규는 이불 속에서 천장을 바라보며 눈물을 흘렸다. 심연에서 곰삭은 진물이 눈물이 되어 분출하는 것만 같았다. 민규에게 가족은 필요악이었다. 가족에게 민규는 항상 몫이 아닌 나머지였다. 반올림의 대상에도 미치지 못하고 버려도 무방하리만큼 존재가치가 없었다. 과거는 과거일 뿐이라고 단념할 수 없는 과거의 일들이 머릿속에서 열을 내뿜었다.

군에 있을 때 엄마는 면회 한 번 오지 않았다. 면회를 요청하는 편지를 보냈지만 면회는커녕 깜깜 무소식이었다. 제대할 때까지 한 통의 편지도 없었다. 엄마와 아빠는 하루 벌어서 하루 먹고 살기도 힘든 판인데 우리 형편에 면회는 무슨 얼어 죽을 면회냐, 면회는 있는 자들의 사치라는 등식을 성립시켰는지는 알 수 없는 노릇이었지만 아무튼 오지 않았다. 민규는 그러는 가족들을 이해하려고 노력했다. 그러나 어느 하루에 있었던 비참한 심정은 용서가 되지 않았다. 논산훈련소에 갓 입대해서 훈련을 마치고 면회하는 날이었다. 저마다 새 군복을 갈아입고 부모님 앞에서 거수경례와 함께 '충성!'이라는 소리를 외쳐댔지만 민규 앞에는 아무도 없었다. 백 명이 넘는 중대원들은 부모님 품에 안겨서 울고 웃어대며 갈비를 뜯고 김밥도 삼키고 홍어회도 자근자근 씹어댔지만 민규의 웃음과 울음을 받아줄 대상은 존재하지 않았다. 혼자서 울었다. 화장실 문을 닫고 소리 없이 울었다. 민규는 화장실에서 한 시간을 보냈다. 전우들은 더러, 면회객들도 더러, 아래로 흐르는 배설물을 참지 못해 화장실을 들락거렸지만 민규는 눈에서 솟구치는 분루를 참지 못해 화장실에 있었다. 민규의 배설물은 한숨섞인 눈물이었다.

민규가 엄마의 전화를 받고 열을 내는 이유는 군에 있을 때 면회 때문만은 아니었다. 면회 건이라면, 까짓것 과거 어느 때에 있었던, 해프닝에 불과한 것으로 여겨서 훌훌 털어버리면 될 것이었다. 문제는 비탄에 잠긴 그러한 일들이 드물지 않았다는 데 있었다. 매번 그랬다. 형이 매번 먼저였고 그다음은 민규가 아니었다. 민규는 숫제 없었다. 두 번째도 아니었고 마지막도 아니었다. 엄마와 아빠에게 민규는 관심 밖이었다. 민규는 투명인간이었다. 학교 졸업식 때도 엄마는 오지 않았다. 아빠도 안 왔다. 형만 딱 한 번 왔다. 형은 고등학교 졸업할 때 꽃다발 한 송이에 사진 몇 장만 박아주고 졸업식장을 떠났다. 초등학교 졸업할 때도 중학교 때도 민규의 가슴에는 가족도 없었고 돈도 한 푼 없었다. 그저 처연하게 머리를 숙이며 집으로 왔을 뿐이었다.

민규는 가속의 품을 떠났다. 온기가 없어서 떠났다. 군에서 제대한 민규는 옷가지만 들고 집을 나왔다. 정처도 없이 나왔다. 민규가 닿은 곳은 아랫동네 주유소였다. 주유소에서 시간제 아르바이트를 하고 밥을 먹었다. 잠도 주유소에 딸린 방에서 잤다. 4개월 동안 주유소에서 보냈다. 민규는 또 다른 주유소로 월급제 직원으로 갔고 여덟 달 정도 일을 했다. 두 번째 주유소에서는 운전면허를 취득했다. 주유소를 그만 둔 민규는 고시원에 방 한 칸을 얻어서 월세로 살았고 밤에는 대리운전을 했다. 낮에는 학교에 다녔다. 직업전문학교였다. 노동부에서 인가한 학교였다. 민규는 그곳에서 컴퓨터 네트워크관리자 과정을 이수했다. 직업전문학교를 졸업한 민규는 직장을 얻었다. 컴퓨터 가게 A/S 기사로 취직했다. 집집마다, 직장마다 돌아다니며 고장 난 컴퓨터 고치는 일을 했다. 민규의 직업은 그러했다. 직장은 더러 옮겨 다녔지만 하는 일은 매한가지였다. 그러는 동안 민규는 가족 품으로 단 한 번도 돌아가지 않았다. 기껏해야 일 년에 한두 번 정도 형과 통화를 했고 그로인해 부모의 목소리를 들었을 뿐이었다.

공휴일이 되어도 민규는 가족에 대한 그리움으로 갈등하지 않았다. 전화가 걸려온 오늘도 그러했다.

너 죽음의 자리는
내 죽음의 자리
― 낙서 4 ―

11

꽃바구니에 담다

월요일 오전이었다. 여린 햇볕이 내리고 있었다. 가희는 직장에
나가지 않았다. 주말과 주일에 근무를 한 탓에 오늘은 휴일이었다.
민규도 직장에 나가지 않았다. 몸살 때문에 출근하지 않았다. 몸살
은 핑계였다. 가희를 만나기 위해서였다. 가희와 사전에 약속한 것
은 아니었다. 일방적인 결정이었다. 가희가 집에 있다는 보장도 없
고, 만날 가능성이 있는 것은 아니었지만 민규는 목욕재개하고, 양
복 차림에 넥타이를 매고, 이발도 하고, 몸에는 바닐라 향을 뿌려서
가희의 집으로 저벅저벅 걸어갔다. 가희의 집 아래층 대문은 열려
있었다. 위층 창문을 바라보았다. 창문은 흰색 줄무늬 커튼에 가려

진 채 닫혀 있었다. 창살과 외벽은 온통 푸르렀다. 수많은 넝쿨 잎이 여름 하늘을 앞다투어 구경이라도 하듯이 하늘을 향해 뻗어 오르며 실바람에 흔들렸다. 민규는 모자를 쓰고 발소리를 죽이며 2층으로 올라갔다. 민규는 현관문 앞에서 헛기침을 해대며 목소리를 가다듬었다.

아아, 음음…….

옷매무새도 고쳤고 머리카락도 쓸어 올렸다. 또다시 헛기침을 두어 번 내뱉은 민규는 초인종을 연해 눌렀다.

흐르륵 찍찍찍찍…….

민규가 누르는 초인종 소리만 밖으로 흘러나왔다. 얼마나 지났을까. 인터폰의 수화기 소리가 밖으로 새어 나왔다.

"누구세요?"

가늘고 힘없는 소리였다. 민규가 말했다.

"꽃 배달입니다."

민규의 손에는 꽃바구니가 들려 있었다.

"꽃이요?"

"예."

"그럴 일 없어요. 집을 잘 못 찾은 것 같은데요?"

"정가희 씨 댁 아닙니까?"

"맞긴 맞는데요."

인터폰을 내려놓은 소리가 울렸고 문이 열렸다. 문이 열리자 민규는 얼굴을 숙이고 꽃을 들이밀었다. 그러고는 신발을 문틈에 끼웠다.

"어디서……."

가희는 잠에서 깨어났는지 잠옷 바람으로 민규를 바라보면서 입을 크게 벌렸다.

"여기를 어떻게……."

가희는 예상치 못한 민규의 급습에 우두망찰하며 한동안 서 있었다.

"미안한데 잠깐 들어가면 안 될까?"

"여기가 어디라고. 우리집을 어떻게 알고 찾아 온 거야?"

민규는 둘러댔다.

"묻고 물어서 왔어."

"나가!"

떨리고 격앙된 목소리였다.

"나도 바빠. 잠깐이면 돼. 문간에 서서 말할게."

"그래, 말해."

"그래도 그렇지 여기 이렇게 세워 둘 거야?"

"알았어. 들어와."

가희는 잽싸게 방으로 들어갔고 옷을 갈아입고 나왔다. 손에는 휴대폰이 들려 있었다.

민규는 문간에 서 있었다.

"허튼짓하면 경찰에 신고할 거야. 거기서 한 발짝도 떼지 마."

민규는 입을 다물었다.

"뭔데, 빨리 말해."

"이거 받아."

민규는 안개꽃과 장미와 백합, 푸른 풀잎이 어우러진 꽃바구니를 가희에게 건넸다. 가희는 받지 않았다.

"가져가."

민규는 꽃바구니를 거실 모퉁이에 내려놓았다. 가희는 팔짱을 끼고 민규의 동작을 살폈다.

꽃바구니를 내려놓은 민규는 머리를 숙이며 아무 말도 하지 않았다.

"할 말 없으면 안 가고 뭐해?"

민규는 입을 열었다.

"보고 싶어서 왔어."

가희는 얼굴을 일그러뜨리며 깊은 한숨을 토해냈다.

"내가 말했잖아. 만날 수 없다고."

민규는 신발을 벗고 거실 바닥에 앉았다.

"어, 어, 어."

가희는 놀란 얼굴로 외마디 소리를 잇달아 질러댔다. 막무가내로 거실에 앉은 민규는 집안을 두리번댔다. 냉장고가 있었고 식탁이 있었다. 씽크대와 가스레인지도 한눈에 들어왔다. 반쯤 열린 방문 사이로 방안이 들여다보였다. 장롱이 있었고 방바닥에는 이불이 깔려 있었다. 베개 하나가 눈에 들어왔다. 방문 옆은 화장실인 듯했다. 화장실 앞에는 화분 하나가 놓여 있었다. 화분에는 너른 잎 두 개가 서로 얼굴을 마주 보고 있었다. 민규가 말했다.

"이 화분 이름이 뭐야?"

"알로카시아."

민규는 알로카시아를 한동안 바라보았다. 줄기는 하나였고 줄기에서 뻗어 나온 잎은 단 둘이었다. 하나는 나, 하나는 너, 나는 나, 너는 가희. 널따란 잎사귀에는 물방울이 하나씩 머물러 있었다. 가장귀에 매달린 물방울이 툭 건드리면 금방이라도 또르르 떨어질 것만 같았다. 눈물을 머금은 걸까. 기쁨에 맺힌 방울일까. 민규는 알로카시아만을 하염없이 바라보았고 가희는 화분을 바라보는 민규를 경계의 눈초리로 보았다.

"이 물방울 말이야, 기뻐서 우는 거 맞지?"

"치, 슬픔이 넘쳐서 우는 거지."

가희가 말을 이었다.

"이제 그만 가라. 난 너하고 얼굴 맞대고 말 섞을 시간 없거든. 제발."

민규는 한동안 입을 다물었다.

"그래, 그럴게. 앞으로 얼굴만이라도 보면 안 될까? 난 너를 안보면 잠이 안 와."

"안 돼. 가."

민규는 얼굴을 찡그리며 배를 움켜쥐었다.

"그래 알았어. 그런데 화장실이 급해서……좀 부탁하자."

가희도 인상을 구겼다. 민규는 배를 움켜쥐며 일어섰다.

"어디야?"

가희는 턱짓을 했다. 화장실로 들어간 민규는 문을 잠그고 변기에 앉았다. 변은 마렵지 않았다. 짐짓 가희의 채취를 만끽하기 위한 작전이었다.

변기에 앉은 민규는 벽에 걸린 수건을 끌어서 코에 댔다. 우유냄새가 났다. 벽에는 '발수건'이라는 글이 있었다. 발수건에서 우유냄새가 나나니. 뒤를 돌아보았다. 손가락 크기의 병에 누런 액체가 들어 있었다. 민규는 병을 만지작거리며 코에 댔다. 초콜릿 냄새가 났다. 맞은편의 벽에는 또 다른 수건이 걸려 있었다. 수건을 또 코로 가져갔다. 그윽한 향기가 풍겼다. 바닐라 향이었다. 수건에는 머리카락이 몇 올 묻어 있었다. 민규는 수건에 걸린 머리카락을 떼어서 바지 주머니에 넣었다. 다시 뒤를 보았다. 빗통이 있었다. 촘촘한 빗, 얼레빗, 머리말이빗이 있었다. 빗에도 머리카락이 걸려 있었다. 민규는 말이빗에서 머리카락을 주섬주섬 떼어서 또 주머니에 넣었다. 바닥을 보았다. 바닥은 말라 있었다. 하수구를 보았다. 하수구 철망에는 미처 빠져나가지 못한 마른 털들이 뭉텅이로 걸려 있었다. 민규는 철망에 있는 털 뭉텅이를 화장지에 싸서 주머니에 또 넣었다. 변기에 다시 앉았다. 가희의 체취가 코와 입과 몸속으로 스멀스멀 밀려왔다. 취하도록 냄새를 들이켰다, 살갗의 숨구멍에서 빠져 나온 땀 냄새를, 항문과 방광 사이에서 분비된 성 페로몬 냄새를. 민규는 주머니에서 휴대폰을 꺼냈고 '카메라'를 눌렀다. 화장실을 찍었다.

"빨리 안 나와!"

문을 쿵쿵쿵……두드리며 가희가 불렀다. 민규는 좌변기의 물을 내리고 밖으로 나갔다. 가희는 화장실 문 앞에서 팔짱을 끼고 서 있었다. 가희는 민규를 노려보며 못마땅한 듯 입을 비틀었다. 가희는 현관을 가리키며 민규를 째려보았다. 빨리 나가라는 의미였다. 가희의 기세에 눌린 민규는 신발을 신었다.

"가져가!"

가희가 꽃바구니를 가리키며 말했다. 민규도 꽃바구니를 가리키며 말했다.

"이 안에 편지 있어. 답장 부탁한다. 아, 그러고 참……."

민규는 휴대폰을 가희의 얼굴에 대고 동영상 촬영을 했다. 가희의 방문과 화장실문 그리고 냉장고와 가스레인지, 화분도 담았다. 민규의 카메라는 오랫동안 화분에 머물렀다. 어느새 카메라는 민규 자신의 얼굴에 와 있었다. 민규는 몸을 비틀었다. 휴대폰 카메라에는 민규의 얼굴 너머로 가희의 얼굴이 들어 있었다.

"그만 해!"

가희는 민규를 문밖으로 밀어냈다. 민규의 얼굴로 거센 바람이 밀려왔고 문 닫는 소리가 났다.

쿵! 텅, 삐익, 툭 팍 뚜욱.

거칠고 빠른 소리였다. 문이 닫혔고 걸쇠 소리가 났다. 저놈의 소리. 둔탁한 소리가 무겁고 무섭게 들리는 듯했다. 민규는 벽을 타고 오르는 넝쿨 잎 두 개를 꺾어서 대문 밖으로 나왔다.

밤이었다. 검은 밤이었다. 민규는 이메일을 열었다. '가희가' 라는 제목으로 편지가 와 있었다. 7분 전쯤에 보낸 편지였다. 민규는 가희가 쓴 편지를 열었다. 민규가 꽃바구니를 건네 준 지 달포가 지나서 온 편지여서 가슴이 울렁거렸고 벌렁거렸다. 꽃바구니에 넣어서 가희에게 보낸 민규의 편지 내용은 이랬다.

신은 나에게 가희와 함께하라고 했지.
당신을 사랑할 수 있는 사람은 오직
나뿐이라고 했지.
지금은 네기 싫어도
나중은 나를 사랑하게 될 거야.

가희야.

너와 결혼하고 싶어.

학교 다닐 때도 그랬지만

졸업해서도 오늘까지 하루도 너를 잊어 본적이 없어.

왠지 편안했고 좋았고 그래서 그리웠어.

나는 너를 안 보면 안 될 것 같아.

불안해서 견딜 수 없어.

너를 못 보면 너의 목소리를 듣지 않으면

잠을 못 자.

가희야 지금은 싫어도

나중은 좋아하게 될 거야.

네가 원하는 것은 뭐든지 할 수 있어.

답장이 올 때까지 기다릴게.

사랑하는 민규가.

민규는 편지 끝에 휴대번호와 이메일 주소를 적어 놓았었다. 그
런 후, 한 달이 지나서 민규에게 이메일이 왔다. 가희가 보낸 답장
이었다. 민규는 편지를 읽었다.

내가 그랬지, 나를 사랑하지 말라고.

신은 너에게 나와 함께하라고 했을 줄은 몰라도

신은 나에게 너와 함께하라는 말을 하지 않았어.

헛물 켜지 말고 좋은 사람 알아봐.

나를 좋아한다구?

학교 다닐 때 내가 니 편들어 줘서?

그런 건 오해야.

니가 불쌍해서 그랬지, 너를 좋아했거나

사랑해서가 아니었어.

단지 너는 좋은 사람일 뿐이야.

세상에는 착한 사람도 많아

착하다고 해서 능력이 있는 것은 아니잖아.

착하다고 매력이 있는 것도 아냐.

착한 건 그저 착하다는 것뿐이야.

바보 같기도 하고.

나는 너를 생각도 안하고 살았는데

느닷없이 나타나서 사랑이라니.

다시 말하는데 나는 너의 애인도 될 수 없고

너와 결혼하고 싶지도 않아.

다시는 내 곁에 얼씬도 하지 마.

엉뚱한 짓 하면 신고할 거야.

애인이 필요하면 한 명 소개해 줄게.

미안해.

　편지를 읽은 민규는 부르르 떨었다. 거절통지였다. 기대도 하지
않았지만 처음부터 끝까지 '안하고, 못하고, 하지 말고, 알아보고,
신고하고, 미안하다'는 등 민규가 싫어하는 말만 늘어놓았다.
　'지금은 싫다는 소리고. 다음은 아니겠지.'

민규는 가희가 보낸 시각의 '지금'은 지나갔으므로, 흘러간 지금은 이미 과거이며 과거의 기분에 지나지 않을 따름이므로, 지금이 지나버린 1초와 1분은 그녀도 알 수 없고 판단할 수 없는 그 어떤 존재가 그녀를 설득할 것이라는 강한 믿음이 가슴속으로 밀려왔다. 이 오밤중에 아궁이에서 수염이 꼬실라진 고양이처럼 감각을 잃고 비틀거리는 모습의 그녀가 떠오를 뿐이었으며, 날이 밝으면 후회막급의 견딜 수 없는 시름에 이불을 품에 안고 울고 있을 거라는 상상 또한 가슴으로 젖어들었다.

'내일은 꽃집에 들러야지.'

다음날 저녁이었다. 퇴근길에 민규는 화원에 들렀다.

"저것 주세요."

민규는 화분 하나를 가리켰다. 꽃집의 아주머니는 민규가 가리키는 화분을 가리키며 물었다.

"이거요?"

"예."

잎사귀 두 개가 마주 보고 있는 알로카시아였다.

"꽃도 피고 나비도 날아와요."

나비까지 날아오다니. 민규와 꽃집 여자는 이를 드러내며 하얗게 웃었다. 민규는 알로카시아를 안고 집으로 왔다. 화분은 거실에 놓았다. 가희의 집에 갔을 때 가희가 거실 입구 오른쪽 벽 가까이에 두었으므로 민규는 가희가 두었던 자리와 같은 자리에 두었다. 화분은 난생처음이었다. 도시 생활을 하면서부터는 꽃이나 나무나 장수풍뎅이나 햄스터나 고양이 같은 식물이나 동물을 길러 본적이 없었다. 어린시절에는 터불터불한 털이 난 '터불'이라는 이름을 가진

삽살개 한 마리가 집에 있었다. 병아리도 있었고 장닭도 있었다. 사람들을 쪼아대는 미운 어미 거위도 있었고 예쁜 아기 오리도 있었다. 마구간에는 누렁소가 있었고 우리에는 흑돼지가 있었다. 그들은 모두 마당에 있었다. 남새밭에 있었다. 터불이는 던지는 음식을 받아먹으면서 컸고, 돼지는 남아서 버린 음식을 받아먹고 컸다. 그들은 이렇게 선택이었거나 필수였다. 그러나 도시의 민규는 오직 필수만이 존재했다. 자기 자신을 돌볼 틈도 추스를 틈도, 가까운 사람들을 끌어안을 틈도 여유도 없는데 애완물이라니. 화분도 애견도 도시 생활에 찌든 민규에게는 사치품과도 같았다. 그랬지만 민규는 알로카시아의 잎을 어루만졌다. 부드러웠다. 민규에게 알로카시아는 가희를 향한 그리움이었고, 민규를 위한 가희의 달콤한 속삭임이었다. 가희의 품으로 더 가까이 다가가는 매개물이었다.

민규는 어제 받은 이메일을 다시 열었다.

'애인도 될 수 없고, 결혼도 할 수 없다? 다른 여자를 소개해 주겠다?'

민규는 가희가 보낸 편지를 보며 가희가 남긴 흔적들과 가희의 옷가지를 펼쳤다.

가희가 준 스탠드 거울 그리고 거울을 받치고 있는 인형, 인형이 입고 있는 가희의 팬티, 가희의 머리카락, 머리카락보다 짧아서 틀림없이 가희의 아랫도리에서 떨어져 나갔을 음모를 코에 댔다. 머리카락에서는 아카시 향과 솔잎 향이 풍겼다. 개나리가 그려진 팬티에서는 덜 씻긴 가희의 분비물 냄새가 비릿하게 코끝을 자극했다. 그는 공상 속으로 빠져들었다.

너는 내 곁에 있어.

너는 내 소유물이야.

너는 나를 벗어나지 못해.

너의 몸은 나의 몸

민규는 옷을 훌러덩 벗었다. 속옷까지 벗었다. 알몸이었다. 알몸 위로 가희가 들어왔다. 가희의 팬티를 가랑이에 걸치고 배꼽 아래 까지 끌어 올렸다. 그러고는 방바닥에 엎드렸다.

사랑해?

응.

나 없으면 못 살지?

응.

나도, 우리 결혼해야지?

그래.

나는 너 뿐이야.

나도.

우리 사랑하는 거 맞지?

그래, 사랑해.

보고 싶었어.

나도.

밤마다 너를 안아 줄게.

그래 안아 줘.

더 꼭, 더 깊이, 더 힘 있게 살이 터지도록 안아 줄게.

그래.

민규는 몸을 일으켰다. 방에는 아무도 없었다.

12

넝쿨 속의 편지

비가 내렸다. 어제부터 내렸다. 민규는 몸살이 났다는 핑계를 대고 일찍 퇴근길에 올랐다. 그는 가희의 집으로 발길을 돌렸다. 넝쿨 밑에 넣어 둔 편지가 궁금했기 때문이다. 가희가 손에 넣었는지 아니면 그대로 두었는지, 편지의 행방이 궁금해서 견딜 수 없었다. 가희가 살고 있는 집 대문은 열려 있었다. 2층으로 갔다. 민규는 창문 아래서 빗방울에 젖은 넝쿨을 들여다보았다. 넝쿨 속에는 아직도 편지가 있었다. 편지봉투가 젖어 있었다. 봉투 속을 열었다. 젖어서 흐믈거렸다. 편지지가 붙어 있었고 잉크가 번져서 글씨는 그림이 되고 말았다. '만나'라는 글자는 '마누라'로 '사랑'은 '사망'으로,

'영원히'는 '영면하라' 처럼 보였다. 젖은 글자와 편지를 햇빛에 말린다 해도 뒤바뀌고 엉클어진 글자가 바로 서지는 않을 성싶었다. 민규는 젖은 편지를 넝쿨 위에 얹어두고 문구점으로 갔다. 문구점에서 젖은 편지와 같은 색깔과 같은 크기를 골라서 가희의 집으로 다시 왔다. 휴대폰을 꺼내 시간을 보았다. 가희가 퇴근하기에는 이른 시각이었다. 비는 여전히 내렸다. 빗소리가 사방에서 아우성이었다. 마당에 내리는 빗소리는 차작짝, 난간에 떨어지는 빗소리는 픽픽픽, 버려진 통조림통 위에는 째쟁쟁, 넝쿨 잎에서는 두두둑 소리를 연방냈다. 민규는 넝쿨 아래서 수거한 가희에게 보낸 편지를 현관 옆에 놓았고 문구점에서 사온 편지지를 주머니에서 꺼냈다. 민규는 편지지를 현관문에 대고 또 썼다.

가희에게.
…….

대여섯 줄에 걸쳐 사연을 쓴 민규는 봉투에 넣어서 주머니에 담았다. 그리고 가희를 기다렸다.

민규는 오늘이 마지막 기다림이 될 거라고 다짐했다. 이후에 일어날 일에 대해서는 민규 자신도 예단할 수 없었다. 어쨌든 방법상으로는 이날 입때까지 써왔던 방법 중 마지막이라고 맘을 먹었다. 민규가 꽃바구니를 들고 가희의 집에 들어섰을 때 가희가 마음의 문을 닫고 내몰았던 이후에도 민규는 가희와의 만남을 주저하지 않았다. 그닐 이후로 민규는 가희가 근무하는 햄버거 가게 옆 수영장을 매일 같이 드나들었다. 실제 한 달간의 수영장 이용권을 끊어서 수영을 했다. 비록 개헤엄에 지나지 않았지만 가희가 햄버거 집에서 유리벽을 통해 자신의 원기 왕성하고 능수능란함을 볼 수 있도록 과신하고 싶었다. 햄버거 가게에서는 수영장을 한눈에 바라볼 수 있기 때문이다. 가희가 민규의 수영 모습을 관찰했는지 훔쳐보았는지 째려보았는지는 알 수 없었지만 민규는 물안경을 끼고 물살을 가를 때마다 가희가 자신을 바라보면서 찬사를 아끼지 않을 거라는 생각에 전력을 다했다. 수영이 끝나면 민규는 가희가 있는 햄버거 가게에 들러서 햄버거와 치킨, 포테이토와 양파링을 마구잡이로 시켜먹었다. 민규는 음식을 들고 수영장이 보이는 창가에 앉았다. 먹고 마시면서 수영장을 바라보다가 카운터에서 손님을 받고 있는 가희의 모습도 힐끔거렸다. 그러나 가희는 민규에게 눈길 한 번 주지 않았다. 그렇게 한 달이 지날쯤, 민규는 수영장이며 햄버거 가게에도 발을 끊었다.

민규가 오늘의 기다림이 마지막이라고 다짐한 데에는 가희가 민규를 멀리 한 탓만도 아니었다. 한 사내가 가희에게 접근하는 모습을 보았고 가희 역시 그 사내를 스스럼없이 대하는 것 같았기 때문이다.

그들의 그런 모습을 지켜 본 것은, 가희에게 보낸 편지를 확인하는 어느 한 날이었다. 편지는 가희가 살고 있는 창문 아래 넝쿨 속에 두었었다. 민규는 퇴근길에 가희의 집으로 갔다. 월요일이었다. 오늘은 가희가 쉬는 날이라는 것을 알고 있었지만 민규는 가희의 집 밖에서만 어슬렁거렸다. 어둠이 내리고 있었고 그녀의 방에는 불이 켜져 있었다.

침대에 누워 있을까. 화장대에 앉아 있을까. 밥을 먹고 있을까.

책을 읽고 있을까. 컴퓨터 앞에 있을까. 텔레비전을 볼까.

　궁금하기 이를 데 없었다. 그러나 가희의 방으로는 들어가지 않을 작정이었다. 그래서 초인종도 누르지 않았고 기척도 내지 않았다. 발소리도 죽였다. 소리는 바람에 흔들리는 넝쿨 잎뿐이었다. 민규는 가희의 방 창문 밖, 벽에서 흔들거리는 넝쿨 가까이 다가갔다. 넝쿨 속에서도 넝쿨 잎과 함께 넝쿨 잎처럼 흔들리는 것이 있었다. 민규는 그것을 손에 들었다. 노란 봉투였다. 봉투 안에는 편지가 들어 있었다. 민규가 가희에게 보낸 편지였다. 봉투를 봉인하지 않았으므로 가희가 읽고 제자리에 꽂아 두었는지 먼지가 쌓이도록 방치했는지는 알 수 없었지만 편지는 민규가 놓았던 창문 아래 넝쿨 잎 사이에 있었다. 민규는 봉투에 든 편지를 꺼냈다. 민규가 쓴 편지가 그대로 담겨 있었다. 목이 빠지게 기다리던 답장은 한 글자도 적혀 있지 않았다. 저번에도 저저번에도 민규는 가희에게 편지를 보냈었다. 먼저는 하얀 바탕에 개나리가 그려진 봉투에 담아서 보냈고 다음번에는 하얀 바탕에 민들레꽃이 그려진 봉투에 담아서 받는 사람의 주소를 적어 보냈다. 주소는 편지함에 꽂힌 카드 회사의 우편물에서 확인했다. 받는 사람이 정가희였다. 같은 주소로 '정가희 앞'이라고 했으나 편지는 번번이 반송되었다. 반송 이유는 수취거절이었다. 민규 딴에는 가슴에서 분출하는 영과 혼, 정성을 손에 모아서, 펜을 쥐고 손끝으로 한 자 한 자 백지 위에 들여 놓은 글이 마음을 담은 진정한 편지라고 생각했다. 그것이 또 진정한 사랑 표현이며 마음을 전하는 최후의 수단이라고 생각했다. 가희는 무심하게도 민규의 그런 마음을 놀려보내곤 했다.

　이상한 일이었다. 가희는 항상 민규가 보낸 이메일을 확인했지만 민규의 편지는 매번 거절했다. 누군가가 편지함에 넣어 둔 편지를 가로채서 반송함에 넣지 않고서야 있을 수 없는 일이라고 여긴 민규는 가희의 창문가에서 흐느적거리고 하늘거리고 흔들리고 펄럭이는 넝쿨 잎 속에 편지를 끼워놓고 가희에게 이메일을 보냈다. 편지가 거기 있으므로 꺼내어 읽어 보라고. 이번에도 가희는 이메일을 확인했다. 편지는 반송되지 않았다. 반송될 이유가 없었다. 편지봉투에는 아무것도 적혀 있지 않았기 때문이다.

민규는 넝쿨 속에서 꺼낸 편지를 다시 넝쿨 속에 고이 넣어 두고 가희의 집 대문 밖으로 나왔다. 그녀가 항상 밟아대는 땅은 빠져 나왔지만 민규의 신발코는 가희의 방을 향했다. 민규는 가희의 방을 바라보았다. 방안은 아직도 불이 환했다. 밖은 어둠이었다. 어둠은 빛을 바라보았고 빛은 어둠을 밖으로 내몰기만 했다. 넝쿨 속의 편지도 어둠 속에 있었다. 창문을 열면 한손에 닿을 곳에 있었지만 가희는 문을 꼭꼭 닫은 채 편지를 외면했다.

'창문을 두드릴까. 초인종을 누를까. 아니다. 묵직한 기다림의 인내가 가벼운 초인종 소리와 함께 띵띵거리면 마지막 자존심마저 날아가 버릴지도 모르는 일이지.'

지금은 가희가 창문을 열고 손을 뻗어 편지를 손에 집는 것만이 민규의 바람이었다. 민규는 그저 멀거니 가희의 창문을 바라보았다. 순간, 민규는 적이 놀랐다.

헉!

문이 열렸기 때문이다. 현관문이었다. 문이 열리면서 불빛이 새어 나왔다. 불빛은 어둠으로 쏟아졌고 터져 나왔다.

허걱!

민규는 더 굵고 거친 소리를 토해냈다. 문밖으로 남자가 나왔기 때문이다. 남자는 모자를 손에 들고 있었다. 방안에서 발산한 불빛에 남자의 얼굴이며 몸체가 또렷이 드러났다. 민규는 눈을 비비며 남자를 쏘아보았다. 경태였다. 경태는 초등학교 때 가희에게 보내는 민규의 희망편지를 중간에 가로챘던 장본인이었고 중학교 때도 가희를 사이에 두고 민규와 옥신각신하며 얼굴을 붉혔던 민규에게는 눈엣가시나 다름없었다. 그런 경태였는데 민규가 보는 앞에서 가희의 방에서 나오다니. 민규로서는 충격적인 장면인 것만은 분명했다. 민규는 이를 악물었다. 경태를 노려보았다. 문을 열고 현관을 빠져나온 경태는 가희의 집에 대고 손을 흔들었다. 가희는 문밖으로 모습을 드러내지 않았다. 그랬으므로 가희가 어떤 몸짓과 표정을 지었는지는 알 수 없는 노릇이었다. 경태는 여러 번 손을 흔들었다. 그러고 나서 현관문이 닫혔다. 안에서 닫았다. 문밖은 다시 어둠이었다. 경태는 어둠의 계단을 따라 저벅저벅 내려왔다. 민규는 몸을 우그러뜨리며 가희네 옆집인 '계양산 운명철학관' 대문의 문설주에 얼굴을 가렸다. 경태의 발소리가 들렸다. 바깥에서 두어 걸음 들리던 발소리가 갑자기 뚝 그치고 말았다. 민규는 몸을 우그러뜨리며 귀를 기울였다. 사라지거나 민규 쪽으로 다가오는 소리도 없었다. 소리는 한동안 들리지 않았다. 소리는 민규 스스로 호 하고 흡 하는, 거칠고 불안한 숨소리뿐이었다. 그리고 한동안 어둠의 정적만이 무겁게 흘렀다. 가슴도 졸였다. 이윽고 저, 벅, 저, 벅, 저벅거리는 소리가 크게, 더 크게, 작게, 더 미미하게 들렸다. 그러면서 소리가 사라졌다. 민규는 머리를 내밀었다. 가희네 집 주변에는 아무도 없었다. 먼 길을 바라보았다. 경태가 쏟아지는 가로등 불빛을 받으며 저 멀리 걸어가고 있었다. 경태의 모습이 사라지자 민규는 가희의 집 대문 맞은편에 쭈그리고 앉아서 가희의 방 창문을 바라보았다. 창문 아래로 불빛이 내려왔다. 민규의 편지를 보듬고 있는 넝쿨은 줄기와 잎을 늘어뜨리며 힘없이 흔들렸다.

아, 하아!

민규는 창문을 바라보며 거친 숨소리만 토해냈다. 가희의 집에서 일어났을 가희와 경태와의 장면 장면들이 머릿속으로 스며들었다.

장면 하나가 떠올랐다.

초인종 소리가 났다. 가희는 잠옷을 입은 채 인터폰을 들었다. 경태였다. 현관문을 열었다. 경태는 신발을 벗기도 전에 가희의 잠옷 속으로 양손을 넣고 허리를 껴안았다. 가희는 경태의 품 안으로 파고들었다. 경태는 가희를 안아서 침대에 뉘었다. 가희는 눈을 감았다. 그에게 몸을 맡겼다. 경태는 가희의 잠옷을 걷어 올리고 속옷을 벗겼다. 가희의 속살은 희고 부드러웠다. 경태는 가희의 몸속으로 파고들었다. 더 깊이 더 억세게. 가희는 황홀한 숨소리를 토해냈다.

민규는 머리를 저었다. 그들의 아랫도리에 관한 상상을 더 이어가면 혼절할 것만 같았다.

민규는 또 하나의 장면을 머릿속에 그렸다.

초인종 소리가 났다. 잠에서 막 깨어난 가희는 잠옷을 입은 채 인터폰을 들었다. 모자를 쓴 남자였다. 가희는 머리를 갸우뚱거리며 남자의 정체를 물었다. 남자는 가스점검을 나왔다고 했다. 남자의

모자에는 가스 어쩌고 공사 저쩌고 하는 글자가 박혀 있었다. 가희
는 가스점검을 한 지도 오래된 터라 남자를 들여도 무방할 것 같았
다. 가희는 옷을 갈아입고 문을 열었다. 안으로 들어온 남자는 현관
에 우두커니 서서 가희를 바라보았다. 가희는 눈을 피했다. 남자가
모자를 벗었다. 가희는 눈을 둥그렇게 뜨고 남자를 멀거니 바라보
았다. 경태였다. 네가 여기를 어떻게. 가희는 몸을 떨며 현관 밖으
로 경태를 밀었다. 경태는 물러서지 않았다. 가희는 버티고 서 있으
면 경찰에 신고하겠다며 휴대폰을 꺼냈다. 경태는 한마디만 하고
물러가겠다고 했다. 경태가 말했다. 사랑한다고, 보고 싶었다고. 가
희는 사랑이고 나발이고 이미 임자가 있는 몸이니까 소용없는 짓이
라고 했다. 경태는 임자가 누구냐고 물었지만 가희는 코대답도 없
이 할 말 다 했으면 내 집에서 꺼져 달라고 했다. 경태는 가희에게
무릎을 꿇었다. 빌었다. 사랑을 거부해도 좋으니까 사랑을 받기만
해 달라며 가희에게 애원했다. 가희는 머리를 저었고 손도 저었다.
주건 받건 모두 부질없는 짓이라며 거절했다. 헛되고 헛될 것이니
허튼 수작 부리지 말고 헛물도 켜지 말라며 현관문을 열었다. 문밖
으로 나간 경태는 억지웃음을 지어보이며 가희에게 손을 흔들었다.
그리고 문이 닫혔다.

이거였을까?

민규는 장면 하나가 또 스쳤다.
가희는 경태에게 전화를 걸었다.
"보고 싶어. 빨리 와."
……

민규는 한숨을 퍼내며 상상들을 끊어버렸다. 상상이 더해질수록 열이 오르고 땀구멍으로 피가 쏟아져 나올 것만 같았다. 머리를 흔들었다.

'아닐 거야. 첫 번째 장면은 일어 날 수 없어. 절대 아니지. 그들이 스스럼없이 하나가 되어 열렬하게 불을 지필 사이가 아니란 말이야.

세 번째 장면은 상상도 하기 싫고, 있을 수 없는 일이지. 학교 다닐 때 가희는 경태를 좋아 하지 않았으니까. 두 번째가 진짜일 거야. 그럴 거라고 믿어. 가희를 믿어'

민규는 심란한 상상들을 접고 있었지만 뒷맛은 영 개운치가 않았다. 민규는 가희의 집 주변을 빠져 나갔다.

밤이 깊어질수록 빗방울은 더 요란한 소리를 내며 쏟아졌고 민규의 옷은 젖어 들었다. 민규는 주머니에서 젖은 편지를 꺼냈다. 글자가 지렁이처럼 비틀거렸고 번져 있었다. 다시 딴 주머니에서 새로 쓴 편지를 꺼냈다. 그것을 가슴에 품었다. 그리고 가희를 기다렸다. 민규는 가희의 집 대문을 벗어나 가희가 다가올 길목에 목을 길게 빼고 가희를 기다렸다. 그녀는 오지 않았다. 이따금씩 우산을 받쳐들고 다가오는 여인들은 가희의 집을 지나쳤다. 그리고 간간히 다가오는 자동차는 빗줄기를 흩뿌리거나 젖은 도로의 물살을 가르며 어디론가 사라졌다. 가희의 모습은 볼 수 없었다. 시계를 보았다. 밤 11시가 지나고 있었다. 무슨 변고라도 생긴 걸까. 아니면 조기퇴근이라도 한 걸까. 민규는 가희의 집을 올려다보았다. 불빛 한 점 새어 나오지 않았다. 잠자리에 일찍 들지 않았다면 문밖으로 단 몇 줄기의 불빛이라도 어른거려야 마땅하거늘 적막한 어둠만이 감도는 것은 지금은 부재중이라는 신호로 여겨도 무방할 듯싶었다. 시간이 재깍재깍 흘러갈수록 어둠을 뚫고 내리는 빗방울들은 민규의 바지 아랫단을 질펀하게 적시고 있었다. 민규는 가희가 살고 있는 집 대문과 가희의 집으로 오르는 계단 그리고 창문을 에두르는 넝쿨 잎으로 부지런히 시선을 주었다. 그런 중이었다. 택시 한 대가 빗줄기 속에서 물살을 가르는 배처럼 바닥에 고인 빗물을 헤치며 민규 쪽으로 다가왔다. 택시는 와이퍼를 부지런히 흔들어대면서 가희의 집 대문 앞에서 멈추었다. 빗줄기와 어둠에 가려 승객의 정체는 알 수 없었다. 뒷좌석의 문이 열렸다. 우산을 펴 든 여자가 차에서 내렸다. 어둠과 빗줄기, 우산에 가려 정체를 알 수 없었지만 그 여자는 가희의 집 대문 쪽으로 다가갔다. 여자는 대문을 열었다. 그 순간 민규가 대문에 대고 말했다.

"가희, 가희 맞지?"

여자는 몸을 움츠리며 대문 안으로 급한 걸음을 했다.

"가희야!"

여자는 우산을 치켜 올리며 뒤를 돌아보았다. 가희였다.

"누구세……."

가희는 오밤중에 자신을 부르는 정체 모를 소리가 마치 귀신의 부름인 양 몸을 잔뜩 우그러뜨렸다.

"나야, 민규."

"아~ 나는 또……."

가희는 몸을 곤추세웠다. 민규는 낮은편에서 우산을 받쳐 들고 서 있었다. 가희는 민규를 멀뚱히 바라보았다. 민규가 가희에게로 갔다.

"이 시간에 웬일이야?"

가희는 따지듯이 물었다. 민규는 가슴팍에서 편지를 꺼냈다.

"이걸 주려고."

편지를 건넸다.

"이게 뭐야?"

봉투 속의 편지를 꺼냈다.

"편지네?"

가희는 읽지도 않고 봉투 속에 도로 집어넣었다. 민규는 또 다른 편지를 가희에게 내밀었다. 젖은 편지였다.

"창문 아래 넝쿨 속에 두었던 거야."

"……."

가희는 대수롭지 않은 표정을 지었다.

"나에게는 필요 없는 것들이야. 다 가져가."

가희는 손사래를 치며 편지를 거절했다. 순간 민규의 얼굴이 일 그러졌다.

"내 마음을 담은 편지야. 지금은 나를 받아 달라는 게 아니잖아. 읽어 달라는 것이지."

"니 마음 다 알아."

민규는 가희를 바라보았다. 가희는 그의 시선을 외면했다.

"피곤해. 들어가서 쉴 거야."

가희의 마음속에는 어떤 녀석이 자리를 잡고 똬리를 틀고 있는지 는 알 수 없었지만 민규가 차지할 자리는 가장귀도 없는 듯했다. 민 규가 넌지시 물었다.

"혹시, 만나는 사람이라도 있어?"

"······."

대답이 없자 노골적으로 물었다.

"경태 만나?"

가희는 눈을 치떴다.

"댁이 알거 없잖아?"

"설마 아니겠지. 다른 놈이라면 몰라도 그 자식은 절대 안 돼."

"왜?"

"질이 나쁜 놈인 줄 몰라서 물어?"

"······."

가희는 이 순간을 벗어나려는 듯 손에 든 편지를 민규에게 디밀었다. 민규는 돌려받지 않았다.

"할 수 없지 뭐."

말을 끝내자마자 가희는 길바닥에 편지를 던졌다. 그러고는 대문 안으로 잽싸게 몸을 피하며 2층으로 올라갔다. 길에 버려진 편지는 빗물 속으로 스며들었다. 민규는 물길을 따라 떠내려가는 편지를 황망히 지켜보았다. 가희는 제 집으로 들어가 버렸다. 민규는 젖은 편지를 주어 들었다. 물방울이 흘러내렸다. 그는 흐믈거리는 편지를 가희의 우편함에 걸쳐 놓았다. 그런 후 그곳을 벗어났다. 굵고 억센 빗줄기가 쏟아져 내렸다. 집으로 가는 막차를 타러 터벅터벅 걸었다.

유라는 비밀수첩 2권의 마지막 장을 덮었다.

내 무덤에 네가 있다
너 무덤에 내가 있다
— 낙서 5 —

13

실종

유라는 책상에 앉아서 주민규에게 받은 '비밀수첩 3권'의 끝머리를 들춰 보았다. 생뚱맞게 등장한 낱말들이 혼란스러웠다. 앞부분과 연결성이 없었고 인과 관계가 흐릿했다. 무엇인가를 암시하는 듯했다. 비밀수첩 안에는 '핏방울'이라거나 '벌거숭이' 같은 단어도 있었다. 단어는 흐트러져 있었고 글은 미로와 같았다. 무엇 때문이었을까. '비밀수첩 3권'을 건네 줄 당시의 주민규는 떨고 있었고 굳어 있었다. 입술도 겨우 열어 몇 마디만 흘렸었다. 자신이 누군가에게 발설하기 전에는 일절 입 밖으로 내서는 안 된다는 조건을 '몽마르쥬'에서 유라에게 제시했다. 유라는 그의 요구를 받아들였다. 그가 수첩의 내용에 대해 미주알고주알 터놓지는 않았지만 무엇이 그를 그렇게 얼어붙게 했고 불안감에 젖게 했는지는 알 수 없었다. 세상에는 널리 알려지지 않았고 자신 혹은 극소수의 사람만이 정보를 공유하고 있는 것이 비밀이라고 할지라도 비밀수첩 안의 내용쯤은 알 수 있어야 마땅하거늘 주민규의 기록은 비밀수첩 속에 또 다른 이면이 내재된 흑막과도 같았다. 페이지를 넘길수록 몽롱한 정신에서 끼적거린 탓인지, 알 수 없는 부호와 그림들뿐이었다. 그림에는 들이 있었고 들에는 풀숲이 있었다. 숲 속에는 황토색 구덩이가 패여 있었다. 구덩이에는 성별을 알 수 없는 누군가가 누워 있었다. 아무 생각 없이 그린 그림 같지가 않아보였다. 사연이 깃든 걸까. 곡절이 있는 걸까. 그림을 본 유라의 머릿속 그림은 썩 유쾌한 그림이 그려지지 않았다. 수첩의 앞부분은 어느 정도 해석이 가능했지만 뒤가 이를 데 없이 궁금했다. 비밀수첩 3권의 중간까지 자주 등장했던 가희에 대한 이름도 중간을 넘어서자 자취를 감추고 말았다. 그 까닭이 무엇일까. 의문에 대한 해답은 책상머리에서 머리를 쥐어짠다고 해서 얻어질 것 같지 않아보였다. 상상은 상상으로 머무를 것만 같았고 마음속의 수다로 그칠 것만 같았다. 유라는 비밀수첩을 책상서랍에 두고 외출준비를 했다. 비밀수첩 속에서 갑작스럽게 가희의 이름이 사라진 배경과 난해한 그림은 알 수 없는 그림자가 길게 드리워져 있을 것만 같았다.

유라는 지하철을 탔고 계산역에서 내렸다. 비밀수첩 앞쪽에 제시된 가희에 관한 주민규의 기록을 토대로 한다면 가희는 지금 스포츠센터 지하 1층에 있는 햄버거 가게에 근무하고 있어야 한다. 계산역에 내린 유라는 곧장 가희가 근무하고 있을 햄버거 가게로 향했다. 지하 1층으로 갔다. 햄버거 가게가 정면에 있었고 왼쪽에는 에어로빅센터가, 오른쪽은 헬스장이었다. 유라는 햄버거 가게의 문을 열었다. 치킨과 감자튀김 냄새가 콧속으로 스며들었다. 홀에서는 손님들이 햄버거와 콜라, 감자튀김을 삼키고 있었다. 유라는 입구 쪽 탁자에 앉았다. 카운터를 응시했다. 카운터에는 캡을 쓴 여직원이 서 있었다. 두 명이었다. 왼쪽 직원은 새내기 대학생으로 보였고 그 옆은 그 여자보다 너댓 살은 위로 보였다. 유라는 그들의 움직임을 살피다가 그들 쪽으로 다가갔다.

"불고기 버거 셋트 하나 주세요."

"계산해 드릴게요."

나이가 들어 보이는 직원이 금전등록기를 두드리며 옆의 여직원에게 말했다.

"불고기 셋트 하나."

여직원이 주방에 대고 소리쳤다.

"불고기 셋트 하나!"

주방에서 남자의 목소리가 났다.

"불고기 셋트 하나 오케이!"

계산을 치르고 기다리던 유라는 나이 든 직원에게 말을 걸었다.

"혹시, 정가희 씨 아니세요?"

"정가희요? 아~닌~데~요~."

말꼬리를 늘어뜨린 직원은 궁금한 얼굴로 유라를 보았다.

"그럼 정가희 씨는 어디 있죠?"

"아니요. 그런 사람 여기 없어요."

"근무 한 적도 없나요?"

"글쎄요."

그녀의 말투에는 묘한 여운이 배어 있었다. 그러나 유라는 더 이상 추궁하지 않았다. 유라는 앉았던 자리로 갔고 주문한 음식을 기다렸다. 음식이 나왔다. 유라는 햄버거를 씹고 콜라를 들이켜는 중에도 시선은 등록기 옆에 서 있는 여직원에게 향했다. 여직원은 유라를 힐끗힐끗 바라보았다. 햄버거를 먹고 나서 감자튀김을 케첩에 묻혀 입에 넣을 때도 유라의 눈은 여전히 그 여직원에게 있었다. 그녀도 유라처럼 유라를 보았다. 자주. 그러나 유라는 온 얼굴로 보았고 그 직원은 주로 곁눈질을 했다. 앞에 놓인 음식이 바닥을 드러내자 유라의 머릿속은 향후 질문거리를 짜내느라 더 복잡하게 얽혔다. 입을 닦았고 끄윽 트림도 했다. 그런 와중에 손님들이 왔고 카운터에서는 손님맞이에 분주했다. 유라는 뒤이어 온 손님들이 먹거리를 들고 자리로 간 다음에야 탁자 위에 널브러진 종이부스러기와 빈 종이컵을 쓰레기통에 버렸고 다시 제자리로 왔다. 유라의 눈은 여전히 카운터를 쏘아댔다. 등록기 주변에 있던 직원의 눈빛도 예사롭지 않았다. 유라의 시선을 의식한 때문일까. 유라는 카운터에 서 있는 직원에게 다가갔다. 명함을 건넸다.

"꼭 만나야 되는데 정가희 씨 진짜로 모르세요?"

"무슨 일인데요?"

유라는 주위를 살폈다.

"잠깐 좀."

직원은 유라의 눈짓을 이해한 듯 안으로 들어오라는 손짓을 했다.

"손님 오면 불러."

직원은 어려 보이는 직원에게 말하고 나서 카운터 옆 사무실로
들어갔다.

"앉으세요."

직원은 의자를 끌어다 유라에게 권하면서 책상 앞에 앉았다. 유
라가 물었다.

"사장님이세요?"

"아니요. 점장인데요. 그런데 정가희라는 분은 왜 찾죠?"

"아, 저기, 학교 후밴데요. 행사 관계로 급히 상의할게 있어서요.
가끔씩 연락도 하고 그랬는데 요즘은 전화도 안 되고 통 무소식이
라……."

"모르셨어요? 그만 둔 거."

"그랬군요. 근데 그만둔 지는 얼마나 됐나요?"

"한 일 년 가까이 된 걸로 알고 있어요."

"무슨 일로……."

"글쎄요. 난 그분 대타로 왔는데요. 그분 얼굴도 못 봤어요."

"혹시 연락은 없었나요?"

"없었어요. 가끔씩 가희 씨 부모님이 우리 가게에 들러서 혹시 왔
느냐, 연락이라도 받았느냐 하면서 묻긴 했는데, 낸들 알 길이 있어
야죠."

"갑자기 그만 둔건가요?"

"예, 듣기로는 아무 연락도 없이 가게에 안 나왔다고 사장님이 그
러시던데."

유라는 고개를 끄덕였다. 밖에서 부르는 소리가 들렸다.

"언니, 손님."

점장은 방금 했던 말이 전부라며 밖으로 나갔다. 유라도 나갔다. 유라는 홀의 구석진 곳에 자리를 잡고 앉아서 점장이 고객맞이를 끝내기만을 기다렸다. 주방에서 남자 직원이 유라를 힐끗힐끗 바라보았다. 주방의 남자는 점장이 주방을 향해 메뉴를 외치자 유라를 향하던 눈길을 거두고 음식을 만드느라 손을 바삐 놀렸다. 점장이 손님을 받고나서 한가한 틈을 이용해 유라는 점장에게 다가갔다.

"혹시 직원 중에 가희 씨를 아는 사람 없을까요?"

점장은 주방 쪽으로 고개를 돌렸다. 주방일을 보는 남자 직원을 보는 듯했다. 그러나 점장은 이내 눈길을 거두었다.

"없,는,데,요."

대답은 그렇게 했다. 순간, 주방의 남자는 점장을 보고 머리를 끄덕였다. 유라에 대한 그들의 응대는 여기까지였다. 바쁜 일상 때문일 수도 있겠고 지금 가희에 대한 발설은 곤란하다는 그들끼리의 신호와도 같았다. 유라는 이쯤에서 멈추는 것이 오히려 나을지도 모른다는 생각이 들었다.

"가희 씨한테 연락오거나 가희 씨를 아는 사람이 있으면 연락 좀 부탁할게요."

"네."

유라는 가게를 나왔다. 거리로 나갔다. 도로가에는 은행잎이 소복이 깔려 있었다. 걸음을 옮길 때마다 스억스억 소리가 났다. 짓밟힌 은행잎 소리는 유라에게는 누군가의 처절한 울음소리와도 같았고 누군가가 그 누군가를 애타게 부르는 소리처럼 느껴졌다. 유라는 수첩을 꺼냈다. 가희가 살고 있는 집이 궁금했기 때문이다. 약도를 보았다. 수첩에 그린 약도는 주민규가 건넨 비밀수첩의 내용을 토대로 했다. 사실에 근거한 비밀수첩이라면 가희가 근무했던 햄버거 가게를 어렵지 않게 찾아냈던 것처럼 가희의 집을 찾는 것도 어렵지 않을 거란 생각이 들었다. 계산역 쪽으로 내려가자 왼편으로 공원이 있었다. 공원은 있다는 곳에 있었다. 약도대로라면 공원이 끝나는 곳에 정가희가 사는 동네는 이면도로가 있어야 했다. 유라는 걸었다. 백여 미터를 걸었을까. 왼쪽에는 공원 내 화장실이 도보 가까운 곳에 있었고 십여 미터 아래 막다른 지점은 포켓볼구장이었다. 공원 외곽에 이면도로가 있었다. 유라는 이면도로를 따라 걸었다. 이 길을 걷다보면 어렵지 않게 가희의 집을 찾을 수 있을 것 같았다. 도로가는 주차장이었고 차들이 들어차 있었다. 대여섯 채의 연립을 경유했을 때 흰 바탕에 검은 글씨가 새겨진 간판 하나가 눈에 들어왔다.

'계양산 운명철학관'

간판이 내걸린 옆집도 연립이었다. 옆집 벽면은 온통 넝쿨이었다. 넝쿨 집이었다. 대문도 있었다. 대문은 반쯤 열려 있었다. 가희가 사는 집이 분명해 보였다. 유라는 대문 안으로 들어갔다. 2층으로 갔다. 현관문은 닫혀 있었다. 초인종을 눌렀다. 대답이 없었다. 또 눌렀다. 없었다. 연방 눌렀는데도 반응이 없었다. 아무도 없는 걸까. 창가로 갔다. 창문은 닫혀 있었고 안쪽에는 백색의 브라인드 커튼이 길게 드리워져 있었다. 창문을 두드렸다. 열리지 않았다. 한동안 그랬다. 부재중일까. 시계를 보았다. 일곱 시로 접어들고 있었다. 하늘을 보았다. 해가 사라졌고 어둠이 내렸다. 어둠은 유라가 서 있는 창가에도 가득했다. 한참 동안 창가에 등을 기댄 채 서 있었다. 외벽의 넝쿨 잎이 실바람에 흔들거렸다. 창문 틈으로 방안을 기웃거렸다. 불빛 한 점 없는 어둠의 방이었다. 아래층으로 내려갔다. 아래층 집 창문에는 불빛이 새어나왔다. 초인종을 눌렀다.

"누구세요?"

"위층에 좀 찾아 왔는데요. 아무도 없어서요."

"거긴 왜요?"

"뭣 좀 물어 볼게 있어서요."

"……."

인터폰을 거는 소리가 들렸고 문이 열렸다. 오십대로 보이는 여인이 문틈으로 얼굴을 내밀었다.

"무슨 일인데요?"

"2층에 사는 사람 좀 만나러 왔는데요. 혹시 언제쯤 오는지 아세요?"

"글쎄, 모르죠. 아마 멀리는 안 나갔을 거예요. 기다려 보세요."

"예, 알겠습니다."

유라가 고개를 숙이며 인사를 했다. 문이 닫혔다. 대문 밖으로 나왔다. 공원을 바라보았다. 공원길을 걷는 사람들, 공터에서 축구를 하는 젊은이들, 불빛이 반짝이는 숲. 숲길을 따라 아기 엄마로 보이는 젊은 엄마가 유모차를 끌었다. 유모차는 유라 쪽으로 굴러왔다. 유모차에는 갓 돌이 지났음직한 아기가 타고 있었다. 아기 엄마로 보이는 여자는 대문에 유모차를 댔다.

유라는 그 여자에게 대뜸 말을 걸었다.

"혹시 2층에 사세요?"

"예. 그런데요. 누구세요?"

아기 엄마는 대답과 함께 유라의 위아래를 훑었고, 유라는 반색

했다.

"정가희 씨?"

"정가희요? 아닌데요."

아기 엄마는 유모차에서 아기를 내리며 안았다. 유라가 다급한 소리를 냈다.

"그럼 혹시 주민규 씨라고 아세요?"

"아니요. 전혀."

"그럼, 경태는요?"

유라가 말하는 경태는 주민규의 연적이었다.

"그런 사람도 몰라요. 집을 잘못 찾아오신 거 아니에요?"

"아니요. 이 집이 맞아요. 2층에 이사 온지는 얼마쯤 되셨어요?"

"6개월은 넘었어요."

아기 엄마는 2층으로 갔다. 유라는 아기 엄마가 사라질 때까지 눈꺼풀만 슴벅거렸다. 어쩌면 정가희는 아기 엄마가 이사 오기 전이었을 거라는 짐작이 갔다. 그러나 지금은 알 길이 없다. 2층의 여자에게는 일의 실마리를 기대할 수 없을 것 같았다. 유라는 머리를 주억거리며 다시 1층집의 현관문을 두드렸다. 2층에 대한 내막은 1층에서 어느 선까지는 알고 있을 거라는 일말의 기대감 때문이었다. 문이 열렸다. 좀 전의 여자가 문고리를 잡은 채 다시 얼굴을 내밀었다.

"아직 안 왔어요?"

"아뇨, 오긴 왔는데요. 제가 찾는 사람이 아니네요."

"그럼, 잘못 찾아왔나 보죠."

얼굴을 일그러뜨리며 문을 닫으려 했다.

"잠깐만요. 혹시 그럼 그 전에 살던 사람일지도 모르겠네요. 정가희 씨라고 아세요?"

1층 여자는 얼굴을 구겼다.

"정,가,희? 그 아가씨를 왜 찾는다고 했죠?"

"학교 후배 되는데요. 꼭 만나서 전해 줄 것이 있어서요."

유라는 그렇게 둘러 댔다.

1층 여자는 한숨을 내쉬었다.

"하늘로 솟았는지 땅으로 들어갔는지 모르지."

혼잣말이었다.

"무슨 말씀이세요?"

1층 여자는 유라의 눈길을 피하며 먼 산을 보았다.

"행방불명이야."

"예에?"

가희에 대한 유라의 궁금증이 더 쌓였다.

"언제부터요?"

"아마 일 년은 다 돼 가지 싶네."

1층 여자의 일 년이라는 말에 햄버거 가게가 떠올랐다. 햄버거 가게에서도 그만둔 지가 일 년쯤 된다고 했었다.

유라가 물었다.

"그 이후로 연락이 없었나요?"

"없었지. 부모님만 수도없이 우리집에 들락날락하기만 하고……."

"그럼 혹시, 집주인이신가요?"

1층 여자는 머리를 끄덕였다.

"아, 그러셨군요."

"집에 살림도 그대로 두고 행방불명됐으니, 쯧쯧."

"가희 씨 부모님은 지금도 자주 들리세요?"

"전화도 오고 엊그제도 또 왔다 가면서 우리 딸 소식 없느냐고 물었는데……."

유라는 연신 머리를 끄덕였다.

"부모님 연락처 좀 알 수 있을까요?"

1층 여자는 내키지 않은 표정이었다.

"연락해서 저도 가희 씨 행방을 알아보려구요."

1층 여자는 방에서 휴대폰을 들고 왔다. 정가희를 검색했다. 관련 번호가 셋이었다.

'햄버거집 정가희'

'2층 정가희'

'정가희 부모'

유라도 휴대폰을 꺼내들었고 번호 셋을 모두 입력했다. 1층 여자는 문을 닫으려는지 현관문의 공간을 좁혔다.

"경찰들도 자주 왔어. 행방불명이라고."

"그럼, 공개수배한 건가요?"

"그건 잘 모르겠는데……."

1층 여자는 손을 가볍게 들어 보이며 문을 닫았다.

유라는 부질없는 수고에 불과하다는 것을 알면서도 입력한 번호로 당장 전화를 걸었다. '2층 정가희'는 사용되지 않은 번호라는 기계음이 흘러 나왔다. '햄버거집 정가희'는 정가희가 그만둔 지 1년 된 사회체육센터의 햄버거집이 그대로 나왔다. 정가희 부모에게는 내키지 않아서 전화를 걸지 않았다.

유라는 가희가 머물렀던 동네를 나왔다.

유라는 책상에 앉아서 주민규의 비밀수첩을 들여다보았다. 이제
는 주민규와 정가희가 벌인 시시콜콜한 행각까지도 정가희의 행방
을 찾기 위한 퍼즐 맞추기로 열을 올려야만 할 것 같았다.
유라는 비밀수첩의 비밀들을 조목조목 살폈다.

14

남쪽으로 가다

민규는 광주행 고속버스 막차를 탔다. 버스가 고속도로로 진입하
자 속력을 냈다. 버스는 밤공기를 가르고 어둠을 산산이 부서뜨리
며 질주했다. 막힘없이, 머뭇거림도 없이. 버스는 결을 따라 웅웅거
리며 씽씽거리며 어둠 속에서 더 깊고 음험한 어둠을 향해 달렸다.
어둠을 벗어나면 다시 불빛을 쏘아대며 어둠 속으로 들어갔고 어둠
을 밀어냈다. 민규는 뒤쪽 창가에 앉아서 오른쪽 맨 앞 승강구 두
번째 줄 창가 쪽에 앉아 있는 여자에게 연방 눈길을 쏘아댔다. 그녀
는 가희였다. 가희는 뒤를 돌아보지 않았다. 가희는 여느 승객들처
럼 옆자리를 힐끔거리거나 앞을 보았고 운전석 머리 위에 달려 있

는 텔레비전에 눈을 주곤 했다. 민규는 가희가 같은 차를 타고 같은 목적지를 향해 내달리고 있다는 사실 자체만으로도 좋았다. 또한 몇 시간 동안은 비록 뒤통수일지라도 보고 싶을 땐 언제든지 볼 수 있어서 좋았고, 가희와 함께 같은 공간에 앉아서 가희가 내 뱉는 공기를 흡입하고 민규의 몸속에서 뿜어져 나오는 공기가 가희의 코와 입 그리고 심장까지 흘러들어서 가희의 숨결이 되고 그리하여 자신의 연인이 되어 다가올 거라는 상상을 했다. 그 상상만으로도 흐뭇했다. 지금은 밤이다. 창밖의 풍경이 어둠 속으로 자취를 감춘 밤이다. 버스는 논을 지나는지 공장을 지나는지 개천을 지나는지 알 수 없다. 웅웅웅……거리며 터널 속으로 들어 갈 때만 버스가 터널을 통과하고 있다는 사실을 알 수 있지만 터널을 벗어나면 알 수 없는 어둠으로만 질주할 뿐이다. 그리고 가끔씩 다문다문 발하는 불빛을 헤치고 지날 때면 허허로운 가로등이 도열한 곳이라는 것만 인지할 수 있었다. 시간이 지날수록 승객들은 의자에 몸을 맡기며 잠을 자거나 TV에서 방영하는 '우리들의 연인'이라는 드라마를 시청했다. 가희도 TV를 보고 있었다. 드라마에서는 한 남자가 한 여자를 집요하게 따라다녔고 한 여자는 번번이 퇴짜를 놓았다. 드라마를 보던 민규는 자신의 처지가 마치 드라마 속의 남자와 다르지 않다는 생각에 지그시 눈을 감았다. 승객들은 말이 없었다. 기계음 소리만 울렸다. 텔레비전이 흘린 소리, 발 아래서 웅웅대는 버스 엔진 소리.

이윽고 안내 방송이 나왔다.

'승객 여러분, 이번 휴게소에서 약 10분간 정차할 예정입니다. 귀중품은 각자 소지하시고 차량 번호를 꼭 확인하셔서 미리 승차하여 주시기 바랍니다.'

버스가 휴게소로 진입했다. 버스가 정차하자 승객들은 머리를 추스르거나 기지개를 켜며 밖으로 나갔다. 민규는 가희를 보았다. 가희는 앉아 있었다. 일어날 기미를 보이지 않았다. 남은 시간은 고작 5분이었다. 하는 수 없이 민규는 짐칸에 올려둔 가방을 내렸고 챙이 달린 모자를 꺼냈다. 모자를 눌러쓰고 일어섰다. 가희는 여전히 의자에 붙어 있었다. 민규는 잰걸음으로 가희를 지나쳤고 밖으로 나갔다. 화장실을 보고 나왔다. 그리고 곧장 버스로 향했다. 가까이 이를수록 몸은 움츠러들었고 어깨는 빳빳이 굳었다. 눈은 깜박거렸다. 승강구에 몸이 닿는 순간 민규는 왼쪽 뺨을 가리며 버스에 올랐다. 가희는 팔짱을 낀 채 앉아 있었다. 가희는 눈을 치뜨며 민규를 올려다보았다. 순간, 민규는 두 손으로 얼굴을 가리며 뒤쪽으로 저벅저벅 걸어갔다. 민규는 자리에 앉았다. 몸을 낮추며 가희 쪽을 바라보았다. 가희의 뒤통수가 눈에 들어왔다.

버스는 휴게소를 빠져나갔고 검은 도로에 불빛을 쏘아대며 속도를 높였다. 터미널에서 출발한 지 네 시간쯤 지났을까. 버스 안으로 불빛들이 쏟아져 들어왔다. 가로등과 신호등과 네온사인, 자동차의 불빛이었다. 버스는 원을 그리며 고속도로를 벗어났고 시내를 질주했다. 목적지인 광주였다. 민규는 시계를 보았다. 새벽 한 시를 넘어서고 있었다. 버스가 터미널에 진입했다. 대합실은 불이 꺼져 있었다. 개찰구도 주차장도 어둠이었다. 민규가 버스에서 내렸다. 가희도 내렸다. 가희는 대합실로 들어갔다. 민규는 가희를 따라갔다. 대합실은 아무도 없었다. 매표소도 닫혀 있었다. 상점들도 철시를 한 탓에 이두웠다. 대합실의 미미한 불빛만이 천장에서 내려왔다. 가희의 목적지를 알 수 없는 민규는 가희를 미행했다. 가희가 대합실을 벗어나려고 하자 민규는 잰걸음으로 가희와의 거리를 좁혔다. 가희는 앞만 보고 걸었다. 가희의 목적지는 알 길이 없지만 머뭇거리지 않는 그녀의 걸음걸이는 정처가 뚜렷해 보였다. 그러나 터미널 어귀에 이르자 가희는 주춤 서며 시내를 바라보았다. 사방을 두리번댔다. 가희는 내내 자동차의 불빛과 빌딩에서 쏟아지는 광고판의 불빛들, 행인들에게 시선을 떼지 않았다. 민규는 몸을 숨기며 가희의 몸짓을 살폈다.

민규의 마음도 부지런히 움직였다. 저대로 놓아두면 가희는 탕자의 표적이 될 것만 같았다. 가희를 부를까. 혼자가 아니라 우리라고. 나도 함께 외롭다고. 같은 곳을 함께 보고 함께 머물자고. 가희의 두 발은 땅에 붙어 있었다. 민규는 한 숨을 길게 뿜어냈다. 혼잣말을 했다.

"가희, 가희야."

그리고 불렀다.

"가희야!"

대답이 없었다. 민규는 가희 쪽으로 몇 걸음을 더 옮겼다.

"가희야!"

뒤를 돌아보았다. 가희가 민규가 서 있는 쪽을 보면서 주변을 두리번거리는가 싶더니 택시 승강장 쪽으로 부리나케 달렸다. 민규도 달렸다. 가희는 은행 건물 입구에서 몸을 움츠렸다.

"가까이 오면 신고할 거예요."

"나야 민규."

"누구, 민규?"

"그래."

눈을 크게 뜬 가희는 어둠 속에서 민규의 얼굴을 찬찬히 뜯어보았다.

"누군지 몰라서 도망친 거야?"

"낯선 사람이 나를 부르는 것 같아서."

"그랬어?"

신원을 확인한 가희는 움츠린 어깨를 폈다.

"여긴, 어떻게……."

"가희야."

"날 부르지 마!"

가희는 격한 소리를 냈다.

"널 부르면 왜 안 되는 건데?"

가희는 민규의 입을 틀어막았다.

"부르지 말랬지."

한동안 입을 막고 있던 가희는 손을 내렸고 민규는 입술을 벌리지 않았다. 가희는 머리를 저었다.

"혹시 버스에 있지 않았어?"

민규는 대답을 주저했다.

"맞구나. 그랬었구나. 모자 쓴 사람이 널 거라고는 생각도 못했는데……."

"그래, 그 사람이 나였어."

"그럼 나를 미행?"

"……."

"내가 그 차에 타는 걸 어떻게 안 거야?"

"설명하자면 길어."

"넌 참 징그럽게도 집요하고 무서운 놈이구나."

가희는 두려움과 분노에 찬 표정을 지었다. 건물 밖으로 나갔다. 밤거리를 걸었다. 횡단보도를 건넜다. 민규도 건넜다. 가희는 입술을 닫았다. 민규는 가희의 서슬 퍼런 표정에 억눌려 한마디도 내뱉지 않았다. 가희의 발소리가 크게 울렸다. 그 소리가 불만의 소리인지 분노의 소리인지 공포감의 분출인지 그 어떤 심정을 의미하는지 민규는 분간할 수 없었다. 다만 가희가 내딛는 발걸음은 알 수 없는 대상에 의해 떠밀려가는 몸짓으로 여겨졌다. 예정된 여정이라기보다는 스토커 같은 사내 하나를 어떻게 처분할까 고심하는 몸짓과도 같았다. 생각이 거기까지 이른 민규는 묵묵히 가희의 뒤를 따라갔다. 가희가 더디 걸으면 더디게, 재촉하면 재촉했다. 가희는 모텔 앞에서 멈췄다. 모텔 안으로 들어갔다. 민규가 가희의 등에 대고 말했다.

"잠깐 말 좀 할까?"

"……."

민규도 들어갔다. 안내실은 2층이었다. 가희는 올라갔고 민규는 2층으로 오르는 계단에서 걸음을 멈추었다. 가희가 또 한 명의 투숙객으로 민규를 인정하지 않았기 때문에 가희의 심정을 헤아리지 못한 상황에서 가희와 같은 방을 써야 할지 다른 방을 잡아야 할지 고민하지 않을 수 없었다. 지금으로서는 한 방을 쓰는 것은 무리일 뿐만 아니라 옆 방에서 가희의 동태를 살피는 것 또한 한심한 짓이라는 생각이 들었다. 그러나 계단에서 우두커니 서서 마냥 시간을 흘려보낼 수 없는 노릇이었다. 민규는 2층으로 갔다. 안내실에 이르자 가희는 사십대로 보이는 안내원 남자와 말을 주고받았다.

"터미널에서 첫차가 새벽 6시쯤에 있을 거예요."

"그럼 5시에 깨워 주세요."

안내실에서 먼저 말했고 가희가 부탁했다.

"그쪽 섬에 가려면 약산행 타면 됩니까?"

가희가 묻자 안내실 남자가 손을 이마에 대며 대답했다.

"나도 한 일 년 전에 갔다 온 적이 있어서 아는데 약산으로 가는 게 맞을 거예요."

가희는 숙박계에 이름과 함께, 나오는 시간을 새벽 5시 10분으로 적어서 건넸다. 민규는 가희에게 다가갔다.

"일행 아니세요?"

안내실 남자가 이렇게 묻자 민규는 가희의 얼굴만 빤히 바라보았다. 가희는 민규를 외면했다. 가희는 위층으로 올라갔다. 가희가 모습을 감추자 민규가 안내실 남자에게 말했다.

"방 있으세요?"

"예."

"방금 올라간 아가씨 옆방으로 주세요. 일행이긴 한데 같은 방을 쓰기는 좀……."

안내실 남자는 방싯 웃으며 빈방을 살폈다.

"아, 옆에 방이 있긴 있네요. 여기다 좀 적어 주세요."

남자가 숙박계를 디밀었다. 민규는 가희의 아랫줄에 적었다. 나오는 시간은 가희가 나오는 시간보다 10분이 빠른 5시로 기재했다. 숙박계를 적은 민규는 윗줄을 올려다보았다. 가희가 배정받은 방은 304호실이었다. 안내실 남자는 열쇠를 건넸다. 열쇠뭉치에는 303호라는 글자가 찍혀 있었다. 3층으로 갔다. 가희가 들어간 304

호는 닫혀 있었다. 민규는 304호 앞에 섰다.

"가희야, 잠깐 애기 좀 하자."

"……."

"가희야!"

"……."

"가희……."

별안간 안에서 소리가 났다. 출입문을 걷어차는 소리와 함께 가희의 목소리가 들렸다.

"날 부르지 말라구!"

"알았어. 부르지 않을게. 근데 나하고 애기 좀 하면 안 될까?"

"누가 너더러 날 따라 오라고 했어? 안 돼, 가!"

"난 303호에 있을 거야. 알았지?"

민규는 303호로 들어갔다. 현관불이 켜졌고 방 스위치를 켰다. 민규는 겉옷을 입은 채 방바닥에 앉았다. 등 뒤에는 베개 2개가 놓인 침대가 있었다. 침대 옆에는 옷장이, 눈앞에는 문갑이 있었다. 문갑 위에는 텔레비전이, 텔레비전 옆에는 거울이 있었다. 거울 옆에는 붉은 전구의 스탠드가 놓였고 스탠드 옆에는 화장실이었다. 민규는 침대에 기대어 앉았다. 텔레비전을 보았다. 텔레비전에는 민규가 나왔다. 침대도 나왔다. 민규가 나왔고 침대가 나왔다. 민규가 움직이면 텔레비전에서도 움직였고 민규가 몸을 비틀면 텔레비전에서도 몸을 비틀어댔다. 얼굴을 찡그리면 텔레비전에서도 덩달아 얼굴을 일그러뜨렸다. 텔레비전에는 민규만 나왔다. 아무도 나오지 않았다. 텔레비전은 민규를 비추는 흐릿한 거울일 뿐이었다.

민규는 휴대폰을 꺼내들고 가희에게 전화를 걸었다. 신호음만 들릴 뿐 전화를 받지 않았다. 메뉴에서 메시지를 눌렀다. 문자를 찍었다.

　내가 그쪽 방으로 잠시만 건너가면 안 될까.
　아무 짓도 안하고 말만 할게. 맥주도 한 잔
　하고 싶고.
　옆방 민규가.

　문자를 보냈다. 민규는 답장을 기다렸다. 휴대폰을 손바닥에 올려놓고 기다렸다. 그러나 휴대폰에서는 소리도 진동도 신호도 불빛도 없었다. 답장은 오지 않았다. 지금은 시간이 흘러서 새벽이기를 바라야 하는 것인지 아니면 더디 가서 가슴을 졸이는 것이 자신에게 도움이 될지 헤아릴 수 없었다. 가희는 여전히 답이 없었다. 그러나 가희가 머문 304호실에서 소리가 났다. 턱, 투르륵, 쏴아……. 소리는 민규의 방 침대 쪽에서 났다. 가희의 침대와 민규의 침대 사이에서 들리는 소리인지는 알 수 없었다. 침대와 침대 사이일까. 민규는 제 방의 구조를 살폈다. 민규의 방 침대는 가희가 자리 잡은 304호 쪽에 있었고 화장실은 302호 쪽에 있었다. 민규와 가희의 방 구조가 같다고 여긴다면 가희의 방에서 나는 소리는 화장실에서 들려오는 소리가 틀림없어 보였다. 민규는 침대에 올라앉아서 가희의 객실 쪽으로 귀를 댔다.
　쏴아, 푸르르륵, 쩌적,쏴, 터덕, 쏴아, 푸르르륵, 쩌적,싸아…….
　이디에 닿는 소리였고, 무엇을 씻어내는 소리, 바닥으로 물 떨어지는 소리였다. 머리를 감는 걸까. 샤워를 하는 걸까. 물살은 사타구니 사이를 부지런히 쏘아대면서 그리고 씻어 내면서 바닥으로 두 두둑 떨어지는 듯했다. 숨을 죽이며 물소리를 듣고 있던 민규는 마른 침을 꿀꺽꿀꺽 삼켰다. 목이 말랐다. 민규는 침대 위에 쓰러졌다. 무엇에 홀린 듯 몸은 의지대로 움직이지 않았다. 가희에 의한 그리고 자신을 위한 육욕의 몸부림이었다. 그녀가 품에 없으므로 가희가 울려대는 소리만이라도 소유하고 싶었다. 더 크게, 더 길게, 더 오래 울려대기를 바랄 뿐이었다. 가희는 겉옷을 벗었을 것이고 살갗을 감싸고 있던 속옷을 벗고 머리카락이 흐늘거리는 알몸으로 오늘 내내 도시가 흘린 분비물을 물뿌리개로 씻어내며 누군가의 색욕을 받아들이기 위해 정갈하게 단장하고 있을 거라는 생각 또한 민규의 머릿속으로 스멀스멀 파고들었다. 물소리는 시간이 흐를수록 여리게 났다. 이윽고 물소리가 그쳤고 적막한 고요가 엄습해왔다. 지금은 그 고요 속에서 가희는 잠옷으로 갈아입었는지 알몸뚱이로 침대에 누워서 천장을 바라보고 있는 것인지, 그럴 거라는 상상만이 존재할 뿐이었다. 소리가 죽고 고요가 꿈틀댈수록 민규의 머릿속에서 파생된 몸짓은 더 바삐 움직였다. 아랫도리에서 수컷의 본능이 불끈 솟구쳐 오르는가 하면 머리 한켠에서는 육체를 배제한 슬픔과 기다림, 고통과 단절에 의한 상실감이 밀려왔다. 창문을 열었다. 멀리서 아파트의 불빛 하나가 꺼지고 있었다. 밤으로 추락하는 불빛, 잠 속으로 빠져드는 불빛, 태양빛을 기다리는 멸절의 불빛이 민규에게도 잠을 재촉하는 듯했다. 그러나 이 순간 눈을 감아버리면 오늘밤이 너무 아쉬워서 견딜 수 없을 것만 같았다. 창문을 닫았다. 현관문으로 갔다. 밖으로 나갔다. 그리고 가희의 객실 앞에 섰다. 문을 두드렸다.

"지금 안자고 있지? 나 민규야, 얘기 좀 하자."

"……."

"맥주라도 사올까? 아니면 먹고 싶은 거라도……."

"……."

"문 좀 열어보면 안 될까?"

"……."

"얼굴만이라도 좀 보자."

"……."

가희는 끝내 문을 열지 않았고 모두 닫아 버렸다. 문도, 오늘 밤도, 마음도 닫아버린 듯했다. 민규는 하는 수 없이 방으로 돌아왔다. 휴대폰을 열었다. 새벽 4시 50분으로 알람을 맞춰두고 옷을 입은 채 침대에 누웠다.

알람 소리에 잠이 깼다. 새벽이었다. 몸을 일으킨 민규는 화장실로 달렸다. 세수를 했고 머리에 물을 묻혀 빗질을 했다. 이윽고 밖으로 나갔다. 304호로 달렸다. 문은 닫혀 있었다. 두드렸다. 대답이 없었다. 문고리를 돌렸다. 열렸다. 안을 들여다보았다. 옅은 어둠이 방안에 드리워져 있었다. 가희를 불렀다. 대답이 없었다. 또 불렀다. 또 반응이 없었다. 들어갔다. 현관을 더듬거리며 스위치를 눌렀다. 불이 켜졌다. 방에는 아무도 없었다. 화장실로 갔다. 닫혀 있었다. 화장실문을 열었다. 가희는 없었다. 방으로 들어갔다. 침대 밑으로 머리를 디밀었다. 없었다. 장롱을 열었다. 없었다. 민규는 객실을 뛰어나왔고 아래층으로 내달렸다. 가희는 보이지 않았다. 거리를 두리번거렸다. 가희는 이미 종적을 감추고 말았다. 전화를 걸었다. 받지 않았다. 민규는 다시 모텔로 들어갔다. 안내실로 갔다.

좁다란 창문 너머로 지난밤에 보았던 안내실 남자가 텔레비전을 보고 있었다. 민규는 창문을 두드렸다. 남자가 민규에게 다가왔다.

"손님, 무슨 일입니까?"

"말씀 좀 물을게요. 지난밤에 내 옆방에 있던 아가씨 언제 나갔습니까?"

"글쎄요. 그 손님이 몇 호실이었더라……."

"304호였어요. 저는 303호였구요."

"모르겠네요. 나가는 사람들은 유심히 안 보거든요."

"그 아가씨가 오늘 약산으로 가는 버스 타고 어딜 갈 거라고 아저씨한테 말하는 것 같던데요. 혹시 기억나십니까? 아저씨도 그쪽을 잘 아신다고 말씀 하시는 거 저도 옆에서 들었거든요."

남자는 머뭇거리다 민규의 위아래를 훑어보았다. 남자는 민규를 손님으로 대하는 눈초리가 아니었다. 남자가 말했다.

"그 아가씨하고 어떤 사이죠?"

"아, 예. 제, 제가 사랑하는 사람입니다. 인천에서 차를 타고 오다가 좀 싸웠거든요. 원래는 청산도 쪽으로 함께 여행을 가려던 참이었는데……."

민규는 그럴싸하게 거짓말을 했다. 민규의 말이 끝나자 남자의 날선 눈초리가 금세 가라앉았다.

"약산행을 타면 섬으로 갈수 있느냐고 물었죠."

"어떤 섬이요?"

"거기가 어디더라. 저, 저, 거기가. 아, 맞다. '태일도'라고 했구나."

"그럼 약산으로 가면 태일도 가는 배가 있겠네요?"

"그래요."

민규는 허리를 숙이며 인사를 했다. 모텔을 빠져 나왔다. 터미널로 달렸다. 터미널에 도착한 민규는 약산으로 가는 개찰구를 바라보았다. 가희는 보이지 않았다. 행선지를 알리는 불빛이 반짝거렸다.

'7시 30분 약산'

민규는 시계를 보았다. 7시 26분이었다. 민규는 '매표소'로 잰걸음을 했다. 민규가 말했다.

"이번이 약산행 첫찹니까?"

"아니오, 첫차는 이미 떠났고 이번이 두 번째예요."

"그럼, 7시 30분에 가는 걸로 주세요."

매표원이 말했다.

"우등있어요."

"주세요."

매표원은 유리 구멍으로 표를 내밀었다. 표를 받아 든 민규는 7시 30분 약산행 버스에 올랐다. 버스에도 가희는 없었다. 첫차로 떠난 걸까. 버스는 약산으로 달렸다.

시계가 9시를 넘어서자 버스는 약산의 당목항에 도착했다. 버스에서 내린 민규는 부두를 바라보았다. '태일도'행 배는 보이지 않았다. 배를 타기에는 이른 시간인지 다음 차례가 있는 것인지는 알 수 없었다. 민규는 부둣가를 두리번거렸다. '당목식당'이라는 간판이 눈에 들어왔고 식당 옆에는 대합실이었다. 민규는 대합실로 들어갔다. 사람들이 북적거렸다. 그들은 앉아 있거나 운항시간표를 보고 있었다. 민규도 운항시간표를 보았다. 태일도 서성항으로 가는 배가,

'11시 40분, 13시 40분, 15시 40분' 이렇게 세 번 운항한다고 나와 있었다. 매표소는 따로 없어 보였다. 민규는 여행가방과 박스를 바닥에 내려놓고 의자에 앉아 있는 중년의 남자에게 말을 걸었다.

"저기 운항표에 11시 40분이라고 돼 있는데 오늘 첫배입니까?"

"그라지요."

"표는 어디서 끊죠?"

"배 타기 한 20분 전에 저그 조론데서 사람이 표 끊으라고 돌아댕기거요."

중년 남자는 부두 쪽을 가리키며 말했다. 남자의 말대로라면 오늘은 아무도 태일도 서성항으로 떠난 사람이 없다는 말이었다. 그렇다면 가희도 이곳 어딘가에서 첫배를 기다리고 있을 것이 분명해 보였다. 대합실에는 가희가 없었다. 밖으로 나온 민규는 가희에게 전화를 했다. 신호는 갔지만 이번에도 가희는 전화를 받지 않았다. 전화를 끊었다. 다시 시계를 보았다. 9시 57분이었다. '태일도'행의 첫배를 탄다고 해도 한 시간 반은 빠듯하게 기다려야 할 시각이었다. 주위를 둘러보았다. 밖에서 밖으로, 밖에서 안을 보았다. 슈퍼를, 식당을, 노래방을, 다시 대합실을 보았다. 버스에서 내리는 승객들도 보았다. 마지막으로 하차하는 승객까지 바라보았다. 뒤에서 여자의 웃음소리가 났다. 뒤를 돌아보았다. 가희는 아니었다. 그녀가 없으므로 민규는 부둣가를 자유롭게 활보할 수 있을 것 같았다. 그래서 돌아다녔다. 그러면서 사방을 살폈다. 사람들이 오고 갔고 건물이 있었다. 낯선 바닷가. '당목식당'이 눈에 들어왔다. 허기가 졌다. 식당으로 들어갔다. 매운탕을 주문했고 밥을 먹었다.

식당을 나왔다. 시계를 보았다. 11시 12분이었다. 태일도로 향하는 첫배가 11시 40분이므로 30분 가까이 남아 있는 셈이다. 그러나 여유작작할 시간은 아니었다. 태일도행 표를 사야하고 배에 올라야 했다. 그렇다고 무작정 태일도행으로 오를 수도 없는 노릇이었다. 급선무는 가희의 행방을 찾는 것이다. 민규는 대합실로 갔다. 대합실에는 아까보다는 많은 사람들이 들어차 있었고 웅성거렸다. 다시 밖으로 나왔다. 바닷가를 보았다. 철부선 한 척이 선착장으로 다가왔다. 조타실로 보이는 창가에는 '약산↔태일'라는 글자가 박혀 있었다. 닻을 내리고 배가 정박하자 선착장에는 배를 타려는 사람들로 북적거렸다. 승객들은 배를 향해 빠른 걸음을 했다. 승객들 사이로 흰색 자가용과 파란색 트럭이 후진 기어를 하고 배에 올랐다. 선착장에 있던 사람들은 하나둘씩 줄어들었고 배는 승객들과 차를 집어 삼켰다. 배에 오른 사람들은 먼 바다를 바라보거나 민규가 서 있는 쪽을 바라보았다. 그들 속에서도 가희의 모습은 볼 수 없었다. 선착장 어귀에서 스피커가 울렸다.

'아아, 알리겠습니다. 11시 40분 태일도행 배가 곧 출발할 예정입니다. 아직까지 표를 구입하지 않았거나 승선하지 않은 승객들은 서두르시기 바랍니다. 아아, 다시 한 번 알리겠습니다……'

10분이 채 남지 않았는데도 민규는 아직 표를 구입하지 않았다. 민규는 사방을 두리번댔다. 선착장 근방의 주차장에는 버스가 정차했고 사람들이 내렸다. 내린 사람들은 배를 놓칠세라 잰걸음을 하거나 뛰었다. 민규는 같은 자리에서만 맴돌 뿐이었다. 버스에서 내린 사람들이 배에 오르자 배는 시동을 걸었다. 매표원은 대합실 쪽으로 걸음을 옮겼다.

"아저씨!"

민규가 불렀다.

매표원은 민규를 돌아보았다.

"지금 표 끊어도 돼죠?"

"배가 출발하요. 빨리 끊으시오."

민규는 표를 끊었고 배에 탔다. 배는 닻을 올리며 서서히 먼 바다로 미끌어졌다.

민규는 멀어지는 육지를 바라보았다. 가희는 보이지 않았다. 배가 속력을 내자 항구의 사람들은 더 작아졌고 아득했다.

'저 여자가 가희일까?'

가희처럼 보이는 여자가 선착장을 향해 걸어왔지만 배는 뱃길을 따라 태일도로 향했다. 민규는 가희를 찾기 위해 배 안을 샅샅이 뒤졌지만 가희는 모습을 드러내지 않았다. 당목항에서 출발한 지 30분가량 지나자 목적지인 태일도에 도착했다. 배가 선착장에 정박하자 민규는 승객들 중에서 가장 먼저 배에서 내렸다. 배에서 찾지 못한 가희를, 배에서 내리는 승객들 틈에 있을지도 모른다는 일말의 기대감 때문이었다. 민규는 대합실로 들어갔다. 얼굴만 내밀며 뒤이어 오는 승객들을 바라보았다. 저마다 다가오고 다가와서 흩어지는 사람들 틈에는 민규가 찾는 가희는 존재하지 않았다. 민규에게 다가오는 건 바람이었다. 바람은 습습한 바닷물을 머금은 해풍이었다. 먼 바다에 눈을 주었다. 먼 바다 어느 편에서도 항구를 향해 다가오는 배 한 척 없었다. 민규는 대합실의 슈퍼에서 쥬스 한 병을 꺼내들었다.

"이거 하나 주세요."

사십대는 넘어 보이는 거무잡잡한 얼굴의 여주인이 민규에게 어디에 사느냐고 금방이라도 물을 것만 같았다. 민규는 쥬스를 들고 의자에 앉았다.

'어디로 갔을까.'

민규는 쥬스를 마시며 가희의 행선지를 두고 난무한 추측만 머릿속에서 쏟아냈다. 어디로 간 걸까. 아니면 먼저 태일도에 온 걸까. 배를 대절하지 않은 이상 민규보다 먼저 태일도에 도착할 수 없었을 거라는 판단이 섰다. 민규가 탔던 배가 태일도행 첫배였으므로. 아니면 뭘까. 태일도행을 접고 짐작도 할 수 없는 섬으로 유유히 떠났단 말인가. 민규는 생각의 편린들만 구구히 늘어놓을 뿐이었다. 난생 처음인 태일도라는 곳에서 이름도 생소한 낙도에서 그 낙도의 대합실에서 지금은 정처도 없는 모호함만 마음속에서 술렁거렸다. 그러나 다음에 당도할 배를 타고 가희가 무탈하게 다가오기를 바라는 마음 또한 한구석에 자리했다. 그녀를 태운 배가 무사히 도착하도록 바람이 불지 않기를, 파도가 치지 않기를, 너울이 일지 않기를, 잔잔한 물결 따라 가희가 다가오기를.

민규는 슈퍼 주인에게 말했다.

"이 동네에 모텔이나 민박있으세요?"

"어디서 왔오?"

"서울이요."

"아, 시방 그랑께 잠 잘 데 알아보는 거이머?"

"예."

"있기는 있는디 여기는 없어라우."

"어디 있는데요?"

"쩌그 옆동네 금곡리에 딱 하나만 있제라우."

"민박인가요, 아니면 모텔입니까?"

"모텔이제라우. 촌구석이래도 관광지는 관광징께. 외지 사람들 잘데는 있어야 한께."

"금곡리란데는 얼마나 멀어요?"

"차로 가면 한 10분, 걸으면 한 30분은 걸리제라우."

"예……."

"그 동네에 파라다이슨가 5층짜리 건물이 하나 있는디 그거이 모텔이요."

"아, 예."

"아메, 방은 많이 있으거이요. 그란디 여그는 뭐하러 왔오? 놀러 왔오?"

"누굴 좀 만나러 왔어요."

민규는 쓸쓸한 웃음을 흘리며 대합실을 나왔다. 대합실 옆에는 섬을 알리는 표지석이 있었다. 3미터는 족히 넘어 보이는 회색 바윗돌에는

'평온하고 정다운 섬 태일도胎日島'

라는 글귀가 새겨져 있었다.

'태일도'

그 의미를 알 수 없는 '태일도'라는 섬. 태일도? 잉태의 섬이라는 의미일까. 그래서 자궁처럼 정갈하고 신비스럽고 성스러움이 깃든 곳이 이곳이라는 메시지일까. 가희는 왜 태일도라는 섬을 입에 올

렸을까. 그녀는 왜 이 섬에 오려는 걸까. 가희가 작심한 여행인지, 정처 없는 유랑인지, 아니면 헤아릴 수 없는 그 무엇인가의 신비에 이끌려 밀물처럼 밀려오는 것인지, 상상만이 너울대는 혼곤한 상념들이 민규의 머릿속에서 꿈틀거렸다.

민규는 대합실 앞, 선착장이 가까운 바닷가에 있었다. 오후 2시가 넘은 시각이었다. 태일도 끝머리에서 객선 한 척이 오고 있었다. 민규가 지나온 뱃길을 따라서 민규가 서 있는 바닷가의 선착장을 향해 속력을 높였다. 늦가을의 바닷물을 가르며 객선은 선착장을 향해 속력을 냈다.

가희가 온다.

밀물에 미끌리어 오는 걸까.

썰물을 거슬러 오는 걸까.

가희가 온다.

늦가을 바다에서 사랑이 온다.

가희가 온다.

내 가슴으로 온다.

민규는 객선이 선착장에 닿을 때까지 가희에 대한 연정어린 상념을 쏟아냈다. 객선이 선창가에 닻을 내리며 정박했다. 승객들이 내렸고 승용차와 트럭도 승객들 사이를 빠져 나왔다. 내렸다. 나왔다. 빠져 나왔다. 객선은 남김없이, 한 사람도 숨김없이 선착장에 토해내며 먼 바다로 빠져나갔다. 이번에도 하선한 사람들은 지나갔고 몰려갔고 흩어졌고 사라졌다. 가희는 없었다. 약산에서 태일도로 온 마지막 배에도 가희는 타지 않았다.

어디로 갈까.

오늘 뭍으로 가는 배편은 끊어져버렸다. 그래서 오늘 밤은 꼼짝 없이 태일도에 머무를 수밖에 없었다. 민규는 숙박시설이 있다는 근동의 금곡리로 걸음을 재촉했다. 길을 따라 산을 넘었고 들을 지났다. 둔덕도 넘어 해변의 에두른 길을 걸었다. 마을이 보였다. 산자락에 모텔이 있었다. 모텔 아래는 모래사장이었다. 모래사장에는 대여섯의 여자와 너댓의 남자가 있었다. 그들은 듬성듬성 흩어져 있었다. 어떤 여자는 길가의 모래사장에 있었고 또 어떤 여자는 바다 쪽으로 걸었다. 그리고 어떤 남자는 바다를 보고 있었다. 모래사장 저편에서는 두 명의 여자가 민규 쪽을 향해 걸어오고 있었다. 민규는 한동안 그들을 바라보다 마을로 갔다. 마을 어귀에는 오래된 느티나무 한 그루가 누릿한 잎을 늘어뜨리며 서 있었다. 느티나무를 지났다. 마을회관이 나왔고 마을회관 주변은 집이었다. 모텔은 산 아랫자락에 있었다. 민규는 모텔로 갔다.

'파라다이스 모텔'

안으로 들어갔다.

"방 주까라우?"

민규가 안내실 입구에 이르자 뽀글 퍼머를 한 여자가 말했다.

"예."

"몇 층 주까라우?"

"기왕이면 바다가 잘 보이는 방으로 주세요."

"그라먼 502호로 하면 쓰겄오."

여자는 숙박계를 내밀었다.

"좀 적어 주시오."

인적사항을 적은 민규는 숙박계를 건넸다. 여자는 502호의 열쇠를 들고 밖으로 나왔다.

"갑세다."

민규는 여자를 따라 두어 걸음 계단을 오르다가 별안간 걸음을 멈추었다.

"잠깐만요."

"왜, 그라요?"

"숙박계에 잘못 쓴 것이 있어서요."

"뭘 잘못 썼오?"

"주민번호하고 또 안 쓴 게 있어서요."

여자는 머리를 갸우뚱거렸다.

"다 쓴 거 같았는디. 그냥저냥 나둬뿌시오."

"아니오. 다시 쓸게요."

"그럴라요?"

여자는 안내실로 들어갔다.

"다 썼는디요?"

민규에게 숙박계를 보였다. 숙박계에 인적사항을 쓰지 않았다는 민규의 말은 거짓이었다. 짐짓 거짓말을 했다. 무언가를 보았기 때문이었다. 투숙객 중의 낯익은 이름이었다. 숙박계를 받아든 민규는 자신의 이름이 적힌 지면에서 몇 줄 위를 훑었다. '정가희'라는 이름이 보였다. 이름 옆에는 모텔에 입실한 시간과 모텔에서 나갈 시간, 방 번호 그리고 주민번호까지 적혀 있었다. 입실 시간은 3시 15분이었다. 모텔에 입실한 시간이 그 시간이라면 태일도에 도착한 시간이 대략 두 시는 넘었다는 계산이 섰다. 가희는 약산에서 두 번째로 떠나는 태일도행의 객선에 승선했을 거라는 막연한 짐작을 했다. 민규는 가희를 기다렸고 찾아도 보았지만 어느 틈으로 새어 나갔는지 알 수 없는 노릇이었다. 숙박계를 들여다보던 민규는 가희의 주민등록번호를 머리에 넣고 모텔 여자에게 말했다.

"아줌마, 505호로 주시면 안 돼요?"

"갑자기 왜 그래요?"

"가만 생각해 보니까 502라는 숫자는 저에게는 떠올리기 싫은 일이 있어서요."

"정말 그래요?"

"예."

여자는 들고 있는 열쇠를 열쇠함에 다시 넣었고 505호의 열쇠를 꺼냈다. 민규는 505호실로 갔다. 어젯밤 광주에서처럼 가희와 가까이 있고 싶었다. 민규는 방으로 들어갔다. 현관문을 잠갔다. 곧장 화장실로 들어갔다. 옆방의 동태를 살피기 위해서였다. 한참 동안 욕조 쪽의 벽에 귀를 댔다. 소리가 없었다. 진동도 없었다. 가희가 없는 걸까. 민규는 화장실에서 나왔다. 현관 밖으로 나왔다. 복도에는 아무도 없었다. 504호 앞에 섰다. 문을 두드렸다. 여러 번 두드렸다. 소리가 없었다. 어쩌면 이 아까운 시간에 방안에서 빈둥거리는 것도 낯선 곳에서 온 이방인으로서의 예의가 아니어서 마실을 갔을 거라는 생각이 들었다. 황량한 모래사장을 거닐거나 선선한 공기를 들이마시는 산행이 합당한 이치일 것이었다. 민규는 다시 제 방으로 왔다. 신발을 벗고 바닥에 드러누웠다. 그리고 생각했다.

'가희를 찾아야겠다.'

민규는 밖으로 나갔다. 좀 전에 지나온 길로 다시 걸었다. 살림집과 마을 회관을 지나 바닷가 모래사장으로 갔다. 물가로 갔다. 물가에서 횡으로 걸었다. 어떤 남자는 저편에서 민규 쪽으로 다가왔고 어떤 여자는 신발을 들고 저편으로 걸었다. 검은 재킷을 걸치고 있는 또 한 여자는 먼발치에서 바다를 보았다. 민규는 바다를 바라보고 있는 여자 쪽으로 걸어갔다. 가까이 다가가자 그 여자는 민규를 힐끗거리는가 싶더니 잰걸음으로 모래사장 저편으로 뛰는 듯 걸었다. 또 한 여자는 민규 쪽으로 다가왔다. 그 여자는 챙이 있는 누런 모자를 쓰고 있었다. 모자를 쓴 여자는 마을 쪽으로 걸음을 옮겼다. 몸매와 키 걸음걸이가 가희와 흡사해 보였다.

이 여자가 가희일까. 민규는 그녀에게 소리쳤다.

"가희야!"

그러나 그녀는 앞만 보고 걸었다.

"아가씨!"

여자는 빠른 걸음을 했다. 민규는 그녀를 향해 달렸다. 그 여자도 달렸다. 느티나무 가까이 이르렀을 때 그 여자는 숨을 헐떡거리며 주저앉았고 머리를 숙이며 식겁한 소리로 말했다.

"왜 그러세요? 아저씨."

"가희?"

여자는 머리를 들었다. 그 여자는 가희가 아니었다.

"죄송해요, 아가씨."

민규는 머리를 꾸벅하며 사과를 표했고 다시 바다 쪽을 향해 뒤뚱뒤뚱 걸었다. 물에 젖은 바닷가 모래밭에는 어린 남자아이 둘과 그들의 부모로 보이는 젊은 아저씨와 아주머니가 바다를 향해 돌팔매질을 했다. 그 외의 사람들은 모래알처럼 흩어져 있었다. 아가씨

로 보이는 아가씨와 아저씨로 보이는 아저씨와 총각으로 보이는 총
각들이, 바다를 보거나, 바다 저편에 떠 있는 섬을 보거나, 모래를
보거나, 걷거나 앉았다. 어떤 사람들은 달리거나 서거니, 앉거니,
뻗기를 반복했다. 가까이에서 멀리서. 민규는 휴대폰을 꺼내 들고
가희의 휴대번호를 액정에 담았다. 그러고 나서 먼 곳의 여자들을
바라보았다. 민규가 통화버튼을 눌렀을 때, 아득히 떨어진 저편의
여자들 중의 누군가가 무엇인가를 집어 드는 동작을 취하거나 손을
귀에 대는 동작을 취하는 사람이 가희라고 여길 수 있겠다는 나름
대로의 판단 때문이었다. 민규는 통화버튼을 눌렀다. 그들의 동태
를 살폈다. 그 순간 왼쪽에 서 있는 여자들 중에 주머니에서 무엇인
가를 꺼내는 동작을 취했고 꺼낸 물건을 바라보는 듯했다. 그 여자
는 손에 든 것을 한참 동안 바라보았다. 가희는 전화를 받지 않았
다. 신호음이 그칠 때까지 전화를 받지 않았다. 손바닥에 무엇인가
를 들고 바라보는 먼 곳의 여자는 손에 든 물건을 다시 주머니에 넣
는 듯했다. 민규는 다시 걸었다. 가희는 받지 않았다. 먼 곳의 여자
는 미동도 없었다. 민규는 그 여자를 향해 걸음을 옮겼다. 여자는
서 있던 자리에 서 있었고 바다를 보고 있었다. 민규는 가까이 다가
갔다. 바다 쪽으로 얼굴을 돌린 여자는 민규 쪽으로 고개를 돌렸다.
이윽고 그 여자는 몸을 잔뜩 웅크리며 민규를 등지고 걸음을 옮겼
다. 그녀의 보폭은 갈수록 컸고 동작도 기민했다. 마침내 뛰었다.
소나무 숲으로 달렸다. 민규도 달렸다. 그녀와의 거리가 좁혀지자
그녀는 아름드리 소나무에 숨었고 몸을 한껏 낮추었다. 민규는 그
녀가 숨은 소나무 옆에서 걸음을 멈췄다.

　"가희야!"

반응이 없었다. 민규는 또 불렀다.

"가희 맞지? 가희야, 나야 민규."

민규의 말이 끝나는 순간 그녀는 주저앉았다. 민규는 그녀에게 다가갔다. 그녀가 머리를 들었다. 가희였다. 가희는 눈을 크게 뜨며 주위를 두리번거렸다. 잔뜩 놀란 눈이었다. 그리고 경계의 눈으로 민규를 보았다. 가희는 민규를 한참 동안 바라보았다. 말이 필요치 않다는 듯 그녀는 입을 굳게 다물었다. 가희는 엉덩이를 털며 일어섰다. 걸었다. 가희는 다시 모래사장을 향했다. 천천히, 무겁게. 망연히.

가희는 바닷물에 젖은 모래사장으로 갔다. 발밑에는 바닷물이 출렁거렸다. 바다를 보았다. 바다만 바라보았다. 바다는 파도가 일었다. 바람이 불었다. 바람은 쉬어가려는 듯 그녀의 머리카락 몇 올에 걸렸다. 가희가 바라보는 바다는 바람에 밀려 하얀 비늘을 흘려댔다. 민규는 가희의 등 뒤에 우두커니 서서 가희의 입술에서 한마디만이라도 흘러나오기를 바랐지만 가희는 입을 닫고 있었다. 민규가 가희의 등 뒤에서 말을 던졌다.

"바다가 참 넓지?"

"……."

"나도 바다처럼 넓은 가슴을 갖고 싶어."

"……."

"왜 그렇게 바다만 보는 거니?"

"……."

"나는 너만 보고 싶은데."

민규의 말이 끝나기가 무섭게 가희는 등을 돌리며 민규를 칩떠보고 내립떠보았다. 쏘아보기까지 했다. 그러고는 마침내 입을 열었다.

"이 거머리야. 나를 부르지 말라고 했지!"

악에 받친 목소리였다. 민규는 망연히 가희를 보았다.

"알았어."

엉겁결에 대답했지만 그녀가 '가희'라는 자신의 이름에 대해 광주에서부터 태일도라는 섬에 이르기까지 그토록 집착하는지 이유가 무엇인지에 대한 내막이 궁금해서 견딜 수가 없었다. 이름은 부르라고 있는 것인데, 경칭을 써서 불러주기를 바라는 것인지, 아니면 민규의 입에서 가희라는 이름 자체를 발설하지 말라는 것인지, 아니면 누가 들으면 되지 않을 이유라도 있는 것인지 참으로 묘연할 뿐이었다. 그러고 보니 가희의 행동에서 이상한 점을 읽을 수 있었다. 자신의 이름이 불리어질 때마다 그녀는 반드시 주위를 살핀다는 것이었다. 이름에 대한 알 수 없는 곡절이 있음이 분명해 보였다. 민규는 작정하고 물었다.

"그래 이름은 안 부를게. 그런데 왜 부르면 안 되는지 이유나 좀 알자."

"다 필요 없고, 부르지 마!"

가희는 짜증을 냈다. 가희는 다시 바다를 바라보았다. 민규도 보았다. 가희가 바다를 보는 눈빛은 풍광에 흠뻑 젖은 탓인지는 알 수 없었지만 심오했다. 늦가을의 바다, 태일도의 바다, 잉태의 바다, 양수처럼 섬을 잉태하는 바다, 출생을 위한 섬의 바다. 양수의 바다는 꿈틀거렸고 일렁거렸다. 해변의 바닷물은 모래와 자갈을 품에 안고 밀려왔고 물러났다. 바다를 바라볼수록 검푸른 바다에는 그림자가 드리워졌고 노을빛으로 물들어 갔다. 그리고 가희는 하늘을 보았다. 민규는 또 가희의 시선을 따라갔다. 붉었다. 구름도 붉었다. 가희는 시야를 파고든 저녁 빛에서 무엇을 헤아리는지 알 수 없었다. 머릿속에서 가슴속에서, 그리움과 그리움을 사랑과 사랑을 아름다움 위에 아름다움을 아니면 쓸쓸함 위에 허전함을 그 아래는 비애감에 젖은 암흑의 편린들을 켜켜이 쌓아대는지 알 수 없었다. 민규는 상상 속에서 가희의 머릿속과 가슴속을 파고들었다. 민규의 눈에 어리는 가희의 육체는 고목과도 같았다. 굳어 있었다. 산 너머로 해가 저물어서 하루가 소진되고 잎새는 가을로 물들어서 떨어져 가므로 심연에는 허무와 외로움이 그리고 공포가 밀려온 탓일까. 가희는 내내 입술을 닫고 있었다.

어둠이 더 물들었다. 모래사장의 사람들은 자취를 감춰버렸다. 어둠이 덧씌워지자 가희는 마을 쪽으로 움직였다. 민규는 그녀의 발자국 위에 자신의 발을 포개며 뒤따라갔다. 가희는 모텔 쪽으로 걸었다. 순간 광주의 모텔이 떠올랐다. 그 모텔은 벽이었다. 단절된 벽이었다. 가희가 지금 객실로 들어간다면 방문을 꼭꼭 걸어 잠그고 마음까지 닫아버릴지도 모른다는 생각이 들었다. 초조감이 엄습해왔다. 모텔은 어느덧 서너 발치 앞에 있었다. 뒤를 따르던 민규는 다짜고짜 가희의 팔을 붙들었다. 가희는 모텔을 응시한 채 잡힌 팔을 빼내려 몸부림을 쳤다. 민규는 팔을 놓지 않았다.

"내 방은 505호야."

가희는 힘을 뺐다.

"어디서 밥을 좀 먹든지 얘기 좀 하고 들어가자."

"……."

"광주에서처럼 방문을 닫아버리면 견딜 수 없을 것 같아. 술 한 잔 하고 들어가든지."

"……."

"태일도에 왜 왔는지는 모르겠지만 우리는 멀리 왔잖아. 지금은 도망쳐도 섬 안에 있을 수밖에 없고, 아는 사람도 없고, 아는 사람은 너하고 난데, 내가 싫든 좋든 그러면 안 되잖아. 우리가 모르는 사이도 아니고. 응? 가희야."

가희는 표독한 눈으로 민규를 노려보았다.

"아, 아, 아니, 미안. 이름 안 부를게."

가희는 땅을 응시했다. 그러나 그것도 잠시였다. 팔을 뿌리쳤다. 모텔로 갔다. 5층으로 올라갔다. 가희는 504호로 들어갔고 문을 잠갔다. 민규가 바로 옆방에 여장을 풀었다는 사실을 전해 들었음에도 아랑곳하지 않았다. 민규도 제방으로 들어갔다. 한밤중 광주 터미널에 내려서 모텔을 잡았을 때와 다를 바 없었다. 그나마 위로가 되고 다행인 것은 초저녁이라는 점과 가희가 호텔을 벗어난다고 할지라도 육지로 향하는 객선이 떠날 때까지는 태일도에 남아 있을 수밖에 없다는 점이었다. 그렇다고 해서 안심할 수 없는 노릇이었다. 가희가 정기여객선으로 왔는지, 거룻배를 타고 왔는지, 어선을 대절해서 왔는지 전혀 짐작할 수 없다는 점에서 오늘 밤 혹은 내일 새벽녘이라도 홀연히 떠날 수 있다는 가능성도 염두에 두어야 했다.

시간은 또 흘렀다. 가희에게 전화를 걸었다. 여전한 무시였다. 민규는 밖으로 나갔다. 가희가 머물고 있는 출입문을 두드렸다.

"문 좀 열어 봐!"

"……"

또 두드렸다.

텅텅텅텅……

반응이 없자 문을 걷어찼다.

뻥뻥뻥뻥……

순간, 비상구 쪽에서 소리가 들렸다. 안내실 여자였다.

"왜 그라요? 시끄러서 내가 핑 달래 왔오. 어쩐 일이다요?"

여자는 민규 쪽으로 왔다. 민규는 멋쩍은 표정을 지으며 머리를 긁적였다. 여자는 가까이 다가왔다.

"둘이 아는 사이요, 아니면 꼬실라고 그라요?"

"아는 사인데요."

"워매, 알아요? 그래서 아까 방을 바꿀라고 주민밴호를 안 적었니, 추억이 안 좋아부니, 사연이 어짜고 말 한 거이요?"

"……"

"문만 백날 뚜드래싸면 열린다요? 맴을 뚜드래야 문이 열리제."

민규는 얼굴을 붉히며 부리나케 자신의 방으로 들어갔다. 문밖에서 안내실 여자의 목소리가 들렸다.

"앞방하고 옆방도 사람들 있응께 조용히 하시오."

방안에서 이렇다 할 묘안을 찾지 못한 민규는 침대에 누운 채 천장만 바라보았다.

'지독하군.'

'내가 너무 약한 걸까.'

'그냥 끌고 왔어야 하는 건데.'

민규는 자조 섞인 웃음을 흘렸다. 잠시 후였다. 휴대폰에 문자가 찍혔다.

　할 얘기 있으면 내 방으로 와.

　대신에 허튼 수작 부리면 안 참을 거야.

　가희에게서 온 문자였다.

　민규는 탄성을 지르며 504호로 갔다. 가희는 침대에 기대어 앉아 있었다.

　"나 왔어. 가희야. 아, 미안 이름 불러서."

　민규는 가희 앞에 앉았다.

　"용건만 말하고 건너가 줄래?"

　"그래도 어떻게 할 말만 하고 쏙 빠져 나가냐? 밥은 먹었어? 아니면 술 한 잔 할까? 밖에 나가자."

　"다 됐고. 왜 자꾸만 나를 따라다니는 건지. 여기까지 따라 온 저의가 뭔지. 그 말만하고 꺼져 줄래?"

　"그러지 말고 술 한 잔 하면서 말하자. 맥주 사올게."

　민규는 무작정 밖으로 나갔다. 돌아온 민규는 비닐봉투를 바닥에 내려놓고 맥주와 안주를 꺼냈다. 맥주를 땄다. 컵을 건네고 술을 권했다. 가희는 컵을 바닥에 내려놓았다. 민규는 가희의 컵에 맥주를 부었고 자신의 컵에도 맥주를 채웠다.

　"자, 한 잔 하자."

　가희는 마시지 않았다. 민규는 마셨다. 또 따라 마셨다.

　"마시면 말할게."

　가희는 그제야 맥주를 들이켰다.

　"자, 먹어."

민규는 오징어포를 가희의 손에 얹었다. 가희는 오징어포를 입으로 가져갔다. 민규는 배시시 웃었다.

"어서 말해 봐."

가희의 어조는 한결 부드러웠다.

"이유는 사랑하기 때문이야. 가까이 있어야 안심이 되고……."

"……."

"내가 원하는 건 이런 거였어. 지금과 같은 분위기 말이야. 너 없으면 못 살 것 같아서, 단 한번이라도 너와 다정하게 있고 싶어."

"할 말이 그거였어?"

"그래."

가희는 맥주 한 컵을 또 비웠다.

"나 아니면 여자가 없는 거니? 하필이면 왜 나야?"

가희는 슬픈 눈으로 민규를 바라보았다.

"함께 있다고 해서 바라는 것이 이루어질까?"

"나와 함께 있어만 줘. 죽을 때까지."

민규도 잔을 비웠다. 민규의 빈 잔을 가희가 채웠다. 잠시 어색한 침묵이 흘렀다.

"나를 사랑하면 안 돼. 나는 너를 사랑할 수 없어. 너를 사랑할 자격도 없고. 너는 너무 착해 빠졌고 맞는 말인지는 모르겠는데 너는 멍청하리만치 나밖에 몰라. 넌 나를 몰라서 그래."

가희는 또 잔을 비웠고 빈 잔을 민규에게 내밀었다.

"한 잔 따라봐."

민규가 잔을 채우자 가희는 민규를 물끄러미 바라보았다. 가희가 또 말을 이었다.

"난 니가 생각하는 것만큼 순수하지가 않아. 학교 다닐 때 순수하게만 보였던 내가 아니란 말이야."

가희의 목소리가 떨렸다.

"타락했어도 좋아. 난 너만 있으면 되니까."

가희는 머리를 가로저었다. 어쨌거나 민규는 가희가 곁을 주고 있다는 사실 자체가 실감이 나지 않았다. 좀 전까지만 해도 말을 걸거나 얼씬거리면 완강한 거부감을 보였던 그녀가 변해도 좀 많게 변한 게 아니었다. 민규는 기꺼웠지만 의아스럽기도 했다. 심정의 변화 때문일까. 이쯤에서 민규는 궁금증 하나를 물어도 될 것 같았다.

"한 가지만 좀 물어 볼게."

"뭔데?"

"왜 가희라고 부르지 말라는 거야?"

"부르지 말라면 부르지 마!"

가희는 눈을 부릅뜨며 언성을 높였고 얼굴을 일그러뜨렸다.

"아, 알았어."

가희의 표정은 이내 누그러졌다.

"미안해, 언성을 높여서."

어쨌든 민규는 좋았다. 말을 섞을 수 있어서 좋았다. 불과 한 시간 전까지만 해도 깐깐하기만 했던 그녀가 이렇게 변하다니. 가희는 갈수록 술을 마셔댔다. 술기운이 오른 탓이었을까. 가희는 겉옷을 벗어서 침대 위로 던졌다.

"창문 좀 열어."

가희가 말하자 민규는 창문을 열었다. 달빛에 물든 바다가 보였다. 갯바람을 안은 밤공기가 싸하게 밀려왔다. 가희는 몸을 비틀거리며 열린 창문가의 침대에 걸터앉았고 창밖을 바라보았다. 민규도 창가로 갔다. 가희가 말했고 민규가 말을 받았다.

"검은 밤이야."

"그래도 달이 떴잖아."

"슬픈 밤이야."

"왜?"

"……"

"내가 있어서?"

가희는 머리를 저었다.

"밤은 더 슬퍼."

"낮에도?"

가희는 고개를 끄덕였다. 가희의 얼굴은 홍조를 띠었지만 슬퍼보였다.

"나 때문에?"

"나도 모르겠어, 왜 슬픈지."

침묵이 흘렀다. 그들은 바다를 보았다. 검푸른 바다가 달빛에 젖어 있었다.

"태일도 바다도 슬프기만 해."

가희는 혼잣말을 했다. 그러고는 침대 위에 쓰러졌다.

"민규야."

"왜?"

"누가 없을 때는 내 이름을 말해도 돼."

가희는 민규를 물끄러미 바라보았다.

"민규야."

"응."

"내가 결혼했니?"

"결혼? 누구하고?"

"경태하고."

순간, 민규는 얼굴을 붉혔다. 한동안 말이 없었다. 민규가 되물었다.

"경태하고 결혼한 거야?"

"아니야. 그 작자하고 내가 왜 해."

"가희가 안했으면 안했겠지."

더 이상의 말은 하지 않았다. 가희 역시 더 이상의 대답은 들으려 하지 않았다. 가희는 모든 것을 내려놓은 듯 몸을 늘어뜨렸다. 민규는 눈을 감고 누워 있는 가희의 몸 곳곳을 헤집었다. 목덜미에서 가슴으로 가슴에서 배꼽 아래를 더듬었다. 두근거렸다. 숨을 죽였다. 육욕의 본능이 일었다. 아랫도리가 부풀어 올랐다. 형광등을 껐다. 취침등을 켰다. 홍등이었다. 민규는 누워 있는 그녀의 옷가지를 한 올 한 올 벗겨냈다. 술에 취해 정신을 놓은 것인지는 알 수 없었지만 가희는 저항하지 않았다. 속곳을 발 아래로 벗겨내자 가희는 몸을 움츠렸다. 몸은 젖어 있었다. 민규는 가희를 품에 안았다. 민규는 숨을 거칠게 몰아쉬며 그녀의 몸 깊숙한 곳으로 파고들었다.

'비밀수첩 3권'에서 해석 가능한 이야기는 여기까지였다.

너 도시로 가 죽으면

— 낙서 6 —

15

단서 찾기

비밀수첩 속의 알 수 없는 부호들, 알 수 없는 그림. 그것들이 미궁에 빠진 가희의 실종과 미묘한 연관이 될 뿐만 아니라 실종의 실마리를 푸는 단서가 될 거라는 예감이 유라의 뇌리를 지배했다. 그러나 더 이상의 비밀수첩 속의 비밀들을 유라의 능력으로 해석하는데에도 한계에 이르렀다. 이젠 비밀수첩을 통해서는 더 이상의 단서를 기대할 것도 나올 것도 없을 것만 같았다. 유라는 가희와 가희를 둘러싼 의문들과 주민규와 주민규를 둘러싼 미스테리에서 벗어나기에는 너무 많이 와 버렸다는 생각이 들었다. 그들의 행각은 그들만의 짝짓기랄까 애정으로 한정할 사안이 아닌 듯했다. 어떤 사건이 연루된, 지목할 수 없는, 그들 사이에 누군가는 가해자이고 피해자가 존재할 것만 같은 흑막의 묵직함이 눈앞에 아른거렸다. 어쩌면 밝히지 않은 제4의 비밀수첩이 있을 것만 같았지만 그것이 존재한들 주민규가 섣불리 내 놓을 것 같지 않아 보였다. 그러나 유라는 주민규에게 또 다른 비밀수첩의 존재 유무를 물었다. 주민규는 단호하게 없다고 말했다. 가희의 실종이 자신과는 무관하다고 말했다. 주민규의 단호함. 그랬지만 그의 어투는 필요 이상이었다. 몹시 격앙된 어조였고 목소리는 떨렸다. 유라의 예감대로 그에게 가희의 실종에 관한 진실을 직접 전해 듣는 것도 앞서 받아낸 비밀수첩과 같은 내용물을 거리낌 없이 받아내지 못한 것만큼 어려울 것 같았다.

한낮이었다. 유라는 주민규가 사는 동네로 차를 몰았다. 주민규가 머물고 있을 건물의 옥탑방을 향해 소리를 죽이며 계단을 밟았다. 민규의 동태를 파악한 후에 그와 맞닥뜨리든 피하든 설득하든, 그가 부재중이라면 창문으로 들여다보이는 그의 방을 엿보겠다는 나름대로의 계산이 깔린 걸음이었다. 옥탑방으로 갔다. 현관문은 잠겨 있었고 문 앞에는 먼지 쌓인 구두 한 켤레가 놓여 있었다. 유라는 한껏 몸을 낮추며 기어가다시피 창문 쪽으로 갔다. 창문은 조금 열려 있었다. 안을 들여다 보았다. 이불을 덮고 누워 있는 자가 있었다. 주민규의 방이므로 누워 있는 사람이 주민규이어야 하겠지만 주민규가 아닌 듯했다. 이불을 덮은 채 베개를 베고 누워 있는 사람은 머리가 길었다. 여인으로 여겨졌다. 그 여자는 미동도 없었다. 이불도 들썩이지 않았다. 마치 숨을 죽이며 누워 있는 듯한 이불 속에서 여자로 보이는 사람은 굳어 있었다. 이불을 덮고 있다기보다는 이불에 덮여 있는 사물과도 같았다. 여자로 보이는 여자는 같은 자세로 누워 있었다. 유라는 창문을 흔들어 대며 소리를 질렀지만 방안의 여자는 아랑곳하지 않았다.

이봐요!

아가씨!

아줌마!

대답이 없었다. 송장처럼 굳어 있었다. 사람일까? 사람이 죽은 걸까? 순간 유라는 머리 올이 빳빳이 치솟는 듯했다. 덜컥 겁이 났다. 창문을 타고 넘어서 이불을 걷어내고 싶었지만 그럴 만한 용기가 일지 않았다. 유라는 뒷걸음치며 주위를 살폈다. 물탱크 쪽으로 갔다. 물탱크 옆에 가늘고 녹슨 철사가 똬리처럼 말려 있었다. 철사를 곧게 폈다. 낚시 바늘처럼 끄트머리를 휘었다. 다시 창문으로 왔다. 유라는 창문틀에 배를 걸치며 그 여자를 덮은 이불깃에 철사를 걸었다. 걸렸다. 당겼다. 이불이 끌렸다. 이불이 유라 쪽으로 다가오자 이불에 덮인 머리카락이 나풀거리더니 얼굴이 드러났다. 여자였다. 여자는 눈을 뜬 채 천장을 바라보고 있었다. 천장만 보았다. 그러나 여자는 천장을 보는 것 같지 않았다. 눈은 떴지만 그저 눈동자의 눈꺼풀을 열었을 뿐 빛이 없었다. 죽었을까. 한맺혀 죽었다고 누군가에게 메시지라도 전하려는 걸까. 유라는 이불깃을 손아귀에 거머쥐고 멈칫거렸다. 사체가? 최면에 걸린 인간이? 이불 밑에서 꼭꼭 숨었던 얼굴이 드러났는데도 눈동자를 내리깔거나 표정을 일그러뜨리지 않은 것 자체가 인간인지 사물인지 정체가 모호할 따름이었다. 사물인지 사체인지 인간인지 분간할 수 없는 정체 모를 모호함처럼 유라 역시 몸뚱이 여기저기가 굳어지는 느낌이었다. 그러나 유라는 이불깃을 가슴팍까지 끌어당겼고 창문 쪽으로 이불을 걷어 올렸다. 이불이 걷히자 이불에 덮인 여자의 형상이 확연히 드러났다. 여자는 보라색 뜨개망또의 티와 무릎까지 올라온 슬림치마를 입고 누워 있었다. 눈동자는 여전히 천장을 향했다. 유라의 눈은 누워 있는 여자의 몸 구석구석을 살폈다. 맨살이 보였다. 무릎과 정강이와 발가락의 살갗은 짙은 황색이었고 모난 데나 주름도 없고 잔털 하나도 너풀거리지 않을 만큼 깔끔했고 고왔다. 스타킹을 착용한 걸까. 여자의 눈동자는 따갑고 눈물이 솟도록 천장을 바라보았고 숨을 쉬지 않았다. 숨이 멎은 듯했다. 굳어 있었다. 죽어버린 걸까. 생명체일까. 물건일까. 형상일까. 유라의 눈에는 여자가 여자로 보이지 않았다. 여자가 아닌 듯한 여자의 모습을 한 여자를 두고 유라의 가슴에는 두려움 대신 호기심이 자리했다. 유라는 이불깃을 당겼던 철사로 여자의 발가락을 툭툭 건드렸다. 소리가 났다. 패트병 구르는 소리가 났다. 더 세게 두드렸다. 바가지 긁는 소리가 났다. 더 힘껏 내리 꽂았다. 장구 소리였고 북 소리였다. 여자는 여자가 아니었다. 여자의 옷을 입고 여자의 모습을 한 형상이었다. 마네킹이었다. 유라는 마네킹이라는 사실을 확인한 순간 창문을 넘어 방으로 들어갔다. 형광등을 켰다. 마네킹에서 향수 냄새가 났다. 유라는 마네킹의 검은 머릿결에 코를 갖다 댔다. 풀잎 냄새가 났다. 마네킹의 옷에서도 향이 일었다. 유라는 치맛단을 배꼽 위로 올렸다. 마네킹에는 남색 팬티가 입혀 있었다. 대체 무슨 조화일까. 유라는 마네킹의 치맛단을 무릎께로 다시 내려놓고 방 구석구석을 살폈다. 책상 위에는 컴퓨터만 덩그러니 놓여 있었다. 방바닥에는 마네킹이 누워 있었고 그것을 덮은 이불만 깔려 있을 뿐이었다. 가희의 실종과 관련한 단서를 확보하거나 주민규의 동태를 살피기 위해 이곳까지 온 것인데 마네킹과 같은 허황된 사물 하나가 흉물스럽게 방안에 들어 있다는 것 외에는 참고가 되고 물증이 되고 가희를 둘러싼 해석이 불가한 이야기를 이어줄 어떤 메모 나부랭이 하나도 굴러다니지 않는다는 작금의 상황이 적이 실망스러울 따름이었다. 마네킹의 머리맡 쪽에는 장롱이 있었다. 장롱문을 열었다. 장롱 아래쪽에는 여성용 속옷이 너저분하게 쌓여 있었다. 유라는 머리를 가로저었다. 이해할 수 없는 노릇이었다. 여자가 이사 온 걸까. 아니면 여자와 함께 살고 있는지도 모르는 일이었다. 유라는 장롱 속의 속옷더미를 뒤적였다. 팬티가 무더기로 쌓여 있었다. 퀘퀘한 냄새가 났다. 백색, 핑크색, 하늘색, 내막을 알 수 없는 색색의 팬티가 오래된 때문인지, 아니면 손때가 묻은 탓인지, 누군가의 몸에서 벗겨 온 것인지, 것도 아니면 주택가 의류함에서 낡아 온 것인지, 자신이 입었던 것인지는 헤아릴 수 없었지만 누릿누릿하고 거무튀튀한 팬티에서 풀풀거리며 풍기는 냄새가 역겨웠다. 속옷더미를 헤집자 딱딱한 물건 하나가 손에 잡혔다. 끄집어내려고 들어 올리는 순간 소리가 났다. 주판알 구르는 소리가 들리는가 싶더니 물 흐르는 소리가 났다. 유라는 물건을 장롱 밖으로 끌어냈다. 기다란 대나무 통이었다. 대나무 통에는 잎사귀가 달려 있었다. 잎사귀는 그림이었다. 푸른 잎사귀가 새싹처럼 돋아 있었다. 용도를 알 수 없는 물건이었다. 좌우로 흔들어대자 빗방울 떨어지는 소리가 났다. 흔들 때는 영락없는 작달비 소리였고 기울이면 가랑비 소리였다. 악기일까. 소품일까. 라디오에서 빗소리의 음향效果를 살리기 위한 소품으로 쓰면 제격일 것 같았다. 또한 악기로도 손색이 없을 것만 같았다. 빗방울에 관한 다양한 소리와 리듬까지도 아니 인간의 감정과 영혼의 음색까지도 새어 나오는데도 무리가 없을 성싶었다. 유라는 대나무 통의 밑동을 보았다. 알파벳이 눈에 들어왔다.

'RAINSTICK' E

'레인스틱' E? 우리말로는 '비 바' E? '비 막대기' E라는 의미일까? 빗소리 때문에 붙여진 이름이라는 것쯤은 알 것 같았다. 그런데 혹처럼 달린 'E'는 또 무슨 의미일까. 이 순간 의문이 밀려왔지만 그에 대한 해석보다는 불안감이 눈앞에서 아른거렸고 엄습해왔다. 주민규가 어느 결에 불쑥 나타나서 죽일 듯이 달려들지도 모르는 일이었다. 가급적 이곳을 빨리 벗어나야 할 것 같았다. 그러나 유라는 가희의 실종에 관한 어떤 단서도 확보하지 못한 채 빈손으로 떠날 수는 없다는 생각이 들었다. 어떤 물건이 끄나풀인지도 알길이 없었다. 그렇다고 증거랍시고 물건들을 죄다 털어 간다면 주민규로부터 유력한 절도 용의자로 찍히게 될 거라는 짐작이 갔다.

유라는 레인스틱을 장롱 속에 도로 넣어 두었다. 그러고 나서 휴대폰을 꺼냈다. 메뉴를 눌렀고 카메라를 터치했다. 유라는 눈앞에 닥치는 대로 카메라를 들이 댔다. 장롱 속의 여성용 속옷도 들추며 찍었다. 방바닥에 누워 있는 마네킹과 마네킹이 입고 있는 속옷, 주민규의 방을 동영상으로 빨아들였다. 촬영을 마치고 주민규의 방을 벗어나고자 두어 걸음을 내딛던 유라는 주춤거렸다. 손아귀에 아무것도 없었기 때문이었다. 장롱문을 다시 열었다. 주민규 본인의 것으로 여길 수 없는 물건은 여성용 팬티였다. 유라는 팬티 석 장을 집었다. 빨강, 하양, 갈색의 팬티였다. 장롱문을 닫았다. 또 열었다. 레인스틱 때문이었다. 그 물건을 가져간다면 팬티 석 장과는 비교

할 수 없고 죄질이 무거운 범죄행위나 다름이 없을 것만 같았지만 취하고 싶은 욕망이 꿈틀거렸다. 레인스틱을 꺼냈다. 유라는 팬티와 레인스틱을 품에 넣고 주민규의 방을 빠져나왔다.

내일이 점점 다가오는 밤, 유라는 레인스틱을 손에 들고 계산역에서 내렸다. 스포츠센터로 갔다. 지하 1층으로 내려갔다. 햄버거 가게에서 음악이 흘러 나왔다.

지금은 우리가 헤어져야 할 시간
다음에 또 만나요.
헤어지는 마음이야 아프겠지만……

음악은 퇴근을 알리는 신호였다. 홀에는 전등이 꺼져 있었고 카운터와 주방 쪽에만 불이 켜져 있었다. 유라는 가게 안을 빼쭉 들여다보았다. 카운터에서는 점장이 정산을 하는 것인지 금전등록기를 연방 두드렸다. 유라가 이슥한 밤에 햄버거 가게 앞에서 서성대는 이유는 지난번처럼 이번에도 묘연하게 실종된 정가희의 행방에 대한 끄나풀을 잡기 위해서였고 뜻밖에 걸려온 전화 한 통 때문이었다. 전화를 한 당사자는 접때 만났던 점장이 아니었다. 점장은 아무 연락도 없었다. 연락은 주방일을 보면서 유라를 향해 자주 눈길을 건넸던 남자 직원이 했다. '우동하'라는 이름의 남자 직원은 정가희의 실종에 대해서 아는 바가 없기로는 유라와 다를 바가 없다고 말했지만 유라처럼 성가희의 실종에 대하여 궁금한 점은 같다고 말했다. 유라와 동하는 오늘 폐점 시간에 맞추어서 스포츠센터 뒤편의 상가 건물 정문에서 만나기로 약속했다. 가게의 불이 꺼졌다. 직원들이 문밖으로 나오려는 기미를 보이자 유라는 그들보다 먼저 1층으로 향하는 계단을 올랐다. 건물 밖으로 나온 유라는 어둠 속으로 몸을 숨긴 채 퇴근하는 햄버거 가게 사람들의 면면을 살폈다. 점장인 듯한 여자가 맨 먼저 모습을 드러냈고 뒤이어 직원들이 따라 나왔다. 유라는 우동하로 보이는 남자가 그들의 행렬에 꼬리를 물고 멀어지자 어둠에서 빠져나왔다. 우동하가 향하는 퇴근길을 따라 유라도 걸었다. 우동하는 상가 건물을 향해 걷고 있었다. 유라는 잰걸음으로 그와 거리를 좁혔다. 상가 건물 정문에 이르렀을 때 유라는 우동하를 불렀다.

"우동하 씨?"

우동하가 뒤를 돌아보며 유라에게 가벼운 목례를 했다.

"예."

"근데, 그건……"

동하는 유라의 손을 물끄러미 바라보았다.

"아, 이거요. 이게 뭔지 알겠어요?"

"레인스틱 아닌가요? 갑자기 이상한 기분이 드네요."

"나도 모르는 이름인데 이 물건 이름을 어떻게 단번에 알아맞추세요?"

"그러니까요. 정말 알 수 없는 일이네요."

동하는 고개를 갸우뚱거렸다.

"우리 어디론가 가요."

유라가 말했다. 유라와 동하는 밝고 널따란 거리를 향해 걸었다. 유라를 따라 걷던 동하는 별안간 걸음을 멈추었고 오른쪽으로 시선을 돌렸다. 의류점이 있는 건물이었다. 동하는 2층을 올려다보았다. 2층에는 '삶이 보이는 쉼터'라는 카페가 보였다. 동하는 카페 쪽으로 시선을 두었다. 유라는 동하와 카페에, 카페와 동하에게 부지런히 눈동자를 굴렸다. 한동안 그들은 아무 말도 하지 않았다. 유라가 말했다.

"혹시 아는 곳인가요?"

"……."

동하는 머리를 끄덕였다.

"올라갈까요?"

동하가 앞장을 섰다. 2층으로 올라간 동하는 창가 쪽으로 갔다.

"그쪽으로 앉으세요. 누나."

동하는 유라에게 맞은편 자리를 권했다. 유라는 누나라는 호칭에 눈을 둥그렇게 떴다.

"내가 누나뻘인지 어떻게 알고……."

"저번에 우리 가게에 왔을 때 누나가 가희 누나 선배라는 말을 들었거든요."

유라는 머리를 끄덕였다.

"동하라고 불러 주시고 말 놓으세요."

"그럴까."

직원이 메뉴판을 들고 왔다. 직원인지 사장인지는 알 수 없었지만 서빙하는 직원치고는 나이가 지긋해 보였다. 게다가 검은 턱수염이 길게 돋아나 있었다. 쉰은 넘었을까. 직원이 탁자 위에 메뉴판을 올려놓자 동하는 벌떡 일어서며 직원에게 허리를 굽혔다. 직원은 빙긋이 웃으며 동하에게 악수를 청했다. 유라는 눈을 지그시 떴다.

"가희 누나 선배 되세요."

동하는 유라 쪽을 가리켰다. 유라는 직원에게 인사를 꾸벅했다.

"사장님이세요?"

"……."

선뜻 대답을 하지 못한 직원은 동하를 바라보았다.

"신부님이세요."

"신부님?"

유라가 의아한 표정으로 동하를 바라보자 직원이 대답했다.

"예, 길 위의 신부입니다."

"길 위의 신부님이시라면……."

"길거리에서 미사를 올리고 틈틈이 이렇게 노동자들 쉼터에서 아르바이트도 합니다."

말을 마친 신부는 주문을 받고 주방으로 갔다.

유라는 레인스틱을 탁자 한켠에 올려놓았다. 동하는 탁자 위의 레인스틱을 유심히 바라보았다.

"이거 잠깐 봐도 될까요?"

"응, 그, 그래."

유라는 어색한 반말과 함께 레인스틱을 동하의 손에 건넸다. 동하는 만지작거리다가 레인스틱의 끝단에서 눈을 떼지 않았다.

"참 이상하네요."

유라는 눈을 크게 떴다.

"무, 엇, 이?"

"이것이요."

동하는 레인스틱에 손가락을 갖다 댔다. 그가 가리키는 것은 영문으로 된 'E'자였다.

"똑같네."

동하는 혼잣말을 했다. 유라는 동하의 표정을 살폈다.

"같다니요? 누가 똑같은 것을 가지고 있었나요?"

"예."

"누구?"

"가희 누나가요. 여기에 쓰인 'E'자도 그렇고 크기도 그렇고 색깔도."

신부가 생맥주와 안주가 담긴 접시를 들고 왔다. 신부도 레인스틱을 덩달아 보았다.

"가희 씨도 이런 걸 들고 다녔는데……."

유라가 신부에게 물었다.

"가희 씨를 아세요?"

"알다 마다요. 여기에 자주 왔었죠."

"그럼 근래도 왔었나요?"

신부는 머리를 가로저었다.

"근 일 년이 넘었는데 통 볼 수가 없으니……실종이 됐다나……."

신부는 자리를 떴다. 동하는 가희가 실종되기 전에는 거의 매일 레인스틱을 가지고 다녔다고 말했다. 눈을 감고 레인스틱에서 흘러나오는 빗소리를 듣곤 했다는 것이다.

'그런 레인스틱이 왜 민규의 방에서 나온 걸까.'

레인스틱이 유라를 혼란스럽게 했다. 박물관에나 전시될 희귀하

게 보이는 레인스틱이 가희가 자주 들고 다녔다거나 민규의 방에서
나왔다는 사실, 유독 그들만이 가지고 있었거나 있다는 사실, 아니
면 둘 중 한 사람이 둘 중 한 사람의 것을 훔쳤거나 빌려 주었거나
그냥 주었거나 맡겨 두었거나 잃어버렸거나 우연히 습득했을 거라
는, 짐작이 불가능한 경로에서 오는 혼란이었다.

유라와 동하는 생맥주를 마시던 중에도 화젯거리는 레인스틱이
었다.

"그걸 잃어버렸다고 했었는데."

동하는 유라를 의심의 눈초리로 바라보았다. 유라는 눈을 크게
떴다.

"잃어버려?"

"예, 도둑맞았다나. 이것저것 도둑도 잘 맞는다고. 이거저거가 뭔
지는 말을 안 하던데 어쨌든 가희 누나가 그랬어요. 그나저나 이 물
건은 어떻게 난 거예요?"

"누구한테 받은 건데……."

사실은 민규의 방에서 훔친 것이었지만 대충 얼버무리고 말았다.

"누구한테요?"

"지금 말하기는 좀 그렇고……."

유라가 당황한 기색을 보이자 동하는 더 이상 캐묻지 않았다. 그
들은 잠깐 동안 말이 없었고 입 안으로 들어가는 생맥주가 꾸르륵
대는 소리와 안주 씹히는 소리만 울려댔다. 실종된 가희를 두고 유
라가 궁금해 하는 것처럼 동하 역시 가희를 둘러싼 단서나 정황을
확보하기 위해 애를 쓰는 듯했다. 동하가 레인스틱을 위아래로 올
리거나 내렸고 흔들기를 반복했다.

스르륵, 두두둑, 두루루룩……

빗소리가 연방 울렸다.

두두두 두루룩……

"가희 누나는 이 소리를 즐겨 들었어요. 소리가 슬프다고 했어요."

두두둑. 두루루루……

"슬플 때마다 이 소리를 듣는다고 했어요."

두두두두두……

"이 소리를 들으면 더 슬퍼지지만 자신을 위로 하는 건 레인스틱이 내는 빗소리뿐이라고 했죠."

두두두두……

"내 모습을 지닌 또 다른 나가 나를 슬프게 한다고 했고, 누군가가 내 앞에서 나를 가로막고 서 있거나 누군가가 뒤에서 나를 따라온다, 그 가운데 내가 있다, 나는 누구일까, 나는 나를 소유하고 있는 걸까, 나는 누군가의 소유물일까? 하면서 자꾸만 슬픈 표정을 지었어요."

두루루루룩……

동하는 레이스틱을 탁자 위에 올려놓았다. 레인스틱이 내는 빗소리도 그쳤다. 유라는 가희에 관한 동하의 말을 머릿속에 넣었다.

'빗소리가 슬프다.'

'또 다른 나가 자신을 슬프게 한다.'

'누군가는 앞을 가로막고 또 누군가는 가희의 뒤를 밟는다.'

'나는 누구일까?'

유라는 동하로부터 전달받은 가희의 말들이 그녀의 실종과 무관하지 않을 거라는 짐작이 갔다.

"그런 말을 할 때가 언제쯤이었지?"

"레인스틱을 잃어버리기 한 달 전쯤이었을 거예요."

유라는 머리를 갸우뚱거렸다.

"가희 앞을 가로막고 있는 사람은 누구일까? 쫓는 사람은 누구이고."

"글쎄요."

"짐작 가는 사람이라도……."

"저도 그런 부분이 궁금해서 누나를 만나자고 한 건데. 아 참, 생각난 게 하나 있는데요. 가희 누나가 햄버거 가게를 그만 두기 이틀 전이었는데 가게에 이상한 글이 유리문에 붙어 있었어요."

"이상한 글이라니?"

"아침 10시쯤이었는데 우리가 좀 빨리 가게에 도착해서 문 앞에서 가희 누나를 기다렸거든요, 가게 열쇠가 없어서. 근데 문에 이상한 글이 A4용지만한 종이가 나붙은 거예요. 뭐랬더라. 아, 맞다. '이 가게 점장은 요즘 연애를 하느라 손님에게 신경을 쓰지 않습니다.' 하구요. 그걸 본 순간 누나 얼굴이 뻘겋게 달아오르면서 얼른 떼 내더니 박박 찢어버렸어요. 그러고는 쓰레기통에 집어넣고 지근지근 밟아버렸어요."

"그렇게 써 붙인 자가 누구였을까?"

"가희 누나는 아는 것 같았어요. 경태 어쩌고 저쩌고 혼잣말을 하더니 그 짓을 누가 했는지는 말을 않더라구요."

"경태를 불렀다고."

"예, 내가 분명히 그렇게 들었어요."

"경태라는 사람은 어떤 사람이죠?"

"경태? 글쎄. 결국 가희는 주변 사람들에게 쫓기고 있었던 게 분명해 보여."

잠시 말이 끊어졌다. 유라는 맥주를 들이켰다. 동하도 목을 축였다. 서빙을 하던 신부가 그들 곁으로 다가왔다. 신부가 그들에게 물었다.

"행방이 참 묘연하죠?"

"그러게요."

유라가 대답하자 신부는 레인스틱을 바라보며 혼잣말을 했다.

"이걸 잃어버리지만 않았어도."

유라가 신부에게 물었다.

"혹시 짚히는 데라도 있으세요?"

신부는 머리를 좌우로 흔들었다. 그러나 신부는 가희와 관련하여 무엇인가를 속에 담고 있는 듯한 표정을 지었다.

"한 가지 이상한 건, 내가 가희 씨 이름을 불렀더니 기겁을 하면서 얼굴을 붉히더라고. 왜 그랬을까. 레인스틱은 품 안에 넣고 다니고……"

신부는 이렇게 혼잣말을 하며 주방 쪽으로 갔다. 동하는 신부가 흘린 말에 자신의 말을 한 겹 덧씌웠다.

"아, 그러고 보니 나한테도 그런 반응을 보였어요."

유라는 동하 쪽으로 바투 다가섰다.

"어떤?"

"내가 무슨 말을 하려고 그 누나를 불렀더니 어쩔 줄 몰라 하면서 누가 있는 데서는 절대로 자기 이름을 부르지 말라고 당부를 하더라니깐요. 그러면서 레인스틱에서 흘러나오는 빗소리를 들었구요."

"왜일까? 이름을 부르지 말라는 이유가."

"그건 나도 모르겠어요. 이유는 대지도 않고 다짜고짜 그렇게 말했어요. 참 이상하죠? 이름은 부르라고 있는 건데……."

유라는 머리를 끄덕였다. 가희의 실종이 자신의 이름과 연관성이 아예 없지는 않을 거라는 생각이 들었다. 가희를 사랑한 주민규의 비밀수첩에서도 자신의 이름이 불릴 때마다 과민반응을 일으켰다고 기록된 것으로 보아 이름과 실종은 서로 관련이 깊다는 등식을 적용해도 무리는 없을 성싶었다.

'가희의 실종

가희라는 이름

가희를 둘러 싼 사람들

그리고 레인스틱,

가희가 마치 빙설지에서 너풀거리는 신기루에서 유라를 향해 손짓을 하는 것만 같았다. 그녀에게 다가가면 그녀는 투명인간처럼 유라의 눈에는 보이지 않을 것만 같았다.

카페에서 나왔다. 어떠한 정황이나 단서를 더 포착하지는 못했지만 의문이 쌓이면 의문에 대한 해소 또한 쌓일 거라는 기대감을 안고 동하와 헤어졌다.

전화가 왔다. 잡지사 '리빙투데이'에서 온 전화였다. 기사를 보내라는 내용의 전화였다. 오늘이 마감이라고 했다. 유라는 이번에 나올 분량은 이미 채웠고 기사는 곧 보낼 거라고 했다. 같은 인물들에 대한 이야기를 몇 회가 될지는 알 수 없겠지만 한 회에 그치지 않고

이야기가 끝나는 시점까지 연재할 계획이라고 했다. 그러나 유라는 연재할 기사를 두고 고민을 안 한 것은 아니었다. 유라의 손을 떠나면 기사는 이미 유라의 것이 아닐 것만 같았다. 게다가 앞으로 전개될 기삿거리가 어쩌면 신기루일지도 뜬구름일지도 모른다는 강박관념이 앞섰다. 신기루와 뜬구름에 다가가면 흔적도 없이 사라져버려 갈피를 잡을 수 없을 지경까지 이를지도 모른다는 생각이 그녀를 주저하게 했다. 어쩌면 허구의 세계를 두고 다큐인 양 사실이 결여된 허위로 채워질지도 모른다는 중압감이 밀려왔다. 그랬지만 유라는 이상하게도 사건을 파헤치면 무언가가 아니 진실이 꿈틀거리며 제 발로 다가올 것 같은 강한 예감이 작용한 탓에 기사를 보내기로 했다. 기사에는 제목을 붙였다.

'어느 실종된 여인의 추적기①'

그리고 보냈다. 가희의 실종사건을 기사화했다. 가희의 실종에 관한 한 아직 아무것도 확인되지 않았고 밝혀진 바도 없지만 딱히 준비된 기사도 없거니와 가희의 실종과 그녀를 둘러싼 주변 인물들에 대한 포착에 여념이 없었으므로 그러한 시간의 소요에 대한 보상심리도 작용한 탓이기도 했다. 유라의 컴퓨터에만 머물던 이야기가 전파를 타고 잡지사로 날아가 버렸다. 유라는 이메일로 보낸 기사를 두고 빼달라는 요청을 하지 않았다. 그쪽에서도 다음호로 연기하거나 취소될 거라는 연락도 없었다. 이제는 가희의 실종에 관한 이야기가 지면과 사이비 세상에서 꿈틀 거릴 수밖에 없는 상황까지 놓이게 된 것이다.

유라는 컴퓨터가 놓인 책상 옆의 책장 한 칸을 모두 비웠다. 앉은 자리에서 시선을 옆으로 돌리면 팔에 닿을 듯한 책장 칸의 책을 다른 칸으로 옮겨 놓고 비운 자리에 레인스틱을 올려놓았다. 민규의 집에서 가져온 여성용 팬티도 레인스틱 옆에 두었다. 또한 민규가 건네준 비밀수첩 마지막 권도 레인스틱 옆에 두었다. 이것들은 모두 민규가 소유하고 있던 물건이었다. 민규의 물건들이 모두 민규의 소유라고 단정 지을 수는 없지만 지금으로서는 어찌 되었던 민규에게 건네받았거나 민규의 방에서 몰래 가져온 물건이므로 유라의 소유는 아닌 셈이다.

유라의 눈은 책장에 꽂힌 물건에 있었지만 마음은 어딘가를 향하고 있었다. 레인스틱이 있었던 민규의 장롱, 가희의 소유였을지도 모르는 레인스틱, 여성용 속옷이 쌓인 민규의 장롱, 속옷은 민규가 처음부터 소유한 물건이었을까. 누구네 세탁물일까. 가희의 것일까. 지금은 상상만이 존재할 뿐이었다. 책장의 물건들을 실종된 가희의 몸에 두르는 상상, 마음에 입히는 상상. 입증되지 않은 상상. 입증해야 할 상상.

죽음의 도시로 가지마라

— 낙서 7 —

16

호숫가의 도단집

유라는 죽산 쪽으로 차를 몰았다. 아스팔트 길을 달리던 흰색 아
반떼 렌트카가 우회전하자 유라도 그 차를 따라서 핸들을 꺾었다.
렌트카 운전자는 주민규였다. 렌트카에 승차한 사람은 주민규뿐이
었다. 유라보다 먼저 우회전을 한 주민규의 차는 낚시터를 알리는
이정표를 따라 주저 없이 달렸다. 주민규는 이 길이 초행은 아닌 듯
했다. 갈림길에서도 거침없이 차를 몰았다. 유라는 주민규의 차와
는 적당히 거리를 두며 미행했다. 앞서가는 주민규의 차는 목축장
을 지났고, 언덕으로 올라가는가 싶더니 유라의 시야에서 사라졌
다. 그의 차를 놓친 유라는 언덕배기를 올랐다. 호수가 보였다. 주

민규의 차도 보였다. 주민규가 탄 차가 속력을 늦추며 내리막길로 향하고 있었다. 주민규는 호수 둔치로 차를 몰았다. 둔치에는 자가용 두 대가 세워져 있었다. 주민규는 세워둔 차 옆으로 차를 댔다. 유라는 가던 길을 멈추고 도로 가운데 차를 세웠다. 주민규의 차를 주시했다. 그의 차는 움직임이 없었다. 주민규가 그곳에 주차하려는 의도가 분명해 보였다. 그가 차 밖으로 나왔다. 그는 사위를 두리번거렸다. 유라 쪽을 보았다. 유라는 머리를 숙이며 가방에서 모자를 꺼냈다. 눈썹까지 모자를 눌러썼다. 그러고 나서 머리를 들었다. 주민규는 물가를 향해 걷고 있었다. 호수 가까이 이르렀을 때 그는 나룻배 쪽으로 손짓을 했다. 주민규의 손짓을 알아차린 듯 백발이 성성한 노인이 노를 저었고 주민규가 서 있는 쪽으로 배를 댔다. 주민규는 나룻배에 올랐다. 노인은 그를 태우고 건너편을 향해 노를 저었다. 주민규는 멀어져갔다. 유라는 둔치 쪽으로 차를 몰았다. 주민규의 차 가까이 이르자 막다른 길이었다. 길이 끊겨 있었다. 더 이상 갈 수 없었다. 유라는 주민규의 차 옆으로 주차를 했다. 차에서 내렸다. 호수를 바라보았다. 사공은 주민규를 싣고 먼 저편으로 노를 젓고 있었다. 물 건너 저쪽 수변에서는 강태공들이 낚시를 즐기고 있었고 호숫가 위의 둔덕에는 도단집 한 채가 있었다. 주민규를 태운 나룻배는 도단집 가까운 수변으로 떠가고 있었다. 나룻배가 호숫가에 다다르자 사공은 닻을 내렸고 물가에 배를 댔다. 주민규는 내렸다. 사공도 내렸다. 사공은 배를 묶은 밧줄을 잡고 언덕 쪽으로 걷는가 싶더니 유라가 서 있는 곳을 바라보고 있었다. 유라는 주민규가 그랬던 것처럼 사공을 향하여 손을 흔들었다. 사공은 언덕을 오르려다 말고 다시 배에 올랐다. 유라는 사공 쪽으로 연방 손을 흔들었다. 사공도 손을 흔들었다. 사공은 닻을 올렸고 다시 유라 쪽으로 노를 저었다. 배에서 내린 주민규는 도단집 아래 언덕을 오르고 있었다. 유라는 주민규의 몸짓에 눈을 떼지 않았다. 언덕을 오른 주민규는 도단집에 가까이 이르자 허리가 굽은 노인처럼 몸을 잔뜩 웅크렸다. 그는 집 옆 텃밭 울타리로 몸을 숨기는가 싶더니 모습을 감추고 말았다.

유라는 물가로 갔다. 나룻배가 왔다. 사공도 왔다. 백발이 성성한 것으로 보아 칠십은 넘어 보였다. 유라는 주민규가 내렸던 방향을 가리키며 사공에게 말했다.

"방금 청년이 내렸던 곳에 좀 데려다 줄 수 있죠?"

"예, 그러지요."

사공은 입을 굳게 다문 채 건너편을 향해 노를 저었다.

"아저씨, 이곳에서 오랫동안 일하셨어요?"

유라는 주민규에 관한 정보를 하나라도 더 얻기 위해 사공에게 말을 시켰다. 사공은 빙긋이 웃어 보였다. 그리고 말했다.

"십년은 넘었나 그러지."

유라는 사공에게 '돈벌이는 어떠냐, 힘들지 않느냐'는 등 인사치레 정도의 말을 건넸고 주민규에 관해 물었다.

"방금 내렸던 청년은 여기에 자주 오나요?"

"그 청년 아는 사람인감?"

"어디서 많이 뵌 분 같기도 해서요."

"몇 달 전에는 거의 매일 오다시피 했는데 요새는 사나흘에 한 번씩 와서 내 배를 타요."

"그 청년은 무슨 일로……."

"글쎄요. 쩌어 도단집 쪽으로 가는 것 같기는 한디, 그짝 집으로는 안 들어가는 거 같고. 몇 시간 동안 도단집 근처 어디에 앉았다가 다시 배를 타고 가고는 하는디, 그거 말고는 나도 잘 모르겄오."

유라는 머리를 연방 끄덕였다.

"도단집에는 어떤 분이 사세요?"

"노인네 두 분만 사는 것 같기도 하고……."

노인은 말끝을 흐렸다.

"색시도 도단집 가는 감?"

"아, 예. 그게 저……."

"해 떨어지기 전에 나도 집에 가야 허니께 그 전에는 배를 타야 써."

배는 어느덧 도단집 아래의 수변에 다다랐다. 노인은 닻을 놓았고 밧줄을 배에 묶었다. 유라는 배에서 내렸다. 물가에서는 너댓 명의 낚시꾼들이 낚싯대를 물에 담근 채 낚시를 즐기고 있었다. 유라가 배에서 내리자 검은 턱수염을 길게 늘어뜨린 낚시꾼이 모자를 눌러쓴 채 유라를 한동안 바라보았다. 유라는 낚시꾼의 시선을 애써 외면하며 둔치를 향하여 걸음을 옮겼다. 유라를 태우고 왔던 노인은 사방을 둘러보았다. 노인을 부르는 사람은 아무도 없었다. 노인은 둔치에 앉았고 담배에 불을 붙였다. 유라는 노인에게 절을 꾸벅하며 주민규가 올라갔던 언덕을 향하여 뒤뚱거리고 주춤거리며 올라갔다. 언덕을 오른 유라는 모자를 한껏 눌러쓰고 마스크로 입을 가렸다. 도단집을 바라보았다. 도단집 옆에는 남새밭이 있었고 남새밭에는 나뭇가지로 엮은 울타리가 사위를 엄호했다. 유라가 나룻배를 타기 전에 주민규가 남새밭 울타리 쪽으로 걸어가는 걸 보았지만 그의 모습은 보이지 않았다. 도단집 주변에는 아무도 없었다. 도단집도 한산하기는 마찬가지였다. 유라는 도단집을 기웃거렸다. 아무도 보이지 않았다. 소리도 없었다. 유라는 남새밭 울타리를 향해 걸음을 옮겼다. 울타리 밖에는 좁다란 오르막길이 나 있었고 푸릇푸릇한 여린 풀들이 실바람에 흔들거렸다. 울타리 안쪽의 남새밭에는 배추와 무 잎이 흐늘거렸다. 유라는 울타리 밖의 길을 따라 오르며 주위를 살폈다. 주민규는 여전히 볼 수 없었다. 울타리를 따라 길을 오르던 유라는 위를 올려다보았다. 울타리가 끝나는 지점은 산이었다. 산 입구에는 감나무가 있었고 감나무 주변은 칡넝쿨이 뻗어 있었다. 길 위에는 유라뿐이었다. 유라는 더 이상 나아가지 않았다. 더 오르면 맹수나 누군가의 표적이 될지도 모른다는 염려 때문이었다. 또한 주민규가 이 길을 따라 올라갔다는 보장도 없으려니와, 그가 이 길을 따라 산속에 숨어 있거나 불한당과 함께 존재할 때 그가 유라를 본 순간 평소와는 다른 엉뚱한 수작이나 위해를 가할지도 모른다는 염려도 길 오름을 주저하게 했다. 유라는 되돌아 걸었다. 도단집 주변에서 주민규를 기다리거나 찾거나 기웃거리거나 쫓거나하여 그의 동선을 살피는 것이 최선의 방책일 것만 같았다. 유라가 주민규를 미행한 이유도 그의 행선지와 그가 머무는 곳, 그가 대면한 사람들의 동태를 살피기 위해서였다. 유라가 주민규를 미행하면서 호수를 건넌 근본적인 이유는 가회 때문이었다. 가회의 실종을 둘러싼 고리 중의 하나에 어쩌면 주민규도 포함될지 모른다는 추측과, 아니 유력한 용의선상에 올려도 무방할 것 같다는 강한 예감이 작용한 탓이기노 했다. 실인즉 여기에 온 것도 몇 번의 시행착오를 거쳐야 했다. 한 번은 주민규를 미행하려고 그의 옥탑방 근처에서 배회할 때 주민규가 쥐도 새도 모르게 사라져 버린 탓에 놓치고 말았고 두 번째 미행에서는 외곽순환도로에서 놓쳤다. 세 번째도 그랬다. 나들목에서 시야를 벗어났다. 그나마 오늘은 성공한 셈이나 다름없었다. 지금은 그를 볼 수 없지만 그가 타고 온 흰색 렌트카가 호수 저편에 있으므로 그가 차를 몰기 위해 다시 올 거라는 또 한 번의 기대는 가져도 무방하리라 여겼다. 그러나 그는 눈앞에 존재하지 않는다. 또한 일몰 전에 그가 다시 호수 저편으로 건너기는 하려는지에 대한 막연함만 존재할 뿐이었다.

어디로 갈까. 민규의 행방이 묘연하여 유라는 도단집 사립에 우두커니 서서 집안을 기웃거리며 행여 도단집에 은둔 중일지도 모를 주민규를 찾느라고 눈을 부지런히 굴렸다. 호수 쪽으로도 눈을 주었다. 어느 결에 출현해서 배를 타고 사라질지도 모르는 일이므로. 나룻배는 아직 이편에 있었다. 낚시꾼들도 제자리를 지키고 있었다. 그런데 유독 이상하게도 턱수염을 기른 낚시꾼은 유라 쪽을 힐끗거리거나 유라를 노골적으로 바라보았다. 모자를 썼고 턱수염을 기른 남자는 낚싯대를 물 속에 담가두고 유라에게 눈을 주며 앉은 자리에서 온몸을 비틀어댔다. 유라는 도단집의 사립과 남새밭을, 다시 남새밭의 울타리에서 아까보다 더 높고 먼 산에 올라서 산속을 들여다보았고 감나무의 여린 새싹과 감나무 아래의 풀잎과 감나무 옆의 칡넝쿨과 묵힌 밭 아래 도단집의 뒤란과 도단집의 지붕과 도단집의 굴뚝과 굴뚝 옆의 장작더미 주변과 방금 올랐던 남새밭 울타리 주변을 눈동자가 아프도록 굴려보고 쏘아댔지만 주민규의 움직임도 발자국도 그림자도 그와 흡사한 사람도 볼 수 없었다. 유라는 터덜터덜 남새밭의 울타리 아래로 내려왔다. 호수를 보았다.

나룻배는 여전히 줄에 묶여 있었다. 유라의 향방에 따라 몸을 비틀어대던 턱수염의 낚시꾼은 낚싯대를 지켜보고 있었다. 유라가 도단집의 마당으로 시선을 돌렸을 때였다. 백발의 노파가 마당에 나와 있었다. 노파는 허리를 굽히며 멍석 위에 쑥을 널고 있었다. 유라는 도단집으로 들어갔다. 쑥을 말리던 노파는 유라가 가까이 다가서자 몸을 움찔거리며 놀란 표정을 지었다.

"어, 어, 아, 아니구마."

노파는 유라를 멀거니 바라보았다. 유라는 절을 꾸벅했다.

"불쑥 들러서 죄송해요."

"누구요?"

"지나는 길에 잠시 들렀습니다."

노파는 소쿠리에 담긴 쑥을 멍석에 깔았다.

"좀 도와 드릴까요?"

"……"

노파는 쑥을 멍석에 흩뿌렸다. 유라는 노파 쪽으로 몸을 바싹 들이대며 쭈그리고 앉았다. 그러고는 소쿠리에 든 쑥을 한 움큼 집어들고 멍석 위에 얇게 깔았다. 노파는 손놀림을 그치고 유라를 빤히 바라보았다. 노파의 눈빛은 쏘는 듯 흘기는 듯 게슴츠레한 눈으로 유라를 응시했다. 유라는 멋쩍은 웃음을 지어보였다. 노파는 유라에게 다짜고짜 말했다.

"우리집에 살러 왔는감?"

쑥을 널던 유라는 동작을 멈추고 당황한 표정을 지었다.

"아, 이·니·오 …… 제가 그렇게 보이세요?"

노파는 눈을 둥그렇게 뜨며 퉁명스럽게 대답했다.

"어, 그렇게 보여."

노파의 근거 없는 억측에 유라는 얼굴을 붉혔다. 그러나 짐짓 미소를 지었다.

"그럴리가요."

"그럼, 왜 왔어?"

"저, 혹시, 젊은 남자가 여기 들어오지 않았나요?"

"어떤 놈인데."

"체격은 보통인데 머리는 곱슬이고 오늘은 파란 잠바를 입고 있었는데요. 혹시 그런 사람 못 보셨어요?"

노파는 의혹이 가득한 얼굴로 유라를 한동안 바라보았다. 노파는 고개를 저었다.

"몰러, 그런 사람 오늘 안 왔어."

노파는 다시 멍석 위에 쑥을 깔았다. 그리고 아무 말이 없었다. 유라도 말없이 소쿠리에 든 쑥을 주섬주섬 집어서 멍석에 올려놓았다. 소쿠리에 든 쑥이 바닥을 드러내자 유라는 손을 털며 노파에게 말했다.

"할머니 혼자 사세요?"

"영감하고 둘이 살지. 그런디 그런 걸 왜 물어. 갈 데가 없남? 월세라도 살 껴?"

"그런 건 아니구요."

쑥을 넣고 난 노파는 허리를 곧추세웠다. 그러고는 목을 길게 빼며 호수를 바라보았다.

"어디로 갔는지. 쯧쯧쯧."

노파는 혀를 차며 혼잣말을 했다.

"누가 어디로 갔나요?"

노파는 연방 머리를 가로저으며 소쿠리를 멍석 가장귀에 놓았다. 유라는 도단집에서 나왔다. 호수를 보았다. 사공이 닻을 올리며 저편으로 향했다. 저편의 물가에는 사공의 손님으로 보이는 웬 남자가 있었다. 사공은 노를 저으며 손님을 태우고 다시 이편으로 왔다. 사공은 닻을 내렸다. 배에서 내렸다. 저편으로 간 나룻배의 손님은 낚시꾼이었다. 유라는 또 도단집 주변을 배회했다. 주민규는 보이지 않았다. 주변 어딘가에 웅크리고 있거나 숨어 있는 탓에 보이지 않은 것인지 언덕 너머 숲 속으로, 산 너머로 사라진 탓에 볼 수 없는 것인지 알 수 없는 노릇이었다. 어쩌면 도단집 근처 어딘가에서 유라의 동태를 살피며 눈동자를 부지런히 굴리고 있을지도 모른다는 상상이 그녀의 머릿속에 스멀스멀 파고들었다. 유라는 도단집 언덕 아래로 두어 발을 내디디며 수풀 속으로 몸을 웅크렸다. 은폐하면 주민규가 출현할지도 모르는 일이었기 때문이었다. 수풀 아래로 몸을 뭉뚱그리고 수풀 위로 머리를 빼꼼이 내밀곤 했다. 그러나 상황은 달라지지 않았다. 달라진 점이 있다면 자신이 도단집 주변을 걸으면서 배회하지 않는다는 점과 쭈그리고 있다는 점이었다. 그리고 하늘은 더 높아 보였고 호수는 발 아래 있었다. 유라는 호수를 내려다보았다. 사공이 나룻배에 오르려는 듯 밧줄을 잡아당겼다. 나룻배가 물가에 닿자 모자를 눌러쓰고 수염이 긴 낚시꾼이 물 속에 잠긴 낚싯줄을 감기 시작하더니 낚싯대를 가방에 넣고 자리에서 일어섰다. 낚시꾼은 모자를 벗었다. 순간 유라도 선그라스를 벗었다. 그리고 유라의 고개가 자신도 모르게 갸우뚱거렸고 눈은 낚시꾼의 수염과 머릿결, 눈동자와 코, 이마, 턱, 귀를 부지런히 훑기 시작했다. 낚시꾼은 낯설지 않았다. 어디선가 보았던 얼굴이었지만 그를 보았던 때와 곳이 선뜩 떠오르지 않았다. 낚시꾼은 나룻배로 훌쩍 올랐고 사공도 낚시꾼을 따라 배에 올랐다. 사공은 저편을 향해 노를 저었다. 낚시꾼은 멀어졌으므로 이목구비를 재확인할 수는 없는 노릇이지만 그의 모습이 떠올랐다. 머릿속이 꿈틀댔다. 낚시꾼이 배를 타고 저편으로 떠나기 전에, 유라가 도단집의 언덕 아래로 내려오기 전에, 유라가 또 도단집의 노파를 만나기 전에 수염이 긴 낚시꾼은 낚싯대를 물에 담가두고 유라를 한참 동안 바라보았던 그를 두고 침잠에 잠겼다. 어쩌면 그가 유라의 인상착의를 기억하고 있으므로 그의 기억을 적용하려는 집요한 눈짓일거라는 생각도 들었다. 호수 저편으로 간 낚시꾼은 배에서 내렸다. 그리고 그는 유라가 경유했던 산길로 향했고 산을 넘었다. 그는 유라의 시야에서 사라지고 말았다.

　주민규는 끝내 나타나지 않았다. 어느덧 산 그림자도 호수 위에 떠 있었다. 낚시꾼들은 물 저편으로 떠날 기미가 없어 보였다. 낚시꾼들은 미끼를 던져 놓고 월척을 기다렸지만 유라는 주민규의 옷자락이라도 움켜 쥘 어떠한 미끼도 놓지 않았다. 고작 풀숲에 숨어서 그가 출현하기만을 고대하는 유인책이 전부였다. 주민규가 타고 온 차는 아직까지 물 저편 유라의 차 곁에 있었다. 사공이 이편의 나루터로 왔다. 배를 댔다. 사공은 사방을 돌아보았다. 누구를 찾는 듯했다. 사공은 물가와 도단집, 도단집 아래의 언덕을 응시했다. 언덕을 바라보던 사공은 유라 쪽으로 손짓을 했다. 그쪽으로 오라는 수신호였다. 유라는 뒤를 돌아보았다. 뒤에는 아무도 없었다. 유라를 향한 손짓이었다. 유라는 물가로 내려갔고 사공에게 다가갔다.

"아가씨, 마지막이여. 안 탈껴?"

유라는 도단집과 도단집 주변의 남새밭과 울타리, 산을 바라보다가 시선을 거두었다.

"탈게요."

"어여 타."

유라는 배에 올랐다. 사공이 노를 저었다. 유라가 말했다.

"좀 아까 수염 기른 낚시꾼 아저씨 자주 오시는 분이세요?"

"몇 달 전에는 매일 왔는데 요새는 사나흘에 한 번씩 오는구먼, 뜨음하게."

주민규를 쫓기 위해 배를 탔을 때에도 유라가 민규에 대해 묻자 사공은 방금 떠난 낚시꾼에 대한 대답과 같았다. 주민규와 낚시꾼이 밀착 관계인지 아니면 별 볼일 없는 사이인지는 헤아릴 수 없었지만 의구심이 유라의 뇌리를 스쳤다.

'나는 주민규를 추적한다.

낚시꾼은 나를 바라본다.

주민규와 낚시꾼의 공통점은

이곳에 오는 추이가 같다는 것

그들은 나를 둘러싼 사람들일거라는 것

주민규는 어디에 사는 누구라는 사실과 얼굴을 안다.

그러나

나에게 낚시꾼은 낯설지는 않지만 정체를 알 수 없다.'

상상에 잠기던 유라는 사공에게 또 물었다.

"아저씨, 방금 떠났던 수염 기른 낚시꾼 아저씨 혹시 뭐 하시는 분인지 아세요?"

"나도 잘 몰러. 아매 목사라든가 뭐라고 듣기는 했는디, 그런 사람은 아니겄제? 그런 사람이 요런데서 낚시하겄어? 몇 달 전에는 도단집으로 매일 가서 몇 시간 동안 있다가 나왔는디. 요새는 도단집에 금방 들렀다가 나와서 낚시하고 배타고 그냥 가."

유라는 눈을 둥그렇게 뜨고 사공을 바라보면서 낚시꾼의 얼굴을 떠올렸다.

'목사?'

그러나 유라 자신은 성직자들을 가까이 대면할 기회가 좀처럼 희박했다는 이력이, 낚시꾼은 낚시꾼일 뿐이며 목사는 목사일 뿐이라는, 유라 자신과는 거리가 먼 익명의 인물일 뿐이라는 생각이 들었다. 낯설지 않아 보이고 수염을 기른 낚시꾼은 알 수 없는 거리에서 마주보며 걷다가 지나쳐버린 행인으로 여겨질 뿐이었다.

사공이 유라에게 물었다.

"도단집에 볼 일 있어 왔는가? 뭐 하러 왔는가? 아까 아가씨가 풀숲에 있던 자리는 파란 잠바 청년이 자주 앉았던 자린데, 아가씨는 거기서 뭐 했는가?"

"그냥 도단집도 구경하고 호수도 구경하고 사람들도 구경하고 그랬어요."

이렇게 말한 유라는 사공에게 물었다.

"파란 잠바 입은 청년은 풀숲에 앉아서 뭐했을까요?"

"나도 궁금해서 물어봤지. 그랬더니 도단집도 구경하고 호수도 구경하고 사람들도 구경한다고 아가씨가 한 말하고 똑같이 말했어."

"그런데 오늘 파란 잠바 입은 청년은 어디로 갔을까요?"

"그야, 나도 모르지. 숨어서 누구를 보는 건지, 누구를 기다리는 건지, 누가 쫓아와서 숨었는지도 모르고……."

"그 청년은 주로 숨는군요."

"어, 어. 그랴, 그랴. 도단집 아래 풀숲에서 메뚜기 같이 앉아서 도시락 까묵다가 도단집을 삐쭉 한 번 쳐다보기도 하고, 몸을 반토막으로 해서 다니제."

허허허…….

사공은 너털웃음을 지었다. 유라도 웃었다.

유라는 한동안 생각에 잠겼다. 나룻배는 뭍으로 다가갔다. 배는 사공과 사공이 내 뱉는 말과 유라의 무거운 머리를 싣고 나루터에 코를 댔다. 유라는 내렸다. 사공도 내렸다. 사공은 나룻배의 밧줄을 뭍의 말뚝에 묶어 놓고 버거웠던 하루의 짐을 털어내듯 손을 훌훌 털었다. 유라는 둔치에 세워둔 차로 갔다. 유라의 차 옆에는 아직도 주민규의 차가 있었다. 주민규는 아직 호수 저편에서 이편으로 건너오지 않았음이 분명해 보였다. 어쩌면 건너올 수 없을 것만 같았다, 사공이 하루 일과를 접고 떠났으므로.

주민규를 기다렸고 향후의 작전을 세우느라 유라는 한동안 차 안에 있었다. 시간은 막연히 흘렀고 유라에게 다가오는 것은 검고 거대한 산 그림자뿐이었다. 유라는 차를 몰았고 호수를 빠져 나왔다.

17

호숫가로 모여들다

죽산의 호수에 다녀온 지 사흘이 지났다. 유라는 다시 호수로 갔다. 사흘이 흘렀으므로 수염을 기른 낚시꾼과 주민규가 또다시 호수 저편으로 건너갈지도 모른다는 기대심리 때문에 호수를 건넜다. 주민규가 그곳에 나타난다면 그의 동선을 파악할 수 있을 거라는 생각이 떠올랐고, 수염을 기른 낚시꾼은 호수 왕래가 주민규와 의아스럽게도 일치한 탓에 그들끼리도 무관하지 않을 거라는, 그들의 목적이 일치할지도 모른다는 의구심이 유라의 머릿속을 떠나지 않았기 때문이었다. 유라는 호숫가에 앉아서 저편을 바라보았다. 물가에 정박해 있던 나룻배의 사공이 닻을 올렸다. 나룻배는 사공과 행인을 태웠다. 나룻배가 유라 쪽으로 코를 틀었다. 사공은 노를 저었다. 유라는 오늘도 도단집 아래 숲으로 갔고 몸을 숨겼다. 나룻배가 물을 건너왔다. 행인이 내렸다. 행인은 다름 아닌 수염을 기른 낚시꾼이었다. 낚시꾼은 챙이 있는 모자를 썼고 낚시 가방을 들고 있었다. 낚시꾼은 유라 쪽으로 다가왔다. 유라는 풀잎보다 더 낮게 웅크렸다. 둔덕을 걸어 유라 쪽으로 오던 낚시꾼은 유라를 지나쳤다. 유라는 낚시꾼의 동태를 살폈다. 그는 도단집으로 들어갔다. 그가 들어서자 노파가 마당으로 나왔다. 낚시꾼은 노파에게 허리를 굽혀 인사를 했다. 노파도 낚시꾼에게 깍듯이 절을 했다. 쌍방의 태도로 보아 피붙이로 보이지는 않았다. 허리를 굽힌 각도로 따진다면 낚시꾼이 주인 같았고 노파는 그보다 낮은 신분으로 여겨졌다. 유라의 눈에 비친 그들은 이해타산적인 몸짓이 아니었다. 낚시꾼은 마당에 주저앉았다. 가방을 열었다. 가방에서 페트병을 꺼냈고 불룩한 비닐봉투를 꺼내어 노파에게 건넸다. 노파는 연신 머리를 숙였고 허리를 굽혔다. 낚시꾼과 노파는 마당에 앉아서 무슨 말인가를 주고받았다. 유라는 그들의 대화를 들을 수 없었다. 유라는 일어섰다. 도단집을 향해 걸었다. 지난번 호수를 다녀간 이후로 낚시꾼은 눈여겨 볼 대상 중의 한 사람이었으므로 미적거리다가는 어느 순간에 물을 건너서 모습을 감출지도 모른다는 불안감 때문이었다. 유라는 도단집으로 들어갔다. 유라가 마당으로 다가가자 앉아 있던 낚시꾼은 몸을 일으키며 유라 쪽으로 다가왔다. 그러고는 마치 수배자처럼 진위를 확인하려는 듯 유라의 이마와 귀, 턱, 뺨, 눈, 코를 향해 흡뜨거니 내립뜨며 유라를 바라보았다. 유라도 사공의 얼굴을 찬찬히 뜯어보았다. 그가 유라의 왼쪽 귀를 살피면 유라는 그의 오

른쪽 귀를 바라보았고 이마를 보면 그의 턱수염을, 오른쪽 뺨에 그
의 눈동자가 어리면 그의 왼쪽 뺨을, 그리고 그의 눈이 유라의 눈으
로 향하였을 때 유라도 그의 눈을 응시했다. 그러고는 서로 약속이
나 한 듯이 머리를 좌우로 저어댔다.

"저를 아세요?"

"나를 본 적 있소?"

그들은 질문을 던져놓고 또 말을 이었다.

"며칠 전에 이곳에 낚시하러 오지 않으셨나요?"

"그랬죠."

낚시꾼이 물었다.

"나를 본 적이 없나요?"

"글쎄요. 뵌 적이 있었던 것도 같은데 통 모르겠어요."

"거 참, 나도 아가씨가 낯설지 않은데……."

낚시꾼은 뒷걸음질을 하며 제자리로 향했고 유라는 노파가 앉은
자리로 다가갔다.

"갈 디가 없어서 아예 살러 왔남?"

노파는 퉁명스럽게 말했지만 싫지 않은 기색이었다.

"잠시 들렀어요, 할머니."

유라의 얼굴은 노파를 향했지만 눈동자는 낚시꾼의 요모조모를
뜯어보고 있었다. 사실 도단집을 불쑥 찾아온 이유 중의 하나도 낚
시꾼 때문이었다. 며칠 전에 유라를 향한 예사롭지 않은 그의 시선,
유라의 신상이 궁금하다는 듯이, 기다렸다는 듯이, 무엇인가를 얻
으려는 듯이, 그리고 그는 유라에게 어떠한 의미를 부여하려는 듯
야릇한 표정을 유라에게 보냈었다. 탁배기 같은 혼탁함이 유라의

머리에서 떠나지 않았다.

낚시꾼은 도단집 귀퉁이 쪽으로 턱짓을 하며 노파에게 말했다.

"아직입니까?"

"그려요, 아직."

이렇게 대답한 노파는 연신 혀를 끌끌 찼다.

쯧쯧쯧…….

노파는 긴 한숨을 토해냈다. 낚시꾼은 머리를 끄덕거리다가 좌우로 흔들었다. 그들의 대화가 유라에게는 그들끼리 통하는 은어로만 여겨질 뿐이었다. 유라는 그저 그들의 입과 눈망울을 호기심 어린 눈으로 바라보았다. 낚시꾼은 자리를 털고 일어서며 부엌 옆의 건넌방 쪽으로 걸음을 옮겼다. 저벅거리고 사뿐거리다 터덜거리며 걷던 그는 토방에 이르자 걸음을 멈추며 창호지가 발린 문의 고리를 잡았다. 그리고 열었다. 그는 방안을 들여다보았다. 유라는 그에게 가까이 다가갔다. 그 안에 누가 있는 것인지 무엇이 존재하는지는 알 수 없었지만 그가 행한 일련의 동작들과 누군가를 찾는 듯한 표정이 유라의 발걸음을 그의 곁으로 닿게 했다. 유라도 방안을 들여다보았다. 맞은편에는 창문이 나 있었다. 방에는 문갑 하나가 놓여 있었고 벽에는 옷 한 벌이 걸려 있었다. 하얀 원피스였다. 그 외의 물건은 없었다. 낚시꾼은 무엇인가를 살피는 듯했다. 순간, 창 밖에서 파란 조끼를 걸친 누군가가 유령처럼 스쳐 지나가나 싶더니 이내 남새밭 울타리 너머로 등을 보이며 줄행랑을 쳤다. 파란 조끼를 착용한 자의 움직임을 목격한 낚시꾼은 뒤란으로 향하는 부엌문을 열고 남새밭 쪽으로 달렸다. 유라노 낚시꾼을 따라갔다. 낚시꾼은 남새밭과 남새밭의 울타리를 배회하며 도망자를 찾아다녔다. 유라는 영문도 모른 채 남새밭과 울타리 밖을 살폈다. 어느 틈엔가 허리 굽은 노파도 유라 곁에 와 있었다.

　노파가 말했다.

　"왔는가?"

　"……."

　"왔어?"

　낚시꾼은 고개를 가로저으며 느닷없이 출현해서 줄행랑을 친 정체 모를 누군가를 찾기 위해 원을 그리며 돌거나 남새밭 사이를 샅샅이 훑어댔다. 곳곳을 수색한 낚시꾼은 지친 듯 흙바닥에 주저앉았다. 낚시꾼의 상의는 땀에 젖어 있었다. 그는 숨을 몰아쉬었다. 유라가 그에게 가까이 다가가자 그가 유라에게 물었다.

　"남자였소?"

　"아니요. 알 수 없었어요. 남자로 보였는데 얼굴이 없었어요."

　낚시꾼은 놀란 눈으로 유라를 바라보았다.

　"얼굴이 없다니. 귀신이라도 나타났단 말인가?"

　"아뇨. 가면을 썼었어요."

　"가면?"

　무언가 짐작이 가는 듯 낚시꾼의 얼굴이 한결 누그러졌다.

　유라가 물었다.

　"누구였을까요?"

　"……."

　"도둑인가요?"

　낚시꾼은 머리를 가로저었다.

　"누굴 찾는 중인가요?"

그는 머리를 끄덕였다.

"남자를 찾는 중인가요?"

그는 대답이 없었다. 노파가 그들 곁으로 가까이 왔다. 노파는 낚시꾼에게 속삭이듯 물었다.

"그 아인가?"

"가면을 쓴 남자였다는데요."

노파는 한숨을 토해냈다.

"떠내래 갔는지 하늘로 솟았는지, 쯧쯧쯧."

"그만 내려가시죠."

낚시꾼은 노파를 부축하며 도단집으로 갔다. 낚시꾼은 건넌방으로 들어갔다. 유라도 들어갔다. 유라는 자신이 왜 낚시꾼을 따라 들어간 것인지 자신이 생각해도 의아한 따름이었지만, 가면을 쓰고 파란 조끼를 걸친 자에 대한 추격조의 일원이었다는 소속감에 의한 거동이었다. 문을 열고 들어서는 순간부터 낚시꾼은 벽을 꼼꼼히 살폈다. 어떤 흔적이라도 찾는 중인지 유라로서는 짐작할 수 없었지만 낚시꾼은 손가락으로 벽을 더듬었다. 유라의 눈도 낚시꾼의 손가락을 따라 부지런히 움직였다. 벽에는 낙서가 있었다. 여자의 필체였다.

아, 천국.
나만의 세계
없어서 좋다.

낙서를 읽어가던 유라는 문득 한 줄의 낙서와 그림에 꽂혀 눈을 떼지 못했다.

내 이름을 부르면……

낙서 옆에는 흑색 볼펜으로 그린 그림이 있었다. '레인스틱'과 흡사한 그림이었다.
아!
유라는 비명을 지르며 주저앉았다.
'내 이름을 부르면? 레인스틱.'
예사롭지 않은 글귀와 그림이었다. 가희가 떠올랐다.
'가희? 가희의 글, 그림? 여기는 가희가 머물렀던 방?'
유라는 주저앉은 채 낚시꾼을 바라보았다.
'그렇다면 당신은 가희와 관련된 인물이란 말인가.'
벽을 더듬던 낚시꾼은 돌발적인 유라의 행동에 눈을 크게 떴다.
유라는 눈동자에 힘을 주었다. 낚시꾼이 물었다.
"왜 그러세요?"
유라는 낯을 붉혔다.
"정,가,희,를 찾고 있나요?"
낚시꾼이 유라 쪽으로 다가왔다.
"그런데 그걸 어떻게……."
"아, 그랬군요. 그런데 아저씨는 가희와 어떤 사이죠?"
"그러는 아가씨는……."
"저를 본 적 있으시죠?"
"그래요, 낯설지 않았어요."

"어디서……."

"혹시 가희 때문에 만나지 않았나요?"

그러면서 유라는 생각에 잠겼다.

'수염이 긴 사람을 만난 날. 아, 그곳일까?'

유라가 낚시꾼에게 물었다.

"혹시, 신부님이세요?"

"그렇소만."

"신부님, 혹시 계산역 근처 2층에 있는 '삶이 보이는 쉼터'에서 서빙하지 않으셨나요?"

"그랬죠."

신부는 대답과 함께 유라에게 물었다.

"그때 혹시 가희를 찾는다며 동하라는 총각과 함께 왔던 아가씨 아닌가?"

"그래요. 고유라입니다."

"그런데, 여기는 어떻게……."

"누구를 미행하던 중이었어요."

"누구라면 혹시, 나를?"

"아뇨. 다른 사람이에요."

유라는 그때 만났던 신부를 이곳에서 조우했다는 의외성 때문에 적이 놀랐다. 유라가 물었다.

"이곳에 온 이유가 가희 씨 때문인가요?"

"그래요."

"실종인가요?"

"글쎄요."

유라는 좀 전의 상황이 떠올랐다.

"파란 조끼를 입은 사람은 누구였을까요?"

"나도 그 자가 몹시 궁금해요."

"혹시 주민규라는 사람 아시나요?"

신부는 눈을 둥그렇게 떴다.

"주민규? 그 사람을 어떻게……."

신부는 상기된 얼굴로 유라를 보았다. 신부도 이미 '주민규'의 신상을 낱낱이 알고 있다는 표정이었다. 뿐만 아니라 신부는 정가희의 최근 행적까지도 모를 것 같지 않아 보였다. 유라가 물었다.

"주민규라는 자는 언제부터 아셨습니까?"

신부는 대답이 없었다.

"정가희와는 어떤 관계라고 했죠?"

"제가 학교 선밴데요."

신부의 눈초리는 한층 누그러졌다.

"아, 그때 그래서 찾는다고 했었지."

신부는 그렇게 혼잣말을 했다. 유라는 다시 가면을 쓴 자가 궁금했다.

"방금 도망친 자가 주민규 아닐까요?"

"……."

신부는 입을 다물었다. 유라는 휴대폰을 꺼내 주민규에게 전화를 걸었다. 신호는 갔지만 받지 않았다. 전화를 끊었다. 유라가 먼저 말했다.

"실종된 정가희가 여기서 살았나요?"

이번에도 신부의 음성은 들을 수 없었다.

유라와 신부는 호수 기슭의 낚시터로 갔다.

"뜬금없는 대낮에 모자를 눈썹까지 눌러쓰고 부채로 입을 가린 한 여자가 들어오더군요."

신부는 물 깊은 곳으로 미끼를 던졌다. 유라는 신부 옆에서 침잠하는 낚싯줄을 바라보았다. 신부가 말을 이었다.

"유심히 봤더니 정가희였지요. 가게에 와서 대뜸 하는 말이, 가게 이름이 '삶이 보이는 쉼터'인데 제가 여기서 술을 마시면 삶이 보일까요? 라고 묻더군요."

"그래서요?"

"그래서 내가 술을 마시지 않아도 삶이 보인다고 대답했죠. 그랬더니, 그럴까요? 라면서 한동안 주위를 둘러보더니 구석진 자리에 앉더군요. 마치 무엇에 쫓기듯이 모자를 눌러 쓰고 맥주를 마시면서 오늘부터 햄버거 가게를 그만 두었다고, 다니고 싶어도 더 이상 다닐 수 없게 됐다고……."

신부는 하던 말을 멈추고 물결에 흔들리는 하얀 찌를 바라보았다. 가희에 대한 신부의 말이 이어졌다.

가희는 누군가가 자신의 이름을 끊임없이 불러대며 자신의 뒤를 밟고 있다고 했다. 그녀를 미행하는 자에 대해서는 일절 입에 담지 않았다. 단지 그녀를 미행하는 자는 낯선 자가 아니라는 말만 고할 뿐이었다. 낯익은 미행자로 인해 그녀가 그녀 자신인지 아니면 그녀의 몸속에 또 다른 누군가가 들어와 살고 있는 것인지 모를 일이라고 했다. 그러면서 그녀는 어디론가 도피하여 은신하기를 바랐다. 인적이 드문 곳, 물을 건너고 산도 넘어서 외딴집에 기거하는 것만이 지금 그녀가 미행자를 따돌리고 미행자에게 벗어날 수 있는 유일한 대안이라고 했다. 가희는 그렇게 스스로 도망자가 되려고 했다. 신부는 수도원을 권했다. 가희는 거부했다. 권하지는 않았지만 깊은 산중의 사찰도 싫다고 했다. 그 이유는 수도원도 산중의 절도 사람들로 북적거리기 때문이라고 했다. 가희는 미행자를 따돌리고 벗어나기 위한 방편으로 외딴집을 원했지만 이유는 그뿐만이 아닌 듯싶었다. 정황상 가희에게는 선뜻 까발리지 못할 그 어떤 사연이나 내막이 있을 것 같았다. 가희는 스스로 지옥의 나락에 빠져버린 한 영혼이므로 신부님에게 의지하면 구원에 이를지도 모른다고 했다. 신부는 가희에 관한 이야기를 상세히 풀어놓았다.

신부는 죽산 쪽으로 차를 몰았다. 가희의 원대로 산을 넘었다. 산을 넘었으므로 물을 건너서 외딴집으로 가면 될 것이었다. 산을 넘자 길이 막혔다. 발아래는 호수였다. 신부는 호수 둔치에 차를 댔다. 신부가 차에서 내렸다. 가희도 내렸다. 신부가 호수 쪽을 가리키자 가희는 고개를 끄덕였다. 호숫가에는 나룻배가 있었고 칠십이넘어 보이는 백발의 사공이 있었다. 신부는 가희와 함께 물가로 갔다. 그리고 사공의 나룻배를 탔다. 나룻배에 오른 가희는 중얼거렸다.

나를 마중하는 물
내 앞에 다가오는 물
내 뒤로 멀어지는 물
나를 나르는 물
나를 씻어 내는 물
나를 버리는 물

나를 떠나보내는 물

내가 떠나가는 물

내가 사라지는 물

나를 찾는 물

내 물

네 물

또 네 물

내 눈물

또 누구의 물, 물, 물, 눈물.

신부와 가희는 호수 저편에서 내렸다. 신부는 호숫가의 가파른 둔덕을 올라 가희와 함께 노부부가 살고 있는 도단집으로 들어갔다. 노부부는 창고로 쓰던 방을 가희에게 내주었다. 방안의 창틀에는 거미줄이 있었고 방바닥에는 다리가 부러진 소반과 고물이 된 밥솥, 아이스박스 등 잡다한 물건들이 어지러이 널려 있었다. 노부부는 빗자루로 거미줄을 걷어내며 창틀과 벽에 쌓인 먼지를 털었다. 바닥에 널브러진 물건들은 다락으로 올리거나 윗목에 쟁여두고 걸레질을 했다. 청소를 끝낸 노부부는 아궁이에 불을 지폈다. 그러고는 가희를 방으로 들였다. 노부부가 내준 방은 가희의 보금자리가 되었다. 노부부에게 가희를 맡긴 신부는 날이 저물자 도단집을 나왔다.

신부는 사흘이 멀다 하고 도단집에 머물고 있는 가희를 만나러 갔다. 이느 날, 가희는 호수 기슭에서 호수를 바라보았다. 가희의 입에서는 자신만이 알고 있는, 또는 자신도 잘 모르는 지난날들의 기억들을 신부에게 쏟아냈다.

　재작년 여름 칠월의 마지막 날, 가희는 경태와 이름 모를 서해안
의 섬과 남해안의 외딴섬으로 신혼여행을 갔다. 작년 여름 칠월의
마지막 날, 가희는 재작년 여름에 갔던 남해안의 신혼여행지 근방
의 섬에서 민규와 하룻밤을 보냈다. 재작년 여름의 신혼여행은 가
희가 아닌 가희 속에 내재된 또 다른 가희가 경태와 신혼여행을 즐
겼고, 작년 여름의 여행은 가희 속에 내재된 또 다른 가희가 아닌
진짜 가희가 민규와 하룻밤을 보냈다. 민규와의 하룻밤에 대한 기
억은 가희의 머릿속에 오롯이 남아 있다. 그러나 경태와 보낸 재작
년 여름의 신혼여행에 대한 기억은 편편히 흩어진 채 환영 속에서
만 존재할 뿐이었다. 가희의 뇌리에는 경태와 결혼을 했는지, 그때
그곳으로 신혼여행을 떠났는지조차도 아득했고 몽롱했다. 결혼을
둘러싼 그들의 이야기는 경태의 기억이 가희보다 뚜렷했다. 신혼의
단꿈은 경태의 기억 속에 쟁여졌고 그러한 기억들을 경태는 가희에
게 쏟아냈다.
　잔디밭에서 가희는 잠이 들었다. 잠 속에서 푸르 푸릇 푸르릇거
리는 소리가 났다. 누군가가 잔디를 밟는 소리였다. 소리는 시간이
흐를수록 더 가까이 더 크게 들려오는가 싶더니 이내 멈추었다. 그
리고 어느덧 가희는 누군가의 품에 안겨 있었다. 눈을 떴다. 경태였
다. 경태는 백색 양복을 입었고 백색 구두를 신고 있었다. 이제까지
볼 수 없었던 옷차림이었다. 더 놀라운 사실은 가희의 옷차림이었
다. 가희는 희고 붉은 그리고 노란 꽃무늬가 새겨진 드레스를 입고
있었고 머리에는 면사포가 씌어져 있었다. 스스로 입지도 않았고

쓰지도 않았던 옷과 면사포가 누군가의 마법에 걸려든 것처럼 잠결에 차림이 달라져 있었다. 가희는 경태의 품에 안겨 잔디밭 중앙에 놓인 백색의 무대 위에 올려졌다. 원형의 무대였다. 무대는 빙글빙글 돌며 원을 그렸다. 가희는 회전무대에 몸을 의지한 채 사방을 둘러보았다. 사방은 온통 꽃과 나무였다. 흰색과 붉은색의 패랭이가, 그 옆은 연붉은 다알리아가, 그 뒤에는 꽃잎이 살포시 내려앉은 에키네시아가, 바로 옆은 황갈색의 능소화, 그 옆에는 붉은 채키화, 또 그 옆은 푸른 잎 위의 치자꽃, 무궁화와 백합이 그리고 백일홍이, 맞은편에는 목화가 바람에 흔들렸다. 꽃들이 가희를 에워쌌고 그 꽃들은 신갈나무의 품 안에 있었다. 나무는 가희의 머리 위에 있었고 가지를 길게 늘어뜨렸다. 색색의 가지는 소리를 품고 있었다. 흰 구름이, 무지개가, 백색의 빛이 물결처럼 흔들거렸다. 밤색날개 뻐꾸기와 두견새가 재잘거렸다. 또 다른 소리가 울려댔다. 빛이 나뭇가지에 걸려 있는 구름을 꿰뚫는 소리, 무지개가 나뭇잎에서 흔들리는 소리, 백색의 빛이 가희의 노란 꽃무늬 드레스를 여미는 소리 그리고 그 소리의 틈에서 누군가의 속삭임이 들렸다.

"내 품으로 다가오세요."

남자의 목소리였다. 그 목소리는 가희의 귓전에 또렷이 울렸다.

"나의 천사여, 우리들의 결혼을 축하하기 위해 친구들이 모였어요."

경태의 목소리였다. 경태가 가희의 손을 잡고 무대 아래로 내려갔다. 가희가 잔디를 밟자 푸릇거리는 소리와 함께 결혼행진곡이 울려 퍼졌다. 행진곡은 자연이 내는 소리였다. 빛과 구름이 바람을 타면서, 뻐꾸기와 두견새가 날갯짓하며, 목화와 백일홍이 흔들리면서 하늘거리면서 그리고 그들 모두가 춤을 추면서 가희가 걸음을 옮길 때마다 행진곡은 가희의 머리 위로, 어깨 위로, 가슴으로 떨어지거나 스며들었다. 잔디를 벗어나자 황톳길이 난 숲이 가희의 눈앞에 펼쳐졌다. 길가에는 편백나무가 군락을 이루며 하늘을 가렸고 하늘 끝에 닿아 있었다. 가려진 하늘 틈으로 태양빛이 스며들었고 그 빛은 그늘진 황톳길에 뿌려댔다. 가희의 손은 경태의 팔을 붙들었고, 그들은 황톳길을 사뿐히 내디뎠다. 경태가 휘파람 소리를 냈다. 그 소리를 따라 두견새도 날갯짓을 하며 편백나무 가지에 앉아서 쩍쩍 소르르 쩍쩍쩍…… 소리를 냈다. 이윽고 경태의 입술이 열렸다.

"내, 사랑이여. 어여쁜 나의 신부여. 이제로부터 영원토록 나의 눈을 빼앗고 나의 영혼을 빼앗고 내 가슴을 울렁거리게 하여라. 너의 머릿결에서 풀잎 향기가 나는구나. 너의 뺨에서 풀빛이 어른거리는구나. 당신은 죽음에 이르기까지 나의 신부이어라."

꽃무늬 드레스를 입은 가희의 입술은 열리지 않았다. 그저 들릴 뿐이었다. 두견새 울음소리, 풀잎을 쓰다듬고 신갈나무와 편백나무 가지를 흔드는 바람 소리, 황톳길을 내딛는 발짝 소리, 드레스에 스치는 길섶의 풀 울음소리, 그리고 알 수 없는 누군가의 거친 숨소리, 끝없이 찰싹거리는 사랑의 속삭임.

가희의 입술은 열리지 않았다. 속삭임도 없었다. 그리고 아무도 존재하지 않았다. 곁에는 하얀 턱시도를 입은 경태만 있을 뿐이었다. 가희의 아버지도 어머니도 친구도 그 어떤 하객도 존재하지 않았다. 그러나 가희에게는 엄연한 결혼식이었고 경태의 아내가 되는 날이었다.

결혼식이 끝나자 가희는 금빛 바퀴가 달린 경태의 승용차에 올랐다. 차는 숲 속을 빠져 나왔고 섬으로 향하는 다리를 건넜다. 알 수 없는 섬으로 굴러간 차는 둘레길을 달렸다. 차는 바닷가 마을의 잔디에 멈춰 섰다. 그들은 차에서 내렸다. 언덕이 있었고 언덕에는 집 몇 채가 보였다. '뜨락마을'이었다. 하늘색 파란 집이 있었고 바다색의 파란 집도 있었다. 에메랄드 빛을 발하는 집도 보였다. 턱시도를 입은 경태는 드레스를 입은 가희의 손을 잡고 언덕길을 올랐다. 경태는 바다색 파란 집으로 들어섰다. 뜨락에는 잔디가 깔려 있었고 길이 있었다. 나무로 된 길이었다. 짙은 갈색의 길이었다. 경태는 길을 따라 가희를 데리고 집안으로 들어갔다. 현관에 들어서는 순간 흰 빛이 벽에서 뿜어져 나왔다. 백색의 벽이었다. 거실 바닥은 옅은 갈색의 카펫이 깔려 있었고 금빛의 소파가 놓여 있었다. 가희는 카펫 위를 사뿐히 걸어서 소파에 앉았다. 정면을 보았다. 유리벽이었다. 바다가 보였다. 바다를 보았다. 다시 집안으로 고개를 돌렸다. 주방을 보았다. 백색의 보를 무릎까지 늘어뜨린 백색의 식탁이 있었다. 식탁 위에는 백색의 소쿠리가 있었고 과일이 담겨 있었다. 주방 옆으로 방문이 보였다. 방문에는 '침실'을 알리는 팻말이 붙어 있었다. 경태는 가희의 손을 잡고 침실문을 열었다. 순간 피아노 음악이 흘러나왔다. 쇼팽의 즉흥환상곡이었다. 냇물처럼 흐르는 음악을 따라 안으로 들어갔다. 벽에는 경태와 가희의 결혼식 사진이 걸려 있었고 침실 바닥에는 금으로 두른 백색의 침대가 있었다. 경태는 가희를 침대에 뉘었다. 그리고 속삭였다.
　"여기는 우리들 영토야."
　가희는 아무 말도 하지 않았다.

"나란히 누워서 단꿈을 꾸자."

"……"

"내일은 남해안으로 떠나자."

"……"

"여행이 끝나면 죽을 때까지 여기서."

"……"

"아무데도 가지 말고."

"……"

"누구도 만나지 말고."

"……"

"내 가슴팍 아래서 춤을 추고."

"……"

"나의 침실로."

"……"

가희의 목소리는 들을 수 없었다.

18

경태를 기다리는 시간

경태가 올 시간이 아직 남아 있다. 그러나 가희의 집에 경태가 몇 시에 오게 될 거라고 단정할 수는 없다. 어림짐작으로 어제는 몇 시에 왔고 그제는 몇 시에 왔으므로 오늘은 대충 어제와 그제를 합하여 나누는 산술평균적인 시각만 계산할 수 있을 뿐이다. 가희는 경태를 기다려야 할 의무가 없다. 하지만 경태는 가희의 방으로 와야 할 엄연한 권리를 가지고 있다. 그러한 권리가 무엇인지 가희는 아직 아는 바가 없다. 그가 가희의 방으로 허락도 없이 불쑥 찾아와도 된다는 특권을 부여한 일도 없다. 그러한데도 경태는 그 나름대로 가희에게 다가올 수 있다는 권리와 다가와야 한다는 의무감에 젖어 있다. 지금은 혼자다. 가희의 마음속에 경태는 존재하지 않았다. 가희는 늘 혼자이기를 바랐다. 여태껏 가희는 경태와는 몸도 마음도 하나일 수 없다고 단정했다. 그러므로 지금 가희는 경태의 발소리가 들리지 않기를 간절히 기원할 뿐이다. 가희의 방에는 가희만이 존재했다. 현관문을 열고 집에 들어서면 가희가 내뿜는 향기만 가득 서렸다. 가희의 체취는 스스로를 위한 것이었다. 경태가 현관문을 더 이상 열지 않고 창문도 열지 않는다면, 가희를 위한 가희만의 향기가 솟구치거나 가라앉거나 유영할 것이었다. 향기만이 이 방에서는 오직 가희뿐이라는 사실을 알려 주는 건 아니었다. 눈에 보이는 물건들이 다 그랬다. 침대 위의 베개도 하나였다. 옷장에도 가희만의 양말이, 스타킹이, 팬티가, 거들이, 브래지어와 외투가 담겨있었다. 몸에 두르는 천 조각 하나, 구멍난 양말 한 짝도 경태의 소유라는 것을 알려줄 만한 단서 하나 없었다. 벽에 걸린 사진에는 가희와 가희의 여자 친구들이었고 어느 피사체의 가장자리에도 흰 턱시도를 걸친 경태의 자태는커녕 경태의 모습 자체도 존재하지 않았다. 경태의 말에 의하면 가희와 경태가 결혼을 했다는데 앨범이나 파일, 공간 어디에도 이를 증명할 만한 드레스를 입고 찍은 사진 한 장 보이지 않았다. 사진 속에서 경태가 존재하지 않거나 단 한 장의 결혼 사진도 존재하지 않기 때문에 가희는 혼자일 수밖에 없다는 것 보다는, 가희가 누리는 공간에는 오직 그녀만이 존재해야 한다고 여겼다. 그 뿐만이 아니었다. 결혼을 했다는 날로부터 여태껏 가희는 경태를 위해 입술을 열지 않았다. 입술을 허락하지도 않았다. 성욕에 불타는 그의 격렬한 몸짓에도 가희는 저항했고, 그에 대한 육체와 정신을 꼭꼭 잠가버렸다. 그럴 때마다 경태는 결혼식장과

신혼여행지, 신혼 생활에 대한 사진과 동영상을 가희에게 내보였다. 그러면서 우리는 한 몸이므로 말도 섞고 몸도 섞어야 하며 빨랫감도 섞어야 한다고 말했다. 요구사항이 받아들여지지 않으면 얼굴들고 길거리를 활보하지 못하게 될 거라며 으름장을 놓곤 했다.

경태가 올 시간이 다가온다. 가희는 현관문에 귀를 댔다. 문밖에서 바람에 날리는 검은 어둠 소리가 났다. 어둠의 소리는 검고 습한 골목에서 술주정꾼의 오줌 갈기는 소리와 어느 모텔에서 새어 나오는 한 남자의 콘돔 찢는 소리와 어느 나이트클럽에서 추파를 던지는 남자의 웃음소리, 어느 아파트와 연립의 옥탑방에서부터 지하까지 그리고 저택에서 포악하고 우람하고 험상궂은 낯선 사내가 육욕의 허기를 채우는 소리, 그 육욕의 괴성과 함께 어느 아파트와 연립주택으로 들이대는 사이비 종교 전도자들의 문 두드리는 소리, 낯선 여자를 추행하며 침을 꿀꺽 삼키는 지하철의 수컷들 소리, 어느 노총각의 독방에서 새어 나오는 포르노그래프의 거친 숨소리, 산 너머 나뭇가지 위의 부엉이 울음소리, 강 너머의 저편 피안의 지옥에서 흘려대는 아우성, 그편과 저편과 이편의 소리를 머리에 담고 가슴에도 담고 주머니에도 듬뿍 담아 저벅저벅하고 뚜벅뚜벅한 경태의 발걸음까지 부여안고 다가오는 듯했다. 한 시간이 훌쩍 지났을까. 가희가 상상한 소리의 틈을 비집고 현관문을 두드려대는 소리가 났다. 경태였다. 가희는 빗장을 풀었다. 문이 열렸다. 경태가 들어왔다. 경태는 가희의 얼굴을 응시했다. 가희는 그의 눈을 외면했다.

"따, 한 시간만이야."

가희는 그가 거실에 발을 들여 놓기도 전에 그렇게 말했다. 경태는 미간을 좁히며 인상을 구겼다. 경태가 거실을 밟았다. 가희는 경태를 거실에 세워두고 방으로 들어가 버렸다. 방문도 잠갔다. 침대에 누웠다. 가희의 계획대로라면 한 시간만 견뎌낸다면 더 이상 경태의 얼굴을 보지 않아도 될 터이고 그의 말에 귀를 기울이는 수고로움도 사라지는 것이다.

'한 시간'

시간은, 불빛 속에서도 어둠 속에서도 거실에서도 방안에서도 그대로 두면 흔적도 없이 어둠 저편으로 경태와 함께 종적을 감출 것 같았다. 가희는 불을 껐다. 거실에서 불빛이 새어나왔다. 거실은 밝았고 가희의 방은 어두웠다. 지금 경태가 존재하는 공간은 빛을 발했지만 경태에게 일방적으로 선언했던 시간이 흘러가면 어둡기를 바랐다. 그리고 거실이 어두워지면 다시 불을 켜야겠다는 심산이었다. 그렇게 그와는 거리를 두어야만 그와는 멀어지게 될 것이고 그에게 벗어나고 그를 물리치는 길이라고 단정했다. 가희는 그에게 오늘 밤이 마지막 밤이 될 거라고 언질을 주었다. 그러나 그것은 가희의 바람이었다. 경태는 꿈쩍도 하지 않았다. 경태는 가희와 결혼하였으므로 아내이며 품 안에 있어야 하고 그래서 나날을 자신의 품에서 가희가 살아가야 한다고 입이 닳도록 말했다. 하지만 가희는 결혼식을 올린 이후로 그의 품에 안긴 적이 없었다. 가희에게 경태는 남편이 아니었다. 잔디가 깔린 야외에서 새들의 합창 소리와 함께 꽃들의 환호를 받으며 흰 구름이 떠 있는 하늘 아래서 화려한 드레스를 입고 경태의 팔을 붙들고 사뿐사뿐 느릿느릿 푸르릇거리는 걸음걸이로 결혼식을 올린 사실이 가희의 기억 속에는 존재하지 않았다. 가희 앞에 펼쳐진 모든 일들이 가희에게는 환영과 같았다. 악몽과도 같은 환영, 아른거리지도 않은 환영, 환영 속에서도 존재하지도 않은 환영, 머릿속에 그린 적도 없는 환영. 환영은 어쩌면 경태에게 내재된 환영일 거라는 생각이 들었다. 그랬지만 그 환영은 엄연히 사진 속에 있었고 영상 안에 있었다. 경태를 만날 때마다 경태가 가희의 집 현관문을 열고 들어올 때마다 경태는 가희에게 사진을 들이댔고 영상을 펼쳐보였다. 영상 속의 가희는 노란 꽃무늬가 새겨진 드레스를 입었고 면사포도 썼으며 경태와 팔짱을 끼었다. 그리고 영상에는 사뿐사뿐 느릿느릿 푸르릇거리는 걸음을 내디디며 결혼식을 올리는 장면이 나타났다. 알 수 없는 일이었다.

시간이 흐른다. 그러나 흐르다가 멈칫거리며 고인다. 어둠 속으로 가늘고 여린 불빛이 스며들었다. 불빛과 함께 소리가 스며들었다. 몸을 움쩍거리며 비트는 소리, 발 구르는 소리, 거칠게 내뱉는 숨소리 그리고 소리도 없는 침묵의 고요가 문틈으로 들어왔다. 가희는 숨을 죽였다. 죽음의 육체처럼 몸을 뻣뻣이 뉘며 눈을 굴렸고 귀를 뻣뻣이 세웠다. 코도 벌름거렸다. 고요의 어둠을 뚫고 문밖에서 불빛을 따라 냄새가 밀려왔다. 비릿한 냄새였다. 경태가 품고 있을지도 모르는 육욕의 비릿하고 축축한 냄새가 숨구멍으로 빠져나와 공기를 적시고 어둠에 휘말리며 불빛을 따라 가희의 몸으로 스며드는 듯했다. 알 수 없는 노릇이지만 문밖의 경태도 문 안의 가희처럼 어쩌면 고요 속에서 상대편의 동태를 살피느라 벌렁거리는 가슴을 들이대며 끝도 없이 소리 없는 대화를 나누고 있는지도 모를 일이었다.

정지된 틈 속에서도 시간은 자꾸만 길 없는 길과 어둠으로 얼룩진 허공으로 내달렸다. 시간을 보았다. 아홉 시 반이 훌쩍 지나있었다. 가희가 일방적으로 선언한 시간도 7분여가 남아 있었다. 그러던 잠시 후였다. 스며들었던 문밖의 불빛이 사라졌다. 그리고 현관문 여는 소리가 들리는가 싶더니 순식간에 쿵! 하는 소리와 함께 벽이 울렸고 한참 동안 아무런 소리도 들리지 않았다. 가희는 불을 켰다. 방문을 열었다. 경태가 보이지 않았다. 현관에 벗어 두었던 그의 신발도 보이지 않았고 현관문도 닫혀 있었다. 밖으로 나간 걸까. 가희는 현관문을 열고 밖을 내다보았다. 아무도 없었다. 문을 닫고 거실을 두리번거렸다. 그의 모습은 보이지 않았다. 집을 나간 것이 분명해보였다. 가희는 머리를 갸우뚱거렸다. 가희의 예상과는 달랐기 때문이었다. 그와의 관계가 오늘이 마지막이고 마지막 밤이라면, 그의 입장에서는 있을 수도 없고 상상할 수도 없는 허무맹랑한 소리라며 고래고래 목청을 높이며 길길이 날뛸 법도 하건만 그러기는커녕 외마디 소리 하나 내지르지도 못하고 사라지다니. 그것이 오히려 불시에 문을 부서뜨리고 들이닥칠지도 모르는 판국으로까지 이어질 것 같아서 영 께름칙했다. 별안간 가희는 거실과 화장실 그리고 침실의 창문을 꼭꼭 닫았다. 그의 매섭고 음흉한 눈동자가 사방의 문틈에서 번뜩거리며 가희의 몸을 따갑게 쏘아 댈지도 모른다는 불안감 때문이었다. 식은땀이 났다. 더웠다. 땀이 흘렀다. 겉옷을 벗었다. 속옷도 벗었다. 모두 벗어버렸다. 욕실로 갔다. 샤워기를 벽에 걸어두고 수도꼭지를 올렸다. 물이 쏟아졌다. 몸에 물을 뿌렸다. 머리에 뿌렸다. 물은 머리카락을 타고 아래로 흘러내렸다. 물은 목과 팔과 가슴을 만지작거리며 허리를 감싸 안았고 아래로 흘렀다. 배꼽으로 흘렀다. 엉덩이로 흘렀다. 사타구니를 따라 무릎과 무릎을 뻐개며 줄 주울 주우울 흐르고 흘러서 흘러내렸고 흘렀다. 발등과 바닥으로 떨어졌다. 물줄기 하나는 울부짖으며 바닥으로 굴러 떨어졌고 어떤 물줄기는 애무하며 흘러내렸다. 어느 물줄기는 식은땀과 먼지와 불안, 발정한 수컷의 숨결이 닿은 때를 밀어내고 지워 버렸다. 눈을 감았다. 떴다. 또 감았다. 다시 떴다. 눈을 뜬 채 욕실 출입문 쪽으로 고개를 돌렸다. 고개를 갸우뚱거렸다. 문이 흔들리는 느낌 때문이었다.

'바람이었을까.'

시선을 거두고 다시 눈을 감았다. 연이어 떨어지는 물줄기의 방울이 머리와 이마에 부딪혔다. 물줄기가 좀 전에 내린 물줄기와는 사뭇 달랐다. 버리고 싶은 것을 버리고 먼지와 습습한 진액들을 지워버리고 벗겨내려고 떨어지는 가녀린 물방울이 아니었다. 아팠다. 짓이기는 듯 즈려 밟는 듯 무겁고 세차게 떨어졌다. 그리고 감은 눈 속에서 어둠이 보였고 그녀는 그 어둠만 바라보았지만 머릿속에는 자꾸만 알 수 없는 음흉한 눈길이 전신을 더듬고 희롱하는 것만 같았다. 물을 껐다. 출입문을 보았다.

'문이 더 닫힌 걸까.'

또 고개를 저었다. 다시 수도꼭지를 틀고 어깨 위와 등줄기, 가슴께로 물을 쏘아댔다. 일순간 가희의 시야는 욕실문에 있었다. 한숨을 들이켰고 마른침을 삼켰다. '누구일까. 무엇이 지나간 걸까.'

수도꼭지를 올렸다. 마른 수건으로 젖은 몸을 닦았다. 그 순간 현관의 출입문 쪽에서 문소리가 났다. 문이 열리는 소리인지 닫힌 문이 열렸다가 다시 닫히는 소리인지는 알 수 없었지만 문소리가 났고 벽이 울렸다. 가희는 욕실 입구 거실 바닥에 벗어 놓은 옷가지를 주섬주섬 챙겨들고 가슴과 아랫도리를 가리며 현관 쪽으로 갔다.

출입문은 닫혀 있었다. 손잡이를 돌려서 문을 밖으로 밀었다. 열렸다. 다시 닫고 잠갔다. 걸쇠도 걸었다. 문을 잠근 가희는 머리를 좌우로 흔들었다.

'문을 잠갔던 것 같은데……'

목욕하는 사이에 누군가가 들어왔거나, 들어와서 도둑질을 했거나, 자신의 나체를 한참 동안 지켜보다가 침을 꿀꺽꿀꺽 삼켜대며 음흉한 심리적 강간을 저질렀을지도 모른다는 생각에 덜컥 겁이 났다. 가희는 옷을 갈아입었다. 전등 스위치를 모두 켰다. 지갑부터 살폈다. 그대로였다. 장롱문을 열었다. 있었던 것은 있었고 원하지 않는 것은 없었다. 장롱 옆을 보았다. 아무도 보이지 않았다. 마루로 가서 소파 주위를 살폈다. 숨은 자는 없었다. 집 안에는 아무도 없는 것이다. 가희는 현관문의 걸쇠와 손잡이를 만지작거리며 밖으로 밀었다. 열리지 않았다. 이렇게 닫힌 문은 밖에서도 열 수 없는 것이 자명한 이치였다. 그렇다면 누군가가 집 안에 숨어 있다가 나간 것으로 결론을 지을 수밖에 없는 노릇이었다.

'누구일까. 경태였을까. 어느 틈에 숨었던 걸까. 왜일까. 아, 벌거벗은 내 몸을 보았을지도……'

이 순간 용의선상에 올릴만한 자는 경태뿐이었다.

'무슨 꿍꿍이일까.'

입이 마르고 타는 듯했다.

죽음으로 가는 호수를 건너지 마라

— 낙서 8 —

19

검은 갯바람

태일도의 오후. 백사장에 비가 내린다. 갯바람을 타는 빗줄기가 백사장 물가에 우두커니 서서 바다를 바라보는 가희의 머리와 등에 부딪치며 목덜미와 등줄기를 따라 가슴골을 따라 속살을 헤집고 흘러내린다. 몸에 부딪는 소리는 뚜두둑 뚝뚝거렸고 바다로 떨어지는 빗소리는 픽픽거렸다. 비는 흩뿌리면서 찢어지면서 흩어졌고 모래 아래로 비릿한 물속으로 아프도록 곤두박질을 했다. 가희의 몸으로 쏟아 내리는 빗줄기는 무수한 단어를 안고 내렸다. 조롱과 광란, 음욕과 비명, 환영과 공상, 분열과 경련의 액체들이 가희의 몸을 헤집었고 뼛속까지 스며들었다. 아렸다. 그리고 오늘도 어김없이 휴대폰에서 그 이름자가 찍힌 벨 소리가 울렸다. 젖은 몸에서 울리고 울고 또 울어댔다. 시시때때로 또는 그 만이 정한 시각에 날아와서 살을 부비는 벨 소리가 울릴 때마다 가희는 몸을 떨었다. 발신자는 경태였다. 경태라는 이름의 글자가 액정에서 덜렁거리며 소리를 빽빽 질러댔다. 받지 않았다. 벨 소리가 멎었다. 잠시 후 메시지 도착했다. 열지 않았다. 이번에는 얼토당토않는 내용과 살점이 돌출된 그림과 악몽의 한 장면 같은 사진 나부랭이들을 쏘아 대면서, 어처구니없이 한 몸이 되려고 발버둥치는 그의 허튼수작이라는 걸 능히 짐작했기 때문이었다. 그러나 열고 말았다. 그의 메시지 발신 시각은 날이 갈수록 정확성을 더했다. 또한 나날이 더 살벌하고 더 과격한 내용이 이어졌다. 가희는 이번에 당도한 내용도 이전보다 더 격한 그 어떤 것일 거라는 짐작과 그 짐작이 맞아떨어졌을 때 그 충격으로 인한 감각들의 울림과 떨림과 분노와 슬픔을 스스로 통제할 수 없을지도 모른다는 지레짐작을 했다. 휴대폰을 손에 쥔 가희는 액정 가까이 또 멀리 검지를 내렸다 올리기를 반복했고 머릿속에는 어제와 그제, 그제보다 더 오래된 전날들의 그가 저지른 소행들이 맴돌았다. 검지가 액정을 만지는 것과 동작을 유도하는 일련의 머릿속 움직임이 일치하는 순간 휴대폰 메시지가 열리고 말았다.

메시지를 보았다.

메시지 안에는 가희의 사진이 있었다. 사진 속의 가희가 가희를 보고 있었다. 그 순간 가희는 휴대폰을 모래 위에 떨어뜨렸다. 발아래 가희는 알몸이었다. 누워 있었다. 알몸이었지만 그녀의 젖가슴과 배꼽은, 배꼽과 배꼽 아래의 그윽한 살결은 이불처럼 어느 수컷의 알몸뚱이에 덮여 있었다. 드러난 몸은 엎어진 수컷의 알몸 사이로 삐져나온 허벅지의 살결이었고 눈을 감고 하늘을 향한 얼굴과 젖어 있는 머릿결이었다. 누구의 몸뚱이인지 알 수 없는 수컷에 깔려 있었다. 가희는 남자와 속살을 맞댄 이러한 행각을 벌인 적이 없었는데도 영문을 알 수 없고 황당한 한 장의 사진이 전파를 타고 버젓이 가희의 휴대폰 속까지 밀려오고 말았다. 조작된 사진은 그간의 행적으로 보아 경태의 소행이라는 걸 능히 짐작할 수 있었다. 그의 이름자로 발신한 나날의 거친 숨소리와 메시지들이 장난으로 받아들이기에는 지나칠 정도라는 걸 느끼고 있는 터였지만 이렇게까지 음습한 연출로 조여올 거라고는 상상 속에서도 상상할 수 없는 노릇이었다.

가희는 발아래 떨어진 휴대폰을 주워 들고 주위를 두리번거리다 새 한 마리를 보았다. 흰 새였다. 새는 썰물로 바닷길이 난 외딴섬 물가의 바위 위에 앉아 있었다. 잔뜩 웅크린 채 알을 품는 듯 날개는 둥지를 이불처럼 덮고 있었다. 지금쯤 세상을 보려고 막 눈을 뜨려는 새끼 새가 태어나는 순간인지도 모르는 일이었다.

태일도.

생명의 알을 품은 섬.

태일도의 끝자락에서 떨어져 나간 섬에 앉은 흰 새를 멀거니 바라보던 가희는 흰 새가 있는 섬으로 걸음을 옮겼다. 모세의 기적처럼 열린 바다의 젖어 있는 갯벌과 자갈을 밟고, 갯바위를 더듬거리며, 주춤거리며, 슬금거리며, 새가 있는 섬으로 걸었다.

그 섬으로 갔다.

새는 여전히 물가의 바윗돌에 앉아 있었다. 알을 품는 것인지 미동도 없었다. 두 눈동자는 하염없이 바다를 보고 있었고 부리는 반

쯤 벌린 채 반공을 향했다. 가까이 다가간 가희는 갯바위에 몸을 웅
크리며 흰 새를 향해 머리만 빼죽 내밀었다. 가희를 보고 놀란 어미
새가 둥지를 박차고 날아오르며 어디론가 사라질지도 모르는 일이
었기 때문이었다. 가희는 연방 머리를 내밀었고 오므렸다. 새는 여
전히 둥지에 앉아 있었고 바다를 보았다. 가희는 둥지 가까이 다가
갔다. 새는 가희를 경계하지 않았다. 곰지락거리지도 않았다. 가희
는 머리를 갸우뚱거렸고 흰 새를 향해 저벅저벅 걸어갔다. 새는 뭉
그적대지 않았다. 새의 부리는 반쯤 열려 있었고 머리는 바다를 향
했다. 죽은 걸까. 가희는 새 곁으로 몸을 움직였다. 새는 새였다. 새
는 살아 있지 않았다. 죽은 것도 아니었다. 생명이 깃든 새가 아니
었다. 날개가 있었지만 날개라고 볼 수 없었고, 부리와 눈동자가 있
었지만 부리도 눈동자도 아니었다. 어쩌면 이렇게 살아 있는 듯 죽
어 있는, 죽어 있지만 죽지 않을, 해풍에 날리고 비바람에 씻기어
산산이 부서지기 전까지는 이 자리에 이렇게 고고히 부리를 열고
하염없이 바다만 바라보고 있을 것만 같았다. 가희는 흰 새의 눈과
부리, 깃털을 만지작거렸다. 바위처럼 굳어 있었다. 움찔거리지 않
았고 미동도 없이 앉아 있었다. 석고상이었다. 이름 모를 흰 새의
석고상이었다. 가희는 깊은 숨을 내쉬며 건너편의 갯바위를 보았
다. 또 하나의 형상이 눈에 들어왔다. 사람이었지만 사람이 아니었
다. 가는 허리를 가진 여인이었지만 여인이 아니었다. 해녀였지만
해녀도 아니었고 공주처럼 보였지만 공주도 아니었다. 형상의 왼손
은 길게 늘어뜨린 머리카락을 붙잡고 있었고 오른손은 앞바다의 뱃
사공을 부르는 듯 바다로 팔을 뻗고 있었다. 허리 아래는 비늘에 덮
인 물고기의 지느러미였다. 인어상이었다. 가희는 이러한 형상들을

이곳에 빚어 놓은 저의를 알 수 없었지만 그것들은 마치 의미가 부여된 전설의 증거물처럼 여겨졌다.

주머니 속에서 또 휴대폰이 울렸다. 꺼냈다. 보았다. 메시지가 떴다. 또 경태가 보낸 메시지였다. 열어 보았다. 여러 장의 사진이었다. 사진을 밀어 올렸다. 사진 아래는 글귀가 적혀 있었다.

사진 1: 가희가 웨딩드레스를 입고 경태와 결혼하는 장면

'가희는 경태와 결혼 했다'

올렸다.

사진 2: 경태가 가희의 볼에 키스하는 장면

'경태는 가희를 사랑한다'

더 올렸다.

사진 3: 숲속에서 속옷만 걸치고 경태와 나란히 누워 있는 장면

'가희는 경태와 숲속에서 사랑했다'

또 올렸다.

사진 4: 가희의 방 침대에서 잠옷을 입고 경태와 함께 누워 있는 장면

'가희와 경태의 신혼방'

계속 올렸다.

사진 5: 가희가 샤워하는 장면

'경태를 위하여.'

그리고

마지막 사진은 경태가 좀 전에 보냈던 가희와 경태의 정사장면이었다. 사진 밑에는 이런 메시지가 떴다.

'가희야, 너의 침대가 보고 싶어. 내 인터넷 방에 가희 사진을 또

올려놨다. 돌아와 이제'

메시지에서 빠져나왔다. '사진 5'와 마지막 장면의 글귀를 제외하면 한두 번 받아본 사진이 아니었다. 노상 그는 같은 사진을 가희의 휴대폰에 뿌려댔고 그의 인터넷 방에 올려대곤 했다.

가희가 가희 자신도 알 수 없는 태일도라는 섬에 온 이유도 집요한 그들의 행각에서 벗어나고 싶었다. 그들 중 하나는 경태였고 또 한 사람은 소리 소문도 없이 예측 불허의 순간에 다가와 있는 민규였다. 그리고 느낌일 뿐이었지만 태일도의 '태일'이라는 이름처럼 다시 잉태되어 태어나고 싶은 갈망 때문이었다.

해가 졌다. 날이 검게 그을려간다. 어둠이 밀려왔다. 가희는 바다를 보았다. 바다만 보였다. 뭍으로 건너는 길이 보이지 않았다. 발을 딛고 돌아가야 할 땅이 흔적도 없이 사라져 버리고 말았다. 갯길에도 바닷물이 차올라 있었다. 가희가 밟고 있는 섬은 태일도와 마주 보고 있는 작은 섬이었다. 섬은 한 바다에서 부표처럼 떠 있었다. 주변을 둘러보았다. 아무도 없었다. 사람이 살지 않았다. 건너편에 민가가 있을지도 모르는 일이었다. 바윗길을 넘어 나무와 풀이 우거진 숲을 헤치며 등성이로 올라갔다. 건너편으로 갔다. 저편에도 민가가 없기는 마찬가지였다. 갯가에는 배 한 척 보이지 않았다. 가희는 흰 새와 인어상이 있는 곳으로 돌아왔다. 마주 보이는 태일도의 마을을 보았다. 마을도 어둠에 묻혀 있었고 가로등의 불빛 몇 점만이 마을길과 마을길 아래의 갯가에 빛을 뿌리고 있을 뿐이었다. 시간이 지날수록 사방은 온통 어둠으로 얼룩졌다. 저편의 마을에서는 고립된 가희의 사정을 헤아릴 수 없을 것 같았다. 먼 탓인지 마을이 흘린 소리도 한 점 들리지 않았다. 마을을 향해 구조를

바라는 소리를 질러댄들 밤바다의 파도 소리에 묻혀버릴 것만 같았
다. 무서웠다. 낯선 태일도에서, 보다 더 낯선 외딴섬에서, 이 어둠
에서, 몸을 의탁할 곳도 아무도 없는 이곳을 빠져나갈 방도가 떠오
르지 않았다. 밀려오는 것은 어둠이었고 갯바위에 차오르는 바닷물
과 음흉한 파도 소리였다. 겁이 났다. 가희는 흰 새가 있는 바위 밑
의 틈새로 몸을 들이밀었다. 사위의 어둠에 노출된 채 떨려오는 두
려움보다 어둠에 묻힌 바위의 틈새에 끼어 있는 편이 더 나을지도
모른다는 판단이 섰기 때문이었다. 그러나 어둠을 뚫고 귓전에 다
가오는 파도 소리보다 마음속으로 들려오는 상상의 소리가 더 난폭
했고 음울했다. 바람 소리, 휘파람 소리, 귀곡 소리, 올빼미 울음소
리, 간간이 인어가 흘린 기괴한 웃음소리와 흐느낌 소리, 꺅꺅대는
흰 새의 고함, 파도를 타고 밀려오는 검은 원혼들의 절규가 가슴속
으로 밀려왔다.

어두운 소리의 틈새로 삐극, 삐그극, 삐극, 삐그극거리는 소리가
규칙적으로 들려왔다. 가희는 바위틈에서 빠져나왔다. 삐극, 삐그
극…… 연방 울려댔다. 앞바다에서 나는 소리였다. 바다를 보았다.
바다 위에 작은 배 한 척이 떠가고 있었다. 어부로 보이는 누군가가
노를 젓고 있었다. 어둠 탓인지는 알 수 없었지만 검은 옷을 입은
남자였다.

삐극, 삐그극……

배는 마을로 떠가는 것이 분명해 보였다. 가희는 배를 향해 소리
쳤다.

아저씨, 아저씨!

가희의 소리를 들었는지 어부는 동작을 멈추고 소리를 죽였다.

아저씨, 저 배 좀 태워주세요, 아저씨!

어부는 노를 젓다 말고 우두커니 서서 가희를 보는 듯했다. 이윽고 가희 쪽으로 배가 움직이기 시작했다. 배는 점점 흰 새와 인어와 가희가 있는 어둠의 외딴섬으로 다가왔다. 어부는 물 깊은 곳으로 닻을 내렸다. 배는 가희의 코앞에 이르렀다. 어부는 가희를 향해 밧줄을 던지면서 소리쳤다.

당겨요!

가희는 줄을 당겼다. 배가 해변에 닿았다. 어부는 마스크를 쓰고 있었고 배에서 내렸다. 그는 가희에게 던졌던 줄을 바위에 에두르며 묶었다. 그러고는 바다 멀리 배를 밀어버렸다. 배는 밧줄 길이만큼 바다를 향해 물러갔고 해변에서 멀어졌다. 가희는 어부를 멀뚱멀뚱 바라보았다. 어부가 가희에게 가까이 다가왔다. 작업복 차림의 어부는 운동화를 신고 있었다. 어부의 몸동작과 목소리가 사십 대 후반쯤으로 여겨졌다. 그의 몸에서 갯비린내가 났다. 입을 가린 그의 마스크는 갯 것이 묻은 탓인지 거무튀튀했다. 그가 가희 곁으로 저벅저벅 다가왔다. 그는 말이 없었다. 들리는 소리는 갯바위에 부딪히는 파도 소리였고 밧줄에 묶인 채 일렁거리는 배의 밑창 소리였다. 그러나 물결 소리는 가희를 향해 저벅거리며 다가오는 어부의 발소리에 이내 묻히고 말았다.

이윽고 소리가 그쳤다.

어부는 가희 앞에 서는가 싶더니 느닷없이 흰 새의 조각상 아래 바위틈 사이로 가희의 팔을 끌어당겼다. 가희는 어부의 완력에 이끌리며 머리 위의 흰 새와 갯바위에 걸터앉은 인어의 형상처럼 뻣뻣이 굳은 채 바위틈으로 빠져들었다. 그는 마스크를 벗었다. 그러나 그의 얼굴은 어둠 속에서 가물거릴 뿐이었다. 어부는 가희의 몸을 그의 가슴팍으로 거칠게 당겼다. 겁에 질린 가희는 몸을 뒤틀며 저항했다. 그러나 어부는 가희의 가슴과 아랫도리에 대고 그의 몸뚱이를 더 억세고 사납게 들이댔다. 가희의 눈앞에는 어부의 머리카락이 흐늘거렸고 바위틈으로 음습한 빗물이 어깨 위로 떨어졌다. 빗물은 흰 새의 눈 속에서 무서운 족쇄의 덫을 탈출하지 못하고 고통의 피로 얼룩진 눈물로 머무르다 가슴을 타고 바위를 구르며 갈 곳을 잃고 추락하는 핏빛방울인 듯 무거웠고 냉기가 몸속에 젖어들었다. 가희는 부, 부르, 부르르, 덜덜덜…… 떨었다. 어느덧 그의 손은 가희의 몸속을 헤집었고 거친 숨소리와 함께 욕정의 핏줄기가 불끈불끈 솟아오른 아랫도리로 가희의 몸속을 파고들었다. 갯 것으로 찌든 역한 냄새를 풍기며 맹수처럼 포효하는 어부의 완력에 가희는 저항했지만 낚시에 걸려 뭍으로 나온 볼락처럼 꿈틀대고 파닥거리고 헐떡거리며 바위 밑 자갈밭으로 힘없이 주저앉았고 쓰러졌다.

어부의 입에서는 갯벌 냄새와 부패한 짱뚱어와 미역 비린내와 숨을 거둔 갯 것들의 역한 냄새가 났다. 이윽고 가희의 배꼽 아래로 어부의 몸에서 분출한 비릿하고 끈끈한 욕망의 액체가 흘렀다. 어부는 더 무겁게 짓눌렀다. 숨이 막혔다.

그 순간, 앞바다에서 배의 엔진 소리가 미미하게 들렸다. 엔진 소리는 이내 격하고 요란스럽게 울렸다. 어부는 엎어진 몸을 곧추세우며 부리나케 바위틈을 빠져나갔다. 가희도 몸을 일으켰다. 물가로 미끄러지면서 내빼는 어부의 모습이 바위틈으로 내다보였다. 어부는 갯가에 매어둔 선줄을 잡아당기며 배를 끌었고 올라탔다. 어부가 닻을 끌어 올리자 어부의 배와 흡사한 배 한 척이 엔진을 끄고 닻을 내렸다. 앞바다에서 그들끼리 웅성거리는 소리가 들렸다. 그러나 어부의 소리는 들리지 않았다. 막 당도한 선원들은 어부에게 말을 거는 듯했다. 어부는 입을 다물었다. 어부의 배는 거친 엔진 소리를 내며 먼 바다로 사라졌고 방금 출몰한 또 한 척의 배는 갯가로 머리를 댔다.

사람들이 배에서 내렸다. 두 사람이었다. 그들도 남자였다. 가희는 바위틈에서 흰 새의 석고상처럼, 발아래의 인어상처럼 검은 바다를 바라보았다. 흐늘대며 휘청거리며 비트적거리며 색욕으로 물든 검은 바다를, 광란의 아우성에도 고통의 신음에도 무심하게 일렁거린 바다를 보았다. 그 바다에서 정체를 알 수 없는 하나가 밀려갔고 정체 모를 또 다른 군상들이 어부가 뿌린 냄샛길 페로몬을 따라 가희 곁으로 쿵쿵대고 뒤뚱거리며 다가왔다. 가희는 바위틈 깊숙이 몸을 구겨 넣었다. 그들은 흰 새의 석고상에 기대어 주위를 두리번거렸다. 이윽고 그들의 소리가 들렸다.

"가희 씨!"

"정가희 씨!"

가희를 부르는 그들의 소리가 동시에 울렸다. 가희는 숨을 죽였다. 그리고 그들은 약속이나 한 듯이 이름을 먼저 불렀고 다음은 성까지 붙여서 불렀다. 알 수 없는 노릇이었다. 낯선 곳에서 앞을 분간할 수 없고 겨우 성별을 구별할 정도의 어둠으로 얼룩진 갯가에서 가희를 부르다니. 가희의 동선을 살피는 미행자이거나 추적자라면 그녀의 이름과 그녀가 지금 불길한 이곳에 고립되어 있다는 사실까지 간파한 나머지 '급습'이거나 '습격'이거나 '구조'이거나 이렇듯 불명확한 단어 중의 하나를 대입할 수 있겠지만 아직은 그들이 이곳에 온 저의와 그들이 누구인지 알 길이 없었다.

'경태일까.'

'민규일까.'

'경태와 민규일까.'

가희는 그들 모두를 머릿속에 상정했지만 그들일 수는 없었다. 경태라면 발을 딛고 있는 이 섬이 태일도와 밀물에 갈라지기도 전에 진입하여 가희를 납치했을 것이 분명해 보였고, 민규는 오늘 아침 태일도를 떠났다. 아니 떠난 것이 틀림없었다. 아침에 민규는 태일도를 떠날 거라며 선착장에 정박한 객선에 몸을 실었고 가희를 바라보며 손을 흔들었다. 그랬으므로 가희가 생각하는 그들은 태일도에 부재중인 것만은 틀림없는 사실이었다. 그러나 이곳에 당도한 그들이 경태와 민규와는 일면식도 없다거나 가희가 바라는 구조의 손길과는 거리가 먼 사람들이라면 가희가 우려한 걱정거리가 또 하나 늘어난 셈이다. 어쩌면 이들은 인터넷상에서 경태가 퍼뜨린 가희의 이름과 그 이름자 위에 벌거벗은 가희의 몸과 정사의 장면을 목격하고, 스스럼없이 이들도 경태처럼 집요한 집착으로 가희에게 다가와서, 좀 전의 어부처럼 욕구를 발산하고 사라질지도 모를 일이었다.

그들은 손전등을 들고 있었다. 흰 새의 석고상에 서서 사방으로 빛을 쏘아댔다. 저편의 바위로, 이편의 갯가와 바위로, 바위 너머의 숲으로 빛을 뿌렸다. 이윽고 그들은 가희가 웅크리고 있는 바위틈으로 빛을 발산했다. 빛에 놀란 가희는 주춤거리며 몸을 더욱 움츠렸다. 그 순간 갯돌 하나가 가희의 발밑에서 소리를 내며 굴렀다.

소리 때문이었을까. 그들은 빛을 쏘아대며 가희가 있는 바위틈으로 더 가까이 다가왔다. 가희는 이미 그들이 쏘아댄 빛에 걸려 있었다. 그들은 바위틈을 비집고 들어왔다. 가희는 얼굴을 가렸다. 그들 중 한 사람이 낮고 굵은 목소리로 말했다.

"가희 씨 맞지라우?"

낯선 목소리였다. 가희는 발밑에서 자갈 하나를 집어 들었다.

"가까이 오지 말아요. 던져 버릴 거예요."

"마을로 갑씨다. 배에 태울라고 왔구만이라우."

가희는 바위틈 깊이 몸을 구겨 넣었다.

"구해 줄라고 왔는디."

"……."

"말 안 해도 좋은께 바위틈에서 언능 나오씨요."

"당신도 못 믿어. 가까이 오지 마."

"하, 참, 나, 원, 여그 있소. 이거 보씨요. 내 이름도 있고 동네 이름도 있고 다 있소."

낯선 남자는 주민등록증을 가희에게 꺼내 보이며 전등을 비췄다.

"금방 어떤 양반이 뭔 짓거리를 하고 핑 달래나갔는지는 안 물으거이께 언능 배에 타씨요. 옷도 젖어 있고, 여그에 혼자 있으면 저체온증으로 큰일 나요. 나쁜 남자들이 또 와서 이상한 짓거리하고 막 그랑께 더 위험해져부요. 나오랑께요, 언능."

가희의 격한 감정이 한층 수그러들었다. 가희에게 말을 걸었던 사람은 손전등을 옆 사람에게 건네며 가희의 팔을 붙들었고 일으켰다. 가희는 그의 손에 이끌려 갯가로 갔다. 배에 올랐다. 가희에게 말을 걸었던 사람은 어둠 속에서 가희에게 위로의 말을 쏟아내곤 했다. 하지만 옆 사람은 입도 벙긋하지 않았다. 어둠 속이었지만 그의 행색이 어떻다는 짐작은 능히 알 수 있었다. 말이 없는 사람은 모자를 썼고 마스크로 입을 가린 채 얼굴을 숙이며 가희의 눈길을 피했다. 배가 마을에 당도했을 때에도 침묵을 지킨 남자는 여전히 입을 닫았다. 그리고 그는 어디론가 사라졌다.

가희는 숙소로 돌아왔다.

신부의 말은 여기까지였다. 이후에 일어난 가희의 행적은 알길이 없다고 말했다. 유라가 말했다.

"태일도 외딴섬에서 가희를 구출하러 온 두 사람 중에 한 사람은 가희 앞에서 아무 말도 하지 않았고 또 말없이 어디론가 사라졌잖아요. 그 사람이 누구일까요?"

"글쎄요. 그 사람에 대해서는 가희도 아는 바가 없다고 하더군요."

유라는 손을 이마에 댔다.

"혹시 주민규가 아닐까요? …… 태일도를 떠난다고 가희에게 말하면서 배를 타는 척하다가 다시 내려서 가희를 주시하고 있었거나 …… 그래서 구조요청도 하고……."

"그랬을 수도 있겠지……."

유라는 화제를 옮겼다.

"가희가 남해안으로 가서 머리도 식히면서…… 자신도 되돌아보고…… 뭔가 마음을 추스리려고 '태일도'라는 섬으로 갔지만 그곳에서도 결국 상처만 입고 소망하는 바가 산산이 으깨지고 말았군요."

"그런 셈이죠. 그 일이 있고 나서 이 근처에 있는 도단집으로 거처를 옮겼지만 여기서도 또 무슨 일이 있었는지 알 수가 없으니……."

유라와 신부는 밤이 이슥하도록 가희를 기다렸다. 가희는 오지 않았다. 도단집을 배회하던 낯선 사람도 보이지 않았다. 유라는 신부와 함께 그곳을 떠났다.

휴대폰이 울렸다. 유라는 전화를 받았다. '리빙투데이'에서 온 전화였다. 기사 마감일이라며 두 번째 기사를 보내달라고 했다. 유라는 원고를 보냈다.

'어느 실종된 여인의 추적기②'

20

호숫가의 길

유라는 죽산으로 차를 몰았다. 도단집 아래 호수를 건너기 위해
서였다. 오후 두 시에 호숫가 낚시터에서 누군가와 만나자는 약속
을 했다. 약속을 한 상대방에 대한 신원은 확인되지 않았다. 상대는
도시에서 만날 것을 요구했지만 유라는 죽산에 있는 도단집에서 만
나자고 제의했다. 유라가 약속장소로 도단집을 제의한 이유는 도단
집에서 비롯된 일 때문이었다. '레인스틱'을 주인에게 돌려주겠다
는 문구를 도단집에 붙여 놓았었다. 남의 물건을 돌려주는 것쯤이
야 가까운 도시에서 주인에게 돌려주면 그만일 것을 들길을 지나고
산길도 넘어서 물길까지 건너며 돌려주려는 데에는 그만한 이유가

있었다. 덫을 놓으려는 작전이었다. 유라는 레인스틱을 돌려주기 위해서 도단집에서 가희가 머물렀다는 방문에 레인스틱이 찍힌 사진과 함께 A4용지에 이 물건의 주인을 찾는다는 문구를 붙여 놓았고, 그로부터 나흘 후에 연락이 왔다. 휴대폰의 문자로 왔다. 보낸 사람은 자신의 신분을 밝히지 않았다. 상대방은 일방적으로 오늘 오후 두 시에 만날 것을 요구했다. 유라는 주민규일거라는 짐작으로 주민규에게 전화를 했고 문자도 보냈지만 받지 않거나 반응이 없었다. 한 시간 후쯤에 연락이 왔다. 문자를 보낸 자는 낯선 여인이었다. 그 여인은 주민규와는 아무런 관련이 없으며 문자를 본 시각에는 버스 정류장에서 버스를 기다리고 있었거나 타고 있었을 거라고 했다. 그래서 주민규라는 자를 알지 못한다고 말했다. 유라의 약속 상대는 전화를 받는 여인이 아니라는 사실이 분명해졌다.

유라는 약속시간보다 일찍 호수를 건넜고 도단집에 들렀다. 며칠 사이에 가희에 대한 소식이 궁금했기 때문이었다. 도단집의 노파는 가희에 대한 어떠한 소식이나 근황을 알 수 없다고 말했다. 그러나 백주 대낮에 남새밭이나 울타리 너머에서 마스크를 쓴 남자나 가면을 쓴 남자가 도단집을 엿보거나 기웃거린 모습을 목격했다고 했다.

유라는 약속장소인 호수의 낚시터로 갔다. 두 시가 가까운 시각이었다. 선그라스를 끼고 모자를 눌러쓴 남자가 유라가 있는 낚시터로 다가왔다. 좀 전에 호수 저편에서 배를 타고 유라가 앉아 있는 쪽에서 내린 자가 있었는데 그 남자였다. 붉은 자켓의 등산복 차림이었고 누런 배낭을 메고 있었다. 그는 유라와의 거리가 좁혀지자 주머니에서 파란 마스크를 꺼냈고 입을 가렸다. 남자는 유라가 앉은 곳으로 왔다.

"어!"

유라를 본 순간, 남자는 외마디 소리를 지르며 얼음처럼 굳어버렸다.

"나를 아세요?"

남자는 머리를 끄덕였다.

"주민규 씨?"

남자는 선그라스와 마스크를 벗었다. 주민규였다. 유라는 주민규일거라는 짐작을 하고 있는 터였지만 그가 이곳까지 와서 레인스틱을 돌려받으려는 절실함에 적이 놀랐다.

"앉아서 얘기해요."

주민규가 유라 옆에 앉았다. 유라는 기사가 난 '리빙투데이' 두 권을 가방에서 꺼내들고 자신이 쓴 기사를 펼쳤다.

"가희에 관한 기삽니다. ……민규 씨도 나와 있구요. 지금 읽어보세요. ……얘기는 읽고 나서 하죠."

유라는 주민규에게 책을 건넸다. 주민규는 기사를 읽기 시작했다. 기사를 읽는 내내 주민규는 몸을 움찔거리거나 인상을 구겼다.

"대충 이, 일, 읽었습니다."

유라 앞에서 주민규는 예나 지금이나 말을 더듬었다. 유라가 말했다.

"레인스틱 내가 가지고 있으면 안 되나요?"

"아, 안 돼요. 진짜, 피 필요해요."

"본인 때문인가요, 가희 때문인가요? 가희는 지금 어디에 있죠?"

주민규는 입을 다물었다.

"가희의 행방을 알고 있군요."

유라가 말을 이었다.

"레인스틱, 가희 꺼라서 가져가서 간직하겠다는 의도인가요? 아니면……."

"도, 돌려줄 거예요."

유라는 눈을 크게 떴다.

"함께 가요, 우리. 레인스틱도 돌려주고, 어서요."

주민규는 머리를 가로저었다.

"레인스틱 어, 어, 어디 있어요?"

유라는 가방을 열었다.

"여기 있어요."

유라는 가방에 든 레인스틱을 가리키며 지퍼를 잠갔다. 그때였다. 주민규가 가희의 가방을 낚아채며 멀찌감치 달아났다. 주민규는 낚아챈 가방에서 레인스틱을 꺼냈다. 그는 그 자리에 가방을 내팽개치고 레인스틱만 손에 든 채 도단집 쪽으로 줄행랑을 놓았다. 유라는 주민규가 버린 가방을 주워들고 그가 달아난 곳으로 달렸다. 도단집 가까이에 다다랐을 때 주민규는 도단집 뒤쪽에 난 남새밭 너머의 산길로 내빼고 말았다. 유라는 그가 모습을 감춘 산길을 따라 허리를 굽히며 슬금슬금 올랐다. 주민규의 붉은 자켓과 배낭이 눈에 들어왔다. 소나무 사이의 가는 길에서 숲길로 접어들자 주민규는 뒤를 돌아보았다. 유라는 길섶의 숲으로 납작 엎드렸다. 그는 한참 동안 유라가 있는 쪽을 주시했다. 유라는 풀숲에 머리를 조아렸다. 주민규는 다시 산으로 올랐다. 중턱에 이르렀을 때 또 뒤를 보았다. 주민규는 다시 걸었다. 그는 산기슭으로 내려갔다. 길이 아니었다. 숲이었다. 그는 풀숲과 소나무 숲, 칡넝쿨이 얽힌 숲을 헤치며 내려갔다. 유라도 그를 따라갔다. 아래쪽으로 얼마쯤 내려가자 도단집 앞의 호수가 한눈에 들어왔다. 유라가 서 있는 오른쪽 아래는 도단집이었다. 주민규는 다시 뒤를 주시했다. 유라는 몸을 낮추었다. 그가 서 있는 부근에 집이 하나 있었다. 황토색 지붕에 벽면도 황톳빛의 목재로 지어진 집이었다. 유럽의 어느 집을 옮겨 놓은 듯했다. 주민규는 그 집에 이르자 멈칫거리며 사위를 두리번거렸다. 그런 후 그는 집을 향해 달렸다. 현관문을 열었다. 들어갔다. 닫아버렸다. 유라는 주민규가 집 앞에서 두리번거리는 모습과 현관문을 열고 들어가는 일련의 동작들을 휴대폰에 모두 담았다. 집도 찍었다. 집에는 현판이 달려 있었다.

'누리빛'

펜션이었다.

유라는 문밖의 담벼락에서 주민규가 나오기만을 기다렸다. 그러나 그는 나오지 않았다. 휴대전화를 눌렀다. 받지 않았다. 끊고 기다렸다. 마냥 기다렸다. 저물녘이었다. 현관문이 열렸다. 유라는 담벼락에 몸을 바짝 기대며 열린 현관문을 바라보았다. 그가 나왔다. 나오면서 문을 닫았다. 그의 손에는 부삽이 들려 있었다. 부삽을 든 그는 집을 벗어났고 오름길을 따라 산으로 올랐다. 길을 따라 걷던 주민규는 길을 벗어났고 풀숲으로 향했다. 얼마를 더 간 그는 부삽을 풀숲에 던져놓고 바위에 걸터앉았다. 그리고는 엉덩이를 들썩이며 두리번거렸다. 누군가를 기다리는지 경계하는지는 알 수 없었지만 그는 바위 주변과 풀숲, 나무와 하늘을 향해 눈을 치뜨거나 내려뜨는 동작을 반복하였다.

이윽고 일어섰다. 엉덩이를 털었다. 털어내며 풀숲으로 갔다. 허리를 숙였다. 부삽을 손에 드는가싶더니 그는 모습을 감추고 말았다. 풀숲에 숨어서 내내 주민규를 지켜보던 유라는 목을 길게 빼며 주민규가 사라진 곳으로 눈동자를 부지런히 굴렸다. 그러나 그는 여전히 시야에 들어오지 않았다. 그가 아래쪽으로 구르거나 뛰어내린 것을 본적이 없는데 감쪽같이 사라진 연유를 알길이 없었다. 유라는 그가 사라진 곳으로 꿈지럭대며 발걸음을 옮겼고 눈을 떼지 않았다. 그는 볼 수 없었다. 소리를 죽이며 그곳 가까이 이르자 소리가 났다.

짜글짜글……

푹푹, 푸스럭……

삽으로 흙을 파는 듯하고 바위를 깨뜨리는 듯한 격한 파열음이 울렸다. 흙덩이가 공중으로 날아올랐고 풀숲에 떨어졌다. 그가 땅을 파고 있는 것이 분명해보였다. 그는 보이지 않았지만 그가 자신의 키보다 더 깊숙한 흙 속에서 흙을 퍼내고 있는 모습이 유라의 뇌리를 스쳤다. 유라는 솟구쳐 오르는 흙덩이와 자갈을 마냥 응시했다.

주민규가 땅을 파대는 일련의 동작이 멈춘 때는 햇빛이 사라지고 달빛이 분명해진 때였다. 시간이 더 흐르면 유라는 미로 속에서 길을 잃고 어둠의 그늘에서 헤어나지 못할 것만 같았다. 주민규는 풀잎을 잡고 땅 위로 올랐다. 옷을 털었고 삽을 들었다. 그러고 나서 그는 산 아래로 내려갔다. 그의 모습이 시야에서 사라지자 유라는 좀 전에 왔던 길로 올랐다. 산길을 걸었고 주민규가 머물고 있는 '누리빛'이라는 이름의 펜션으로 뛰거나 잰걸음을 했다. 어두운 산길의 공포감 때문이기도 했지만 펜션으로 가는 지름길로 그가 향했을 거라는 짐작 때문이었다. 유라는 그가 펜션에 도착하기 전에 펜션 근처의 담벼락에 기대어 그가 들어가는 모습을 지켜보고자 했다. 유라가 거친 숨을 몰아쉬며 펜션의 현관문을 기웃거리고 있을 때 펜션 입구의 불빛 속으로 삽을 든 주민규가 모습을 드러냈다. 그는 펜션의 현관문을 열었다. 안에서 불빛이 새어 나왔다. 그가 빛 속으로 들어갔다. 그리고 문이 닫혔다. 유라는 그가 들어간 펜션의 현관으로 갔다. 현관문에 귀를 댔다. 안에서 물 흐르는 소리가 연거푸 들렸다. 빗방울 소리 같기도 했다. 레인스틱을 흔들어대는 걸까. 이윽고 소리가 멎었다. 그리고 한동안 아무 소리도 들리지 않았다. 유라는 그곳을 벗어났고 도단집으로 갔다.

도단집에서 하룻밤을 보냈다. 유라는 도단집 노파에게 쪽지 하나를 건네고 신부에게 문자를 보낸 후 아침녘에 산으로 갔다. 주민규가 흙을 퍼 올렸던 곳이 궁금했기 때문이다. 숲으로 갔다. 어제 주민규가 걸터앉았던 바위가 보였다. 바위로 갔다. 바위 앞은 숲이었다. 숲속을 보았다. 구덩이가 있었다. 널따란 황토색 구덩이였다. 유라의 키보다 더 깊었고 몸집보다 두세 배는 더 넓어 보였다. 멧돼지의 덫이라면 제격일 듯싶었다. 그러나 주민규의 거동으로 볼 때 단순하게 짐승의 덫으로 여길 수만은 없을 것 같았고 헤아릴 수 없는 비밀이 숨어 있을지도 모른다는 예감이 밀려왔다. 구덩이에는 내려가는 계단이 있었다. 유라는 계단을 밟고 구덩이 속으로 들어갔다. 바닥은 평평하게 다져 있었다. 습기가 있었지만 질퍽거리지 않았다. 유라는 구덩이에 누웠다. 사방을 보았다. 사방에는 풀이 없었다. 나무도 없었다. 곤충도 없었고 숲도 없었다. 생명체는 존재하지 않았다. 오직 흙벽이었다. 그리고 시야를 점령한 것은 하늘이었다. 하늘에는 뭉게구름이 떠 있었고 구름은 금방이라도 빗물이 되어 구덩이에 가득 담길 것만 같았다.

유라는 눈을 감았다. 눈을 감고 죽음에 이르는 환상을 보았다. 무덤이었다. 온몸이 빗물에 젖었다. 뭉게구름은 저편 하늘로 사라졌고 빛이 들어왔다. 그리고 이내 빛은 가물거렸다. 바람이 불었다. 흙먼지가 바람에 날렸다. 먼지는 이마로 뺨으로 목덜미로 가슴으로 날아왔고 가득 쌓였다. 밤이 왔다. 어둠이 스며들었다. 온몸이 검게 그을렸다. 몸은 이내 흙 속으로 산산이 부서지며 흩어졌다.

유라는 죽음의 환상에서 깨어났다. 눈을 떴다. 눈가에 눈물이 맺혀 있었다. 구덩이에서 빠져나왔다. 다시 구덩이를 바라보았다. 사위스러웠다.

무덤일까. 누구를 위한 무덤일까. 덫일까. 무엇의 덫일까. 누구의 덫일까. 죽음, 어둠, 덫. 유라는 강을 건너고 구름도 넘어서 아득한 저편에 자리한 피안의 세계만을 떠올리며 그곳을 벗어났다.

유라는 곧장 '누리빛' 펜션으로 갔다. 펜션 현관에서 한참을 기웃거렸다. 소리가 새어 나오지 않았다. 민규에게 전화를 걸었다. 신호가 갔다. 그는 받지 않았다. 초인종을 눌렀다. 반응이 없었다. 두드렸다. 대답이 없었다. 말없이 눌렀고 두드리기를 반복했다. 기척도 없었다. 유라는 현관문에 기대며 주저앉았다. 지겹도록 앉아 있었다. 빗방울 떨어지는 소리가 들렸다. 양철판 위에 콩알 구르는 소리가 났다. 파도에 밀리는 자갈 소리가 났다. 유라는 하늘을 보았다. 구름 몇 점이 떠가고 있었지만 빗방울이 떨어질 것 같지는 않았다. 펜션의 지붕을 올려다보았다. 구르는 건 아무것도 없었다. 고개를 갸우뚱거린 유라는 현관문에 귀를 댔다. 소리가 났다. 낯익은 소리였다. 유라는 머리를 끄덕였다. 레인스틱. 안에서 주민규이거나 주민규와 관련된 누군가가 레인스틱을 흔들어대고 있는 모습이 떠올랐다. 유라는 귀를 기울였다. 목소리도 새어 나왔다. 남녀의 소리였다. 여자가 말했다. "갈 거야." 남자가 대답했다. "갈 수 없어." 다시 여자가 대답했다. "나갈 거야." 남자가 말했다. "나갈 수 없어." 그리고 노래가 흘렀다.

천년이 가도 난 너를 잊을 수 없어
사랑했기 때문에……

텔레비전에서 흘러나오는 소리 같기도 했다. 그러나 음악을 제외한 남녀의 대화는 연기자들의 대화로 보기에는 투박했고 음향기기에서 뿜어져 나오는 소리로 여기기에는 너무 생생했다. 남녀가 현관이나 거실에서 언쟁을 벌이는 듯했다. 그들의 목소리는 이내 사라졌다. 내용을 알 수 없는 미미한 소리가 연이어 들렸다. 유라는 다시 초인종을 눌렀다. 반응이 없었다. 재차 눌렀다. 안에서 들렸던 잡음 소리가 멎었다. 또 눌렀다. 아무 소리도 들리지 않았다. 문을 연방 두드렸다. 반응이 없기는 마찬가지였다. 유라는 기침을 두어 번 토해내며 목소리를 가다듬었다. 그리고 문틈에 대고 소리쳤다.
"주민규 씨!"
"……"
"주민규 씨 문 좀 열어줘요."
"……"

"나 유라예요. 여기 있는 것 알고 왔으니까 문 좀 열어 봐요."

"……."

안에서는 여전히 침묵이었다. 유라가 또 말했다.

"다 알고 왔어요. 숨어 있다고 해서 일이 해결되는 건 아니잖아요? 어서 문 열어 주세요."

유라는 그렇게 말했지만 문을 열게 하기 위한 방책일 따름이었다. 계속된 유라의 꼬드김과 협박 때문이었을까 현관문이 열렸다. 주민규였다. 그는 문고리를 잡은 채 흐릿한 눈으로 유라를 바라보다가 문을 열어 두고 안으로 들어갔다. 현관에 들어선 유라는 흰 운동화가 눈에 들어왔다. 운동화에는 흙이 묻어 있었고 풀잎 나부랭이가 신발코에 묻어 있었다. 예전에 유라가 주민규의 옥탑방에 들렀을 때 보았던 운동화와 같은 모양과 색이었다. 그때도 운동화에는 흙이 묻어 있었고 풀잎이 신발코에 얹혀 있었다. 현관에 나와 있는 신발은 한 켤레였다. 유라는 안으로 들어갔다. 주민규는 유라의 눈을 피하며 소파에 앉았다. 거실에는 텔레비전이 켜져 있었다. 드라마가 방영되고 있었다. 처음 보는 드라마였다. 유라는 식탁에 놓인 의자 하나를 끌어다가 소파 쪽으로 갔고 의자에 앉았다. 주민규는 리모콘으로 텔레비전의 볼륨을 더 높였다. 주민규는 말없이 머리를 숙였다. 소파의 구석진 곳에는 레인스틱이 있었다. 유라가 어제 주민규에게 빼앗긴 레인스틱이었다. 유라는 레인스틱을 바라보다가 주민규의 얼굴을 노려보았지만 그는 여전히 유라의 시선을 피했다. 둘은 한동안 말이 없었다.

"어제 준 책 읽어 봤죠?"

유라가 대뜸 말을 꺼냈다. 주민규가 머리를 끄덕였다.

"가희는 항상 주민규 씨 지근거리에 있었어요. ……가희는 어디 있죠?"

그는 머리를 가로저었다.

"여기 와 있는 이유가 뭔가요? 왜 하필 가희가 머물렀던 도단집 가까운 펜션에 있는지 그 이유나 좀 들어 봅시다."

주민규는 입을 열지 않았다. 유라가 언성을 높였다.

"가희 때문이 아닌가요? 어제 레인스틱도 낚아채서 달아나버리고…… 가희가 시켰나요? 아니면 가희를 위해서인가요?"

그는 묵묵부답이었다. 유라는 답답할 뿐이었다.

"왜 말을 안 하죠? 사람을 부를까요, 아니면 경찰을 불러요? 가희는 지금 공개수배 중이에요. 부모님이 찾고 난리가 났어요. 아는 대로 빨리 말해 주세요. 시간을 지체하면 주민규 씨만 곤란해져요."

주민규는 그제야 입술을 열었다.

"모, 모, 모릅니다. 나도 가,가,가, 가희를 찾고 있습니다."

주민규의 목소리가 심하게 떨렸다.

"어디까지 알고 있는지 사실대로 말해 보세요."

"비, 비이, 미이일, 비,밀,수첩에 나와 있는 게 저, 전부예요."

그 순간 방안에서 우우욱…… 대는 소리가 들렸다. 유라는 눈을 크게 뜨며 주민규를 노려보았다.

"저쪽에서 소리가 들리네?"

주민규는 텔레비전 볼륨을 더 높였다.

"테,테,테, 텔레비전에서 나는 소,소,소, 소리예요."

주민규의 목소리가 더 떨렸다. 유라는 소리 나는 방으로 잽싸게 달렸다. 문고리를 비틀었다. 열리지 않았다. 문밖에는 자물쇠 하나

가 걸려 있었다. 방문을 두드렸다. 주민규가 달려왔다. 그는 유라의
팔을 비틀었다.

어,어,어……

유라는 고통스런 소리를 냈다. 주민규는 유라를 끌고 옆방으로
갔다. 그러고는 침대 쪽으로 유라를 밀었다. 주민규는 문에 기대어
앉았다. 유라는 침대에 걸터앉았다.

"지금 말하세요. 말하지 않으면 사람들이 달려옵니다. 가희 씨 부
모님도 오고 경찰도 올 거예요. 지금 나에게 말해야 그들을 설득할
수 있고 주민규 씨도 안전할 수 있어요. 시간 없어요. 빨리!"

주민규가 눈에 힘을 주었다.

"지,지,지, 진짜 나도 모르는 이,이, 일이에요."

"근데 왜 나를 이 방으로 끌고 온 거죠? ……저 방에 누가 있죠?"

"없어요."

"저 아래 호수에서 낚시하는 사람들이 당신을 의심하고 있어요.
웬 낯선 사람이 어스름 밤에 산에서 땅을 파다가 펜션으로 내려온
다고. 나도 그들에게 들어서 주민규 씨가 팠다는 구덩이도 보고 왔
어요. 그런데도 시치미 뗄 건가요?"

유라는 근거도 없는 낚시꾼들을 동원해서 주민규를 몰아붙였다.

"아, 아니, 여,여, 여긴 아무도 없다는데 도대체 나,나, 나보고 어
떡하라는 거예요? 나도 가희를 차,차, 찾고 있다구요."

"그럼 저 방 문 좀 열어봐요."

"저 방에는 내 소,소, 속옷 빨래가 마르고 있어요. 잘 마르라고
무,무우, 문을 열어 놓았는데 바,바,바, 바람 소리가 났던 거예요."

주민규의 말이 끝나는 순간 또 문 두드리는 소리가 났다. 연방 울

렸다. 소리는 점점 강도를 더해갔다. 유라는 소리에 귀를 기울이며 주민규의 얼굴을 뚫어지게 바라보았다.

"주민규 씨, 옆방에서 나는 소리인데요."

주민규는 방문을 박차고 나갔다. 소리 나는 방으로 갔다. 그는 문을 여는가 싶더니 어느새 방안으로 들어갔고 안에서 잠가 버렸다. 안에서 소리가 났다.

우우우욱……

유라는 휴대폰의 카메라를 켜두고 문이 열리기만을 기다렸다. 주민규가 문을 열었다. 그 순간 유라는 사진을 찍었다. 주민규는 문을 닫고 자물통을 잠갔다. 주민규는 유라의 휴대폰을 빼앗아 '갤러리'로 들어갔다. 확인을 끝낸 주민규는 휴대폰을 돌려주었다. 휴대폰을 받아든 유라는 메뉴를 눌렀고 갤러리로 갔다. 빈방이 나왔다. 옷장이 있었고 방바닥만 찍혀 있었다.

유라는 소파로 갔다. 주민규는 텔레비전 앞에서 우두커니 서 있었다.

"방안에 누가 있죠? 헐떡거리고 있잖아요?"

"고야야양이, 고 고양이가 있어요."

"고양이가 왜요? 고양이가 사람을 물기라도 하나요?"

"너무 더러워서."

"그래요? 그럼 내가 씻어 줄게요. 꺼내오세요."

주민규는 손사래를 쳤다.

"솔직히 말해 보세요. 방안에 누가 있죠?"

주민규가 악을 쓰며 목소리를 높였다.

"어, 없어요! 없다니까!"

유라는 움찔거렸고 몸을 웅크렸다. 전에 없는 주민규의 목소리에 놀랐기 때문이다. 잠깐 동안 그들은 아무 말도 하지 않았다. 유라가 말했다.

"텔레비전 좀 끕시다. 아니면 볼륨을 낮추든지."

주민규는 끄거나 줄이기는커녕 리모컨을 바지 주머니에 넣어버렸다.

"시끄럽잖아요."

주민규는 딴전을 부리며 유라를 응시했다.

"나, 나가세요. 나가지 않으면 끄, 끌어내든지 경찰에 신고할 거예요."

"경찰에 신고하세요. 어서요."

그들은 또 한동안 말을 하지 않았다. 방에서 또 문 두드리는 소리가 났다. 주민규는 유라의 얼굴을 황망히 바라보았다. 유라는 주민규의 얼굴과 방을 번갈아 보았다. 방에서는 장롱이 부서지는 소리가 들리는가 싶더니 방문이 부서질 듯 격한 소리가 났다. 그리고 문이 열렸다. 열린 문틈으로 다리가 불쑥 튀어나왔다. 가늘었다. 유라는 방으로 달렸다. 여자였다. 여자가 문밖으로 튀어나왔다. 양손은 포승줄에 묶여 있었고 입에는 청테이프가 발려 있었다. 방안을 들여다보았다. 줄이 끊어져 있었다. 끊긴 줄은 쇠창살에 묶여 있었다. 유라는 입술을 봉한 테이프를 뜯어냈다. 묶인 손도 풀었다. 여자는 한숨을 토해내며 방문 앞에 주저앉았다. 여자는 아무 말도 하지 않았다.

유라가 여자에게 말을 시켰다.

"가희 씨, 가희 씨 맞죠?"

여자는 경계의 눈빛으로 유라를 바라보았고 몸을 움츠렸다.

"제 이름을 어떻게 아셨어요? 설마 페이스 북에서, 아니면 카톡에? 경태 홈페이지에 들어갔나요? 흐흐흐, 음란사이트에서 절 보셨군요. 그랬죠?"

여자는 울먹거리며 불안한 표정을 지었다.

"그렇지 않았어요. 안심하세요. 가희 씨가 맞군요. 그렇죠?"

여자는 머리를 끄덕였다. 유라는 주민규 쪽을 가리켰다.

"저분한테 들었어요."

그러고 나서 유라는 주민규를 쏘아 보았다. 주민규는 유라의 눈을 피하며 애써 태연한 표정을 지었다. 유라가 말했다.

"난 유라라고 해요. 가희 씨를 찾으러 왔어요."

가희는 말이 없었다.

유라는 소파에 놓인 레인스틱을 집어 들었다.

"이거 가희 씨 꺼 맞죠?"

가희는 고개를 끄덕였다. 유라가 주민규에게 눈을 주었다. 그에게 다가갔다. 그를 노려보았다.

"이런 나쁜 사람, 물건도 훔치고 정신도 훔치고 몸까지 감금하다니!"

말이 끝남과 동시에 유라는 주민규의 뺨을 후려쳤다. 주민규는 머쓱한 표정을 지을 뿐이었다.

가희가 풀이 죽은 목소리로 말했다.

"저 물 좀 주실래요?"

유라기 냉장고에서 물병을 써내 가희에게 건넸다. 가희는 물을 벌컥벌컥 들이켰다. 잠시 후 가희가 유라에게 말했다.

"나, 집에 가야겠어요. 가야 되는데, 저놈이 나를 붙잡아 두고, 가두고, 묶고, 그러면서 나를 놓아 주질 않아요. 나를 죽이려고 해요. 누군지는 잘 모르지만 좀 도와주세요."

유라는 놀란 표정을 지었다.

"죽여요? 왜요."

"예. 죽인다고 했어요. ……오늘 죽일지 내일 죽일지 몰라요. ……나를 죽이려고 ……산으로 무덤까지 파러 다녔어요."

주민규가 게슴츠레한 눈을 했다. 유라는 주민규가 판 구덩이가 떠올랐다. 갑자기 소름이 돋았다. 구덩이에 누워 죽음의 환영을 느꼈지만 그건 환영일 뿐 현실은 환영에서 아른거리는 것과는 딴판일 거라며 독백을 했다. 그러나 가희의 말대로 그가 살인을 저지르려는 의도였다면 유라 역시 묻지마 살인을 당할지도 모른다는 생각에 온몸이 굳어버렸고 입술도 닫혔다. 가희의 말을 듣는 순간부터 유라는 경계심 어린 눈으로 주민규를 힐끗힐끗 보았다. 어쩌면 만사를 내려놓고 이 공간을 탈출하는 것만이 최선일지도 모른다는 생각이 켜켜이 쌓였다. 그가 유라에게 접근할 때부터 유라를 해하기 위한, 아니 살의가 내포되어 있을 거라는 생각도 뽀짝뽀짝 파고들었다.

가희가 몸을 꼼지락거렸다. 꿈틀거렸다. 다리를 오므렸다가 펴기를 반복했다. 머리를 추스렸다. 그러고 나서 엉덩이를 거실 바닥에 부비며 현관 쪽으로 뻠뻠이 다가갔다. 문턱에 이르자 그녀는 신발을 집어 들었다. 그러자 주민규가 가희 쪽으로 걸음을 옮겼다. 가희는 주민규가 다가오자 신발을 들고 부리나케 현관문을 열었고 밖으로 도망쳤다. 주민규도 맨발로 잽싸게 나갔다. 주민규는 빠져나간 가희를 뒤쫓는가 싶더니 이내 가희의 팔을 붙잡고 안으로 들어왔다. 끌려온 가희는 악을 써대기는커녕 입도 벙긋하지 않았다. 주민규는 가희를 소파에 앉혀두고 현관문을 잠갔다. 주민규는 현관 쪽의 거실에 앉았다. 그들은 그렇게 마냥 앉아만 있었다. 그들의 행동을 지켜본 유라는 그들이 이미 이런 일에 꽤 익숙해져 있다는 느낌이 들었다. 지금은 유라가 그들 사이를 비집고 들어간 것이나 다름없으므로 가희의 입장에서는 지금이 펜션을 탈출할 유일한 기회로 삼을 것이라는 것, 반대로 주민규는 벽을 구축하기 위해 완강하고 예민한 반응을 나타낼 것이 분명해 보였다.

가희가 텔레비전을 껐다. 완전한 침묵이었다. 그들에게 말을 걸지 않으면 무겁게 가라앉은 무언의 분위기가 지속될 것만 같았다.

"사람을 왜 죽이려고 합니까? 그리고 왜 감금하고 있는 거죠?"

유라가 주민규에게 말했다. 그는 대답이 없었다.

"이럴수록 죄는 더 무거워지고 벌을 피할 수 없다는 사실을 모르는 바는 아닐 테고…… 두 사람 사이에 대체 무슨 일이 있는지 말 좀 해 보세요."

이윽고 주민규가 말문을 열었다.

"가희는 여기서 나가면 죽게 됩니다."

말투가 사뭇 진지했고 더듬거리지도 않았다. 주민규가 창을 가리키며 말했다.

"저 호수를 건너면 가희가 죽는다고 했어요."

"누가 죽이나요?"

"자살해 버릴 거예요. 누가 죽일 수도 있고……."

유라와 주민규의 말을 듣고 있던 가희가 눈에 잔뜩 힘을 주며 주민규를 쏘아보았다.

"호수를 건너도 자살 안 한다고 내가 말했잖아! 백 번 천 번이 나……."

"맨 첨에 말했잖아, 죽어버릴 거라고. 도단집 노부부가 너무 좋고 아름다워서 여기서는 죽을 수 없고 호수 건너 도시에서 죽어야겠다고. 도시에서 입은 상처는 도시에서 마감할 거라고."

"지금은 아니야. 도시로 나가도 난 안 죽어. 안 죽는다고! 제발 나를 놔 달라고!"

유라가 주민규를 똑바로 쳐다보았다.

"가희 씨를 막지 말아요. 밖으로 내 보네세요."

"지금, 거짓말하고 있는 거예요. 저 호수를 건너면 죽어버릴 거예요."

어찌된 일인지 주민규의 더듬거리는 말투는 사라졌고 강했다.

유라가 가희에게 물었다.

"지금 여기를 벗어나면 죽게 되나요?"

"아니요. 제가 왜 죽어요. 여기에 갇혀 있으면 정말 저 사람한테 죽을지도 몰라요."

"두 사람은 지금 어떤 사이예요?"

주민규가 끼어들었다.

"결혼할 사입니다."

가희가 코웃음을 쳤다.

"결혼? 지나가는 개가 웃겠다. 허허허…… 아무 관계도 없어요. 태일도에서 내가 마지막이 될지도 몰라서 그 전에 하룻밤 몸을 저 사람한테 허락한 것밖에는 아무것도 없어요. 저 사람은 스토커고 도둑놈이에요. 내가 가는 곳마다 거머리처럼 따라 붙는 스토커. 내

속옷도 훔쳐갔을 거고, 내가 가지고 있는 레인스틱도 저놈이 훔쳤어요. 그래서 내가 저 사람한테 벗어나려는데, 저 사람이 그래요. 저호수를 건너서 죽을 바에는 차라리 여기서 함께 죽자고. 그래서 밤마다 산으로 올라가서 두 사람이 묻힐 무덤을 파러 다닌 거고……무서워요. 언니라고 불러도 되죠?"

유라가 머리를 끄덕였다.

"유라 언니 날 좀 도와주세요."

유라는 가희의 등을 토닥였다.

"가희 씨, 경태라는 남자 알죠?"

"그놈은 또 어떻게 아시죠?"

"저분한테 들었어요."

가희는 실눈을 뜨며 주민규를 바라보았다. 유라가 가희에게 물었다.

"단도직입적으로 묻죠. 경태라는 사람과 결혼했나요?"

허허허.

가희가 허탈한 웃음을 흘렸다.

"결혼? 그놈은 저놈보다 더 나쁜 놈이에요. 그놈도 스토커예요. 더 악랄한 스토커. 내가 그놈하고 결혼한 사실이 없는데 결혼했다고 사기극을 벌인 놈. 내가 교통사고로 정신을 깜빡 잃고 얼마 동안 사고 난 상황을 기억하지 못했을 때 꽃다발을 들고 와서는 하지도 않은 결혼을 했다고 뺑친 놈이에요. 그놈은 이제 나를 보면 죽여 버릴지도 몰라요. 언니 무서워요."

유라가 주민규를 쳐다보았다.

"경태라는 사람은 가희 씨하고 결혼했다고 하고 주민규 씨는 가희 씨와 결혼할 사이라고 하고, 주민규 씨는 경태라는 분하고 친구 사인 걸로 아는데 만일 경태라는 분하고 가희 씨하고 결혼한 사이라고 한다면 주민규 씨는 친구의 아내를 빼앗는 거나 다름없군요."

민규가 머리를 좌우로 흔들었다.

"다 거짓이에요."

"다?"

"경태가 결혼했다는 거."

"그걸 어떻게 알죠?"

"나를 협박했어요."

"협박?"

"예, 가희하고 경태하고 나하고 남해안으로 여행을 떠나던 길이었어요. 여행지에 도착하기 전에 고속도로에서 화물차가 우리 차를 추돌하는 바람에 우리가 탄 차가 언덕 아래로 미끄러졌어요. 나하고 경태는 가벼운 부상만 입었는데, 가희는 머리를 다쳐서 기절하고 말았지요. 그 사고로 가희는 당시에 있었던 일하고 최근의 일을 기억하지 못했어요. 그땐 그랬어요. 그런데 지금은 아니에요. 이것도 기억나고 저것도 알고 있고, 대부분 아는 것 같아요."

"그래서 경태가 어떤 협박을 했죠?"

"가희의 기억력을 이용했어요. 하지도 않은 결혼을 가희하고 결혼했다고 하면서, 인터넷 카페에 올리고 페이스 북에 가짜 결혼사진 올리고, 스마트폰으로 여기저기 사진도 보내고 문자도 보내고 그랬어요. 내가 헛소릴 지껄이면 나를 죽여 버리겠다고. 굿이나 보고 떡이나 먹으라고. 보고 먹었으면 자기 앞에서 꺼지라고 했어요. 그 이후로 나는 경태를 피해 다녔고 경태는 나에게도 결혼사진이며 야한사진을 뻔질나게 보냈어요. 얼마 전부터는 맘이 변했는지 더 노골적으로 섹스 얘기만 하고 가희를 미친년, 잡년, 뭔 땡땡년 해대면서 인터넷에 막 올리고 뿌리고 붙이고 그랬어요."

주민규가 말을 그치자 가희가 벌떡 일어서며 주민규에게 돌진했고 정강이를 걷어찼다.

"개자식들! 나는 그런 줄도 모르고, 그런 줄도 모르고, 그런 줄도
……"

가희는 같은 말을 반복하며 눈물을 흘렸다. 울었다. 또 울었다. 바닥만 쳐다보며 울었다. 그들은 서로의 눈길을 피했다. 고개를 숙이며 눈앞의 바닥만 멍하게 바라보았다. 유라가 말했다.

"그만 울어요. 나중에 실컷 울어요. 가희 씨는 안심하셔도 됩니다. 이 집에서 편한 걸음으로 나갈 수 있어요. 주민규 저분이 걱정이에요. 지금이라도 저분이 가희 씨를 놓아주고 곁을 떠난다면 저분을 용서하겠는지요?"

가희가 가볍게 머리를 끄덕였다. 유라가 차분하게 말했다.

"주민규 씨, 혹시 태일도에서 밤에 배를 타고 가희 씨를 구출하지 않았나요?"

주민규는 머리를 끄덕였다.

"이제 여기서 떠나세요. 당장 떠나야 합니다. 시간을 지체하면 곤란해집니다. 지금까지 있었던 일은 무마할 수 있으니 지금 떠나세요, 당장."

주민규가 즉각 반응했다.

"못 떠납니다. 내가 떠나면 가희는 죽습니다. 저 호수를 건너면 죽을 거예요. 도시로 가면 죽어버릴 거라고 말했어요. 그럴 바엔 차

라리 여기서 함께 죽을 거예요."

유라가 표정을 일그러뜨리며 목소리를 높였다.

"답답한 사람아, 이러고 있다간 경찰이 들이닥칠지도 몰라요. 그
땐 나도 가희 씨도 당신을 구제하는데 손을 쓸 수 없게 돼요. 아시
겠어요? 빨리 나가요, 어서."

그럼에도 주민규는 꿈쩍도 하지 않았다. 잠시 후였다. 초인종 소
리가 났다. 유라가 모니터의 수화기를 들었다. 문밖에서 가면을 쓴
남자가 서 있었다.

"누구세요?"

대답이 없었다.

"누구신데 초인종을 눌러 놓고 말을 하지 않은 거죠?"

밖에서 소리를 냈다.

"누구를 좀 만나러 왔어요."

"누굴 만나실건데요."

"문을 열어보시면 알겁니다."

"말씀하시기 전에는 열 수 없습니다."

바깥의 남자는 헛기침을 두어 번 했다.

"내 마누라를 만나러 왔어요."

"마누라라니요. 마누라 이름이 뭔가요?"

"가희요."

"가희요?"

유라가 가희를 쳐다보았다. 순간 가희는 몸을 떨었다. 밖에서는
초인종을 연방 눌러댔다. 유라가 수화기 저편으로 말했다.

"무섭네요. 가면을 벗어보세요."

문밖의 남자는 주저하더니 가면을 벗었다. 유라가 가희에게 가까이 오라는 손짓을 했다. 주민규와 가희가 모니터 가까이 다가왔다. 남자를 보았다. 가희는 그를 본 순간 바닥에 주저앉고 말았다. 주민규도 초조한 얼굴로 사방을 두리번거렸다. 유라는 수화기를 걸어놓았다. 모니터의 화면이 꺼졌다. 유라가 그들에게 물었다.

"누구죠?"

"경태요."

가희와 주민규가 동시에 대답했다. 밖에서 문을 걷어차는 소리가 났다. 유라가 휴대전화를 꺼냈다. 문자가 와 있었다.

'도단집에 와 있음.'

신부가 보낸 문자였다.

신부에게 문자를 보냈다.

'가희 씨도 있어요. 지금 와 주세요.'

답장이 왔다.

'아, 그래요? 그래요.'

유라는 모니터 수화기를 다시 들었다. 밖에 있는 경태에게 말했다.

"7분만 기다려 주세요."

일방적으로 끊었다. 가희를 바라보았다. 가희는 겁에 질린 표정으로 온몸을 떨었다.

"불안해 할 것 없어요. 5분 정도만 기다리세요. 기다리면 돼요."

이번에는 주민규를 보며 혼잣말을 했다.

"나가랄 때 나갔어야 했는데……."

유라는 깊은 한숨을 내쉬며 현관에 있는 주민규의 신발을 들고 왔다. 신발을 떠안기며 밀었다.

"받아요."

엉겁결에 신발을 받아 든 주민규는 눈을 크게 뜨며 유라를 보았다. 유라는 주민규의 소매를 붙들었다. 닫힌 방문을 열었다.

"벽장 속에 숨어 있어요. 숨소리도 내지 말고, 그리고 우리가 빠져 나가면 10분 후에 나와서 여기를 빠져나가세요. 지금으로선 그것이 최선의 방법입니다. 내 말 명심하세요."

유라는 주민규를 방안으로 밀어 넣고 문을 닫았다. 2분쯤 지났을까. 주민규가 문을 열고 거실로 나왔다.

"내가 왜 저 안에 갇혀 있어야 하죠?"

유라가 주민규를 쏘아보며 비장한 어조로 말했다.

"제발, 시키는대로 해요."

가희도 거들었다.

"언니 말 안 들려. 빨리 들어가."

주민규는 머뭇거리며 방으로 들어갔다. 유라가 밖에 있는 경태와 약속한 시간이 2분 가까이 남아 있었다. 초인종 소리와 문 두드리는 소리가 또 울리기 시작했다. 1분여가 더 지났을까. 밖에서 문에 부딪히는 소리와 함께 웅성거리는 소리가 났다. 남자들 목소리였다. 유라는 현관으로 갔다. 귀를 기울였다. 누군가가 누군가에게 욕지거리를 내뱉는 소리가 났다. 이윽고 초인종이 울렸다. 유라가 모니터의 수화기를 들었다. 신부가 화면에 보였다.

"유라 씨, 신부예요."

유라가 문을 열었다. 밖을 내다보았다. 신부의 등 뒤로 경태가 양손에 수갑을 차고 앉아 있었다. 곁에는 형사로 보이는 건장한 체격을 가진 대여섯 명의 남자들이 그를 둘러싸고 서 있었다. 신부가 안으로 들어왔다. 신부의 뒤를 따라 형사들이 안으로 들이 닥쳤다.

"가희 씨가 누구죠?"

가희가 몸을 웅크리며 한 손을 치켜 올렸다. 가희를 부른 형사가 말했다.

"이젠 안심하셔도 됩니다."

다른 형사가 말했다.

"남자 한 명이 더 있는 걸로 아는데, 한 사람은 어디 갔습니까?"

유라가 형사의 말을 받았다.

"바깥에 수갑 차고 있는 저 사람밖에 없어요."

또 한 명의 형사가 머리를 갸우뚱거리며 주민규가 있는 방 쪽으로 갔다. 문을 열었다. 들어갔다. 나왔다. 다른 방에도 들어갔다 나왔다.

"아무도 없네. 그만 나가시죠."

유라가 형사들에게 말했다.

"밖에 있는 저분하고는 눈을 마주치기가 좀 그렇군요. 저분 먼저 끌고 가시고, 우린 좀 있다가 다른 길로 가면 안 될까요?"

그러면서 유라는 가희를 쳐다보았다. 가희도 머리를 끄덕였다. 경태는 먼저 끌려갔고 경태가 시야에서 사라질 때쯤 유라와 신부, 가희는 펜션을 빠져나왔다. 가희가 걸음을 옮길 때마다 가희의 어깨에서 빗방울 떨어지는 소리가 스슥스슥…… 울렸다. 어깨에 걸린 레인스틱이 내는 소리였다. 길을 걷던 유라와 가희는 뒤쪽을 힐끗 힐끗 보았다. 주민규가 펜션을 나오고 있었다.

유라는 가희와 함께 도딘집 아래 호수에 떠 있는 사공의 배를 탔다. 도시로 가는 배였다. 배가 저편을 향하여 떠가자 주민규가 도단집 아래 호숫가로 달려왔다. 그는 물을 건너는 배를 향해 그쪽으로 오라는 손짓을 했다.

유라와 가희의 휴대폰에 메시지가 떴다. 주민규가 보낸 문자였다.

죽음의 도시로 가지마라

죽음으로 가는 호수를 건너지 마라

도시로 온 유라는 '리빙투데이'에 게재할 마지막 기사를 정리했다.

미행의 그늘

1쇄 발행일 | 2014년 06월 30일

지은이 | 이상실
펴낸이 | 정화숙
펴낸곳 | 개미

출판등록 | 제313 - 2001 - 61호 1992. 2. 18
주소 | (121 - 736) 서울시 마포구 마포대로 12 한신빌딩 B-109호
전화 | (02)704 - 2546, 704 - 2235
팩스 | (02)714 - 2365
E-mail | lily12140@hanmail.net

ISBN 978 - 89 - 94459 - 44 - 8 03810

값 12,000원

※이 책은 인천문화재단 문화예술지원사업으로 선정되어 발간하였습니다.